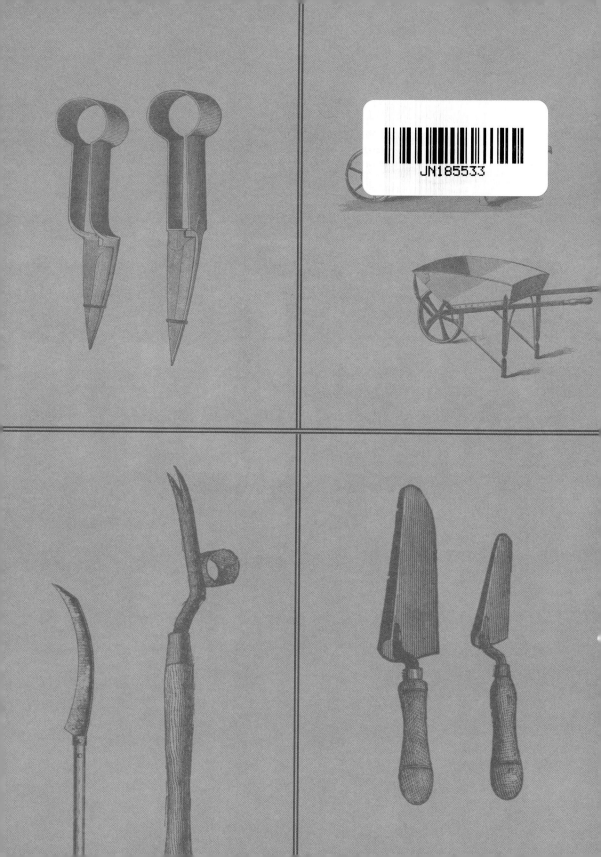

50の道具とアイテムで知る
図説 ガーデンツール
の歴史

The History of the Garden in
Fifty Tools

◆著者略歴
ビル・ローズ（Bill Laws）
家、庭園、景観を専門とする作家、編集者。ガーディアン、テレグラフ、エンヴァイロンメント・ナウ、BBCヒストリー・マガジンなどの新聞、雑誌ほか、数多くの刊行物に庭園や景観にかんする記事を寄稿。これまで20年にわたり、田園の歴史にかんする雑誌や書籍の編集にもたずさわっている。おもな著書に、『図説世界史を変えた50の植物』『図説世界史を変えた50の鉄道』（原書房）などがある。ヘレフォードシャー在住。

◆訳者略歴
柴田譲治（しばた・じょうじ）
1957年、神奈川県生まれ。翻訳業。おもな訳書に、バーチほか『人類が解けない科学の謎』、ロビンソン『世界の科学者図鑑』、ローズ『図説世界史を変えた50の植物』、シャリーン『図説世界史を変えた50の機械』（以上、原書房）、スズキ『生命の聖なるバランス』、モンビオ『地球を冷ませ！』（以上、日本教文社）などがある。

THE HISTORY OF THE GARDEN IN FIFTY TOOLS
by Bill Laws
Copyright © Quid Publishing 2014
Text copyright © Quid Publishing 2014
Japanese translation rights arranged with Quid Publishing Ltd., London
through Tuttle-Mori Agency, Inc., Tokyo

50の道具とアイテムで知る
図説
ガーデンツールの歴史
●
2015年 3月 1日 第 1刷

著者………ビル・ローズ
訳者………柴田譲治
装幀………川島進（スタジオ・ギブ）
本文組版………株式会社ディグ
発行者………成瀬雅人
発行所………株式会社原書房
〒160-0022　東京都新宿区新宿1-25-13
電話・代表 03（3354）0685
http://www.harashobo.co.jp
振替・00150-6-151594
ISBN978-4-562-05124-3

©Harashobo 2015, Printed in China

50の道具とアイテムで知る
図説 ガーデンツール
の歴史

ビル・ローズ　柴田譲治 訳
Bill Laws　*Joji Shibata*

The History of the Garden in
Fifty Tools

原書房

目次

はじめに　　　6

第1章
フラワー・ガーデン

フォーク	10
バルブ・プランター（球根植え器）	15
移植ごて	19
剪定ばさみ	23
収穫かご	28
土壌試験キット	32
ディバー（種まき用穴空け器）	35
ウェリントンブーツ（ゴム長靴）	39
帽子と手袋	43
ガーデニング・カタログ	46
ガーデニング日誌	50

第2章
キッチン・ガーデン

鋤（すき）	56
鍬（くわ）	60
根堀り鍬	65
ひも	68
鉈（なた）	72
レーキ	76
耕耘機（こううんき）	80
コンポスター（堆肥枠）	84
温床	89
ラテン語	94
レイズド・ベッド	99
園芸用ふるい	104
ラジオ	107

第3章
芝生

芝刈り機	112
小鎌と大鎌	117
刈りこみばさみ	121
草取りフォーク	125
除草剤	129
肥料	134
巻き尺	138

第4章
果樹園

果樹用梯子（はしご）	144
接ぎ木ナイフ	147
剪定のこぎり	151
果実樽	155
ラベル	159
温度計	164
スケアクロウ（かかし）	168

第5章
建物とその他の道具

物置小屋	174
温室	178
クローシュ	182
ウォーディアン・ケース	186
プラント・コンテナ（プランター）	190
素焼き鉢（テラコッタ製ポット）	195
ストーンウェア（炻器（せっき））のつぼ	200
手押し車	203
パティオ・ブラシ	207
日時計	211
ホース	214
ジョーロ	218
索引	222
図版出典	224

はじめに

　ガーデニングは何百年も前から、そして現在でもとても人気のある趣味のひとつだ。またガーデニング関係の書籍もかねてから愛読されている。ところが多くの書籍は有名な庭園や著名な庭師、重要な植物を扱うばかりで、ガーデニング用の機器や土を愛おしく感じさせてくれる道具については軽くあしらってきた。ガーデニング道具の存在がなければ、花壇や菜園が趣味になることもなかっただろうに。

　とびきりの物語がとある庭園からはじまることもある。オスカー・ワイルドの『つまらぬ女』（1893年）［邦訳は『オスカー・ワイルド全集』（青土社）第2巻所収］もそのひとつ。イリングワース卿はアロンビー夫人に、「『生命の書』は庭園の男女ではじまるのです」と断言する。それに対して才女のアロンビー夫人は、『生命の書』は「黙示録」で終わることを指摘して切り返す。ガーデニング道具にも語るべき物語があり、本書でとりあげた数々の逸話から、園芸における多くの事実が明らかになる。

　18世紀のコムト・ベルトン・ドゥ・モルヴィルがフランス革命のギロチンをのがれると、即座に思いついたとされるとても便利な「剪定ばさみ」のこと、ナサニエル・ウォード医師のガラスと真鍮でできた携帯用温室「ウォーディアン・ケース」のこと。ガートルード・ジーキルら19世紀の園芸家たちにさまざまな植物が届けられるようになったのも、このケースのおかげだった。オーストラリアのマーヴィン・リチャードソンが使い古しの石けん箱と空になったモモの缶で作ったのは、世界初の「2サイクル・ヴィクタ芝刈り機」だった。発明殿堂入りしたチャールズ・グッドイヤーのゴムの加硫法は、「ゴムホース」（このおかげで芝生が南部にまで広がることになった）と「ゴム長靴」（ジーキルは「新しい長靴は気に入らない」と無視した）の発明にもつながった。

　たとえば春に花壇を生まれ変わらせる鉄製のガーデニング用フォークや、冬にアロットメントを掘り返す頼りになる鋤のように、ほんとうにすぐれたガーデニング道具はたんなる道具ではない。そうした道具には使う喜びがある。昔ながらのガーデニング道具のほうが、現代の道具より製造技術も素材もすぐれている場合もある。そうした道具は現在も金物屋で高い値札をつけてならべられ、手入れをすることで時を重ねるほどに使いやすくなる。「毒舌を吐けるのは使いつづけて切れ味がよくなる刃物だけ」（『リップ・ヴァン・ウィンクル』（1819））と作家ワシントン・アーヴィングは書いたが、刃物を砥石で研ぎわずかなオイルをふくませてやれば、愛着のある道具を長く使うこ

へそ曲がりのメアリさん、お庭のようすはいかが？
快調よ、快適なガーデニング道具のおかげなの。

はじめに

ひもや剪定ばさみなど、昔から使われている道具のなかには、現在も変わることなくその能力を発揮しているものがある。

ともできるだろう。本書『図説ガーデンツールの歴史』は、ガーデニング道具の日常的な手入れやメンテナンス、さらに使い方のコツまでとりあげる。

物置小屋に置いておくべき道具かどうかを判断するのは、かなり奥の深い問題だ。道具によっては何百年もかけてゆっくりと進化し、ガーデニング史そのものより長く使われてきたものもある。「つるはし」が使われるようになったのは園芸の誕生よりずっと以前のことだし、三日月型をした鎌は新石器時代から草を刈りつづけてきた。ブレードの刃をよく研いだ「押し鍬」(ダッチ・ホー)、日本の「熊手」、持ったときにバランスのいいフランス製の「ジョーロ」もはずせない。しかしラテン語による学名やガーデニング日誌、日時計(ヴィクトリア朝時代の園芸作家ジョン・クローディアス・ラウドンは「雰囲気がよく、役にも立つ」と述べている)あるいはラジオとなると意見も分かれてくるが、語るべき物語があるという点から、本書ではこうした道具も収録することにした。

本書におさめた50の道具は、便宜的に用途別に分類してあるが、とりあげた道具がそうした用途でしか使えないということではない。また、庭師はたいてい、ていねいに調整した愛用の道具をつねに携帯している。わたしの個人的なお気に入りは、30年来使っているオピネル製ポケットナイフだ[オピネルはフランスの刃物メーカー]。90歳を

すぎたわたしの母のエキセントリックといえなくもない一品は、プラスティック製のバケツだ。底の部分に排水用の穴が空いている。こうした他人のお気に入りの道具を借りておいて返し忘れるようなことがあれば大目玉をくらうことになり、壊したり破損でもすればそれこそたいへんだ。16世紀の農民詩人トマス・タッサーも、「使いこんだ道具は(愚か者でないかぎり)人には貸さないもの」と、著書『家政500の心得(Five Hundred Points of Good Husbandry)』に記している。

アーベル・グリマーの「1607年秋」に描かれている鋤やレーキ、接ぎ木用ナイフは、現代の物置小屋でも健在だ。こうした道具には語るべき物語がある。

7

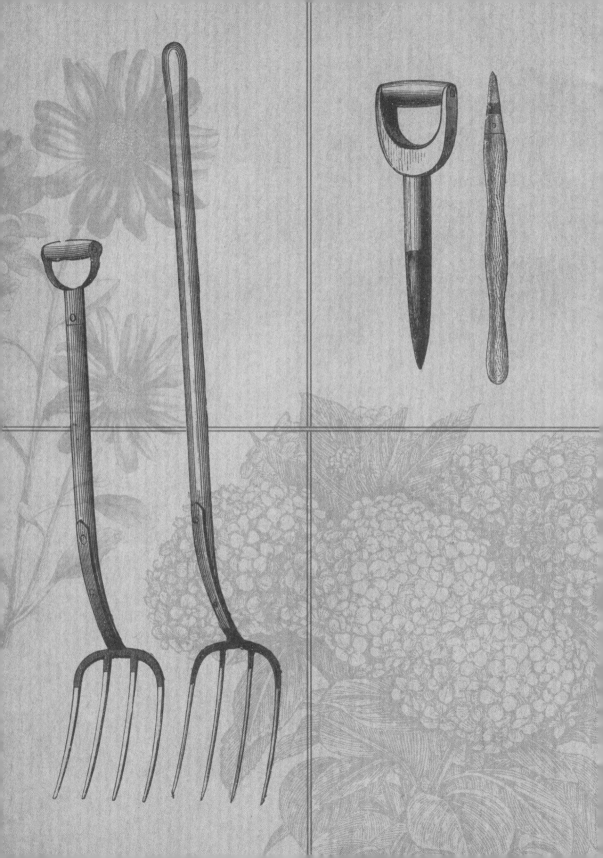

第1章
フラワー・ガーデン

花壇のなかで、大切な植物を探すのに欠かせないのは、ていねいな扱い、そしてどこに何が植えてあるかの詳しい記録（ガーデニング日誌を書く）、さらに専用の道具もいろいろと必要になる。なかでもボーダーフォークはもっとも便利な道具のひとつ。

フォーク

　フォークはガーデニングでもっとも幅広く利用される道具でその形状もさまざまだ。平らな歯の「ボーダーフォーク」や「掘り起こし用フォーク（スペーディングフォーク）」、柄が２本ついた「ブロードフォーク」、４本歯の「マニュアフォーク」や「ピッチフォーク」「ヘイフォーク」［堆肥や藁などを扱う］などがある。ガーデニングで１、２を争うもっとも便利な道具のひとつだ。

定義
　土を起こしたり、芝生の土壌中に空気を通したり、多年生植物を株分けしたり、コンポストや堆肥の移動など、多くの用途がある道具。

起源
　フォーク（fork）はラテン語の *furca* が語源だが、ガーデニング用の物置小屋では比較的新参者。

第1章　フラワー・ガーデン

フォークは形も大きさもさまざまで、パースニップを傷つけずに掘り起こす２本歯フォークもあれば、花壇に植えた球根のあいだを除草するカルティフォーク、堆肥やコンポストをうまくすくえるように歯がスコップ状で先のとがったフォークもある。重粘土質の土壌で使うフォークは梃子の作用がうまく効くように歯はたいてい直線的だが、軽い土壌用のフォークは歯がわずかにカーブを描いている。また、北アメリカではD型の取っ手が好まれているが、このデザインだと手が大きい庭師には使いにくい。そこでこうした庭師は伝統を重んじるイングランド北部で使われているT型の取っ手のついたフォークを好む。

ところがかつては多くの庭師がフォークをテーブルに置いたまま、フォークを使わずに庭仕事をしていた。1657年まで時間を巻き戻してみると、コネティカットのニューヘイヴン植民地総督スィオフィラス・イートンが所持していた道具目録には、剪定ばさみ、小鎌、草刈り鎌、鍬、大鎌、石斧、［レンガを割る］ブリックアクス、移植ごては出てくるが、フォークも鋤も見あたらない。それは当時入手できた金属の質が悪かったせいかもしれない。長柄のスコップとくらべるとフォークは製造がずっと面倒で壊れやすかったのである。

泥棒撃退道具

「フォーク」の語源として、ラテン語で「泥棒」を意味する *fur* から派生したとする説がある。つまり「もともとは泥棒を撃退する道具」(『グレシャム英語辞典 1931 年版（Gresham English Dictionary)』) だったというわけだ。いずれにせよ勤勉なローマ人は木や骨で作った古くさい道具をすて、鉄製の道具をとりいれた。そしてローマ人がノリクムとよんでいたケルト人の王国（現在のオーストリアとスロヴェニアの一部にあたる）を占領すると、じょうぶなことで名高かったノリクム鋼が手に入るようになった。当然のことだが、ローマでは製鋼技術をグラディウスつまり刀剣の製造に集中的にそそぎこみ、それを武器にヨーロッパを征服した。しかしこうした刀剣づくりのなかから、鋤の刃などのガーデニング道具も生まれていたのである。西暦43年ごろイングランドのロンディニウム［のちのロンドン。ケルト語で「沼地の砦」の意］のハーバーサイドにはじめて錨を下ろしたローマ人は、鉄製の刀剣のほかに、都市建築や道路、郊外住宅と大庭園にかんするアイディア、さらには庭園で栽培するための花卉や野菜類までたず

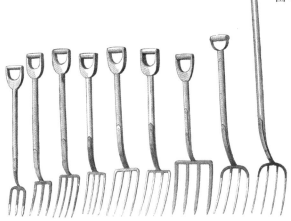

左端の取っ手がD型で平らな歯の３本フォークから、右端の４本歯マニュアフォークまで、ガーデンフォークは園芸になくてはならない道具だった。

さえていた。このころまでにヤセイカンラン[野生のキャベツ]Brassica oleraceaは改良され、ローマ人はそのヤセイカンランの栽培品種をパースニップ pastinaca、ラディッシュ Raphanus sativus var.、レタス Lactuca sativa、カブ Brassica rapa L. var. rapa などとともに北ヨーロッパに導入していた。さらに青い入れ墨を入れたブリテン戦士を打ち破ると、つるはし、木製の先端部に金属をつけた鋤、手斧、小鎌や三つ叉フォークなど、農場やガーデニングで利用する道具類も導入した。この時代の典型的なフォークがライン川沿いのある墓の保管庫でみつかっている。

中世時代の5世紀から15世紀にかけては、ガーデニング道具を使用した記録はほとんど存在しない。13世紀の挿絵入りフレンチゴシック様式の写本『ベリー公のいとも豪華なる時祷書（Très Riches Heures du Duc De Berry）』には、召使いが干し草をピッチフォークで積み上げているようすが描かれているが、『ラトレル詩編（Luttrell Psalter）』には、草を刈る木製の鎌やトングはみられるものの、フォークは見あたらない。しかしこれほど多用途に使える道具であれば、ハーブ・ガーデンやキッチン・ガーデンのレイズド・ベッドで幅広く使われていたはずである。1650年代になると、日記作家ジョン・イーヴリンが代表作『エリシウム・ブリタニクム Elysium Britannicum』（未完のままイーヴリンは1706年に死去）を書きはじめていて、すでにイタリアやフランス、低地諸国［ベルギー、オランダ、ルクセンブルク］のルネサンス大庭園がヨーロッパの他地域の庭師に影響をおよぼしつつあった。イーヴリンは当時のガーデニング道具の数々を描いている。四柱式ベッドのような温室［plant house］、上り勾配で芝刈り機を引くための奇妙な機械、巨大な

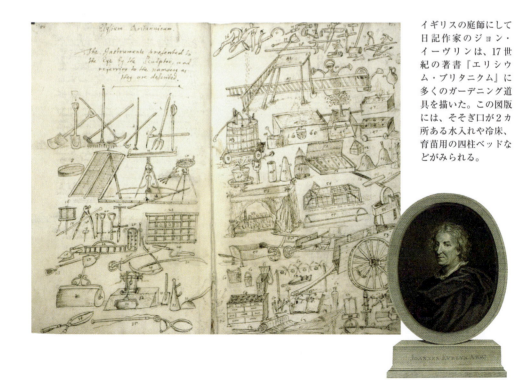

イギリスの庭師にして日記作家のジョン・イーヴリンは、17世紀の著書『エリシウム・ブリタニクム』に多くのガーデニング道具を描いた。この図版には、そそぎ口が2カ所ある水入れや冷床、育苗用の四柱ベッドなどがみられる。

第1章 フラワー・ガーデン

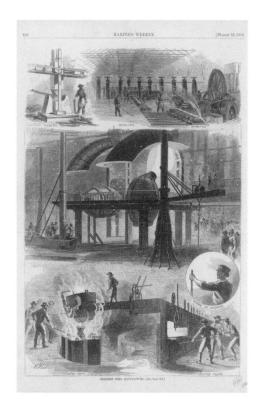

産業革命の時代、ヘンリー・ベッセマーらによる金属工業や新しい製鉄所が登場し、ガーデニング道具の質も一変する。

ローマの大邸宅の庭師にも、19世紀の道具屋につるされているほとんどすべての道具をまちがいなく認識できただろう。バーミンガムのアレグザンダー・パークス氏が開発した画期的な鉄製フォークがお目見えしたのは、1851年にロンドンのクリスタルパレスで開催された万国博覧会でのことだった。この鉄製フォークに宗旨替えしたひとりに、庭師ジェームズ・シャーリー・ヒバードがいた。ヒバードはのちに著書『実用園芸（Profitable Gardening）』（1863年）で「いまや広範に使われているこの掘り起こし用鉄製フォークを推奨したい。土に簡単につき刺すことができ、楽に耕せ、鋤を使うより1日3割以上は作業がはかどる」と述べている。

フォークのいらない農法

　しかしそれから約100年後、フォークをありがたいとも思わず、必要とも思わない人々が現れた。1973年、欧米と対立した中東の石油産油国は、石油の禁輸措置にふみきった。その結果生じた石油危機により、燃料や食糧、そして持続可能性への取り組みについてまじめに再検討しなければならなくなった。将来大きな災害をもたらす気候変動の証拠が1990年代に発表されると、その証拠についてはいまだに論争はあるものの、環境思想の進展に弾みがついた。そんななかで実践的かつ哲学的な反応として登場したのが、「パーマカルチャー」という考え方だった。「永続性（permanence）」と「耕作（culture）」を結びつけた［永続する農業を意味する］造語で、この実践的哲学から、持続可能でホーリスティックなさまざまな園芸技法が提起された。

　パーマカルチャーの主唱者のひとり、タスマニアの生物学者で環境保護論者であるビル・モリソンは、パーマカルチャーの哲学とは「自然

移動式植樹器、さらに金属ブレードをつけた木製鋤、さらにつるはしとならんでフォークが描かれている。木製の柄の先に鉄製と思われる3本歯がとりつけられている。現在のようなガーデンフォークが、このころまでには登場していたことになる。

　産業革命時代の錬金術師ともいえるヘンリー・ベッセマーのような人々が現れるまで、フォークはほとんど何も変化しなかった。ヘンリー・ベッセマーは、ローマ帝国滅亡以降、道具技術としては最大の発明である、鋼の大量生産という技術をたずさえて登場した。しかしふつうなら工夫をこらすヴィクトリア朝時代の人々も、ガーデニング道具にはデザイン面でほとんど手をくわえなかった。したがって古代

に立ち向かうのではなく自然と協動し…家畜や作物を個別で単一の生産システムと考えるのではなく、それらを機能のつながりとしてとらえること」と述べている。

そんなパーマカルチャーの実践のひとつに、不耕起栽培がある。畑を耕さず、除草剤や化学肥料、堆肥さえ投入せず、土を自然の力で肥沃にするという考え方で、若いころ土壌学者として経験をつんだ日本の農民福岡正信が実践した方法だ。福岡は 2008 年に他界したが、四国にある福岡の多産な家族農園では鋤も鍬も使っていなかった。不耕起農法には、伸びた雑草を刈りとりそこに何層にも堆肥を積み、種をばらまくという方法もある。こうした方法が登場してからは、ガーデンフォークはコンポスト容器から腐植をすくい上げ、野菜の畝（うね）へ運ぶのに使うだけとなった。それは旧式フォークを復活させる適期でもあった。グレイプ *graip*（おそらくデンマーク語の *greb* に由来）ともよばれるフォークは、歯の先端部分が直角に折り曲げてあり、ふつうのフォークくらいの幅のレーキといったところだ。またマックフォーク（muck fork）あるいはマニュアフォーク（manure fork）というフォークは、積み上げられた堆肥などを引きよせるのに使われた。ところでこうした山積みの堆肥は、畑に運び出すまでに近所の庭師にごっそり持っていかれることもしばしばだった。小石や完熟した腐植（p.84 参照）がふくまれているので、無料の培養土となったからだ。

フォークの手入れ

作りのいいガーデンフォークなら、何度か取っ手を替えることはあっても一生ものだ。安いガーデンフォークだと 1、2 シーズンで使い物にならなくなるが、未練も残らない。ストリートマーケットやガレージセールは、しっかりした中古ガーデンフォークを手に入れられる貴重な場だ。

歯の曲がりや柄の虫食い（木部に虫の大きさほどの小さな穴が開いている）などをチェックするが、どちらがあってもあきらめないこと。歯が曲がっていても、たいていは金属パイプの上に置いてゆっくり力をくわえてゆけばまっすぐになる。虫食いの柄は、「ウッドウォームキラー」などの市販品を使って処理するか、被害が大きい場合は交換すればいい。

不耕起栽培の推奨者は究極的な古道具も復活させた。それが「バスク・ライヤ」（ブロード・フォーク）で、2 本の柄がついたフレームの底の部分に複数歯のフォークがついている。このフォークで土を柔らかくほぐすわけだが、推奨者によれば人間工学的に完璧な道具なのだそうだ。

フォークは…足踏み部分を利用して鋤のように使い、土などにつきさして動かしたり、梃子を効かせて土を分けたりもちあげたりする。

ジョン・クローディアス・ラウドン『園芸百科（An Encyclopædia of Gardening）』（1822 年）

バルブ・プランター（球根植え器）

電源もマニュアルも必要ない。「球根植え器」（バルブ・プランター）は持続可能でシンプルな道具の典型だ。土にねじこむだけでひとつまみ分の土が除け、そこに球根を入れる。球根植え器はワイルド・ガーデン（自然風庭園）の登場とともにとくに重要な道具となってきた。

定義
取っ手がついた中心部が空洞の道具で、球根の植えつけ穴を掘るときに使う。

起源
起源はとても新しく、球根植え器とターフ・プラガー［傷んだ芝生を部分的に植え替える道具］が普及したのは20世紀になってから。

バルブ・プランター（球根植え器）

簡単にできる作業にわざわざ道具は必要ないと考える庭師もいるほどで、たしかに大騒ぎするほどの道具ではない。芝生や花壇に穴を掘り、球根を植えこむだけの道具である。しかし目のつまった広い芝生に、大袋1袋分のスイセンを何時間もかけて手植えするとなれば、だれでも球根植え器を買いに走る。19世紀はじめの園芸カリスマ、ジョン・クローディアス・ラウドンも、その実用性を支持している。ラウドンは著書『園芸百科（An Encyclopædia of Gardening）』（1822年）で、球根の植えつけに移植ごてを使うと「スコップで掘ったような穴になってしまう」と書いている。ラウドンの推測によると、球根植え器のアイディアはフランス生まれで、ソール氏という人物が改良し、取っ手にヒンジのついた検鏡のような道具になった。

球根植え器は低地諸国［ベネルクス3国］で使われはじめた可能性もある。これらの国々では1630年代以降、苗木栽培業者が球根ビジネスで利益を上げていた。1630年代といえば、ちょうどチューリップの球根が高価な絵画のように売買されていたころだ。ヨーロッパ最古の植物園であるライデン植物園の園長でフランドルの植物学者シャルル・ドゥ・レクリューズ［カロルス・クルシウス］のコレクションが、事のはじまりだった。レクリューズは南東ヨーロッパから北ヨーロッパへチューリップを導入したのだが、その貴重なチューリップのコレクションが盗難にあい、球根はヨーロッパ中に拡

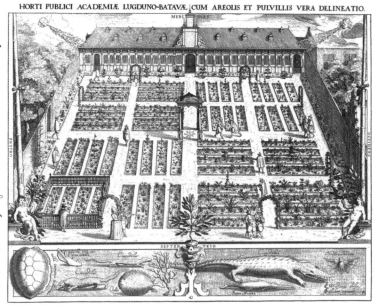

ライデン大学の植物園（上のイラストは1610年当時の植物園）の園長シャルル・ドゥ・レクリューズは、ヨーロッパにチューリップの球根を導入した。球根植え器の登場もまもなくだ。

散した。結局は南海泡沫事件［1720年にイギリスで起きた株価の急騰と暴落］のようにチューリップ・バブルもはじけてしまうのだが、このレクリューズ・コレクションを盗んだ人物が、オランダのチューリップ産業を築いたといわれている。

ワイルド・ガーデン

19世紀の園芸作家で、同僚のガートルード・ジーキルほど有名ではないが、ジーキルと同様に造園の発展と球根植え器の普及に貢献した人物がウィリアム・ロビンソンだ。この庭師は独身のまま1935年に他界し、サセックス州グラヴタイに146ヘクタールの土地とエリザベス朝様式のマナーハウス、そして早くから火葬を支

球根植え器を使う

　球根は植物の葉や茎が変形したもので、地中で成長する。定植する前に、傷があるものや病気の球根は処分しておく。

　次にエドナ・ウォーリングの方法によれば、予定している場所に球根を分け置き、それを適当にばらまけばいい（オーストラリアの庭師エドナ・ウォーリングは1973年に死去。シラカバの苗はどう植えればいいのかとたずねられると、エドナはバケツからジャガイモを5つ取り出し、全部をほぼ同じ方向に投げて「あそこに植えて！」と言った）。

　大量に植えつける場合は、長い柄に両手で使える取っ手のついた球根植え器か、ターフ・プラガー［芝生の部分的修繕に利用する道具］が理想的だ。球根を植える場所に球根植え器の筒状になった部分をわずかに開いて置き、足で筒の上を踏みこみ、筒を閉じ、芝土の塊を引き上げる。できた穴の底に球根を入れ、芝土の塊を靴の底で優しく押して戻してやる。球根が適切な深さになるようにし、重粘土で湿った土壌の場合は、排水を改善するために表土に粗砂を入れることを考える。

持していたことからみずからの遺灰を残した。当時もっとも裕福で影響力のある園芸作家であったロビンソンも、もともとはアイルランドのウォーターフォード州カラフモーアでつつましく鉢洗いをしていた。

　ロビンソンはすぐれた園芸技能でその地位を築き、1859年にはリーシュ州の広大な邸宅の温室の管理をまかされた。しかし主人との口論のすえ、真夜中の作業義務を放棄し、温室を開放し吹きさらしにしたまま、新しい職を求めてダブリンへ向かったとされている。のちにロビンソンはロンドンのリージェンツ・パークにあった王立植物協会（Royal Botanic Society）の安定した職についていて、その名声からするとありえそうにない話だが、逸話によればウィリアム・ロビンソンは感情をあらわにする性格で、愚か者を容赦しなかったらしい。トピア

球根植え器には、基本となる平らな移植ごてタイプのもの（上）から、かがみこまずにすむように柄を長くしたものなど、さまざまなタイプがある。

バルブ・プランター（球根植え器）

リー（装飾的庭園技法のひとつ）（p.121 参照）が大嫌いで、花壇にけばけばしい多年草をカーペット柄のように敷きつめる装飾的花壇のひとつカーペット・ベディングも嫌悪していた。

装飾的花壇（fancy bedding）という園芸技法が登場したのは、1800年代にバーベナ・ベノーサ *Verbena rigida 'Venosa'* や可憐な深紅のゼラニウム（正確にはペラルゴニウム *pelargoniums* ＝テンジクアオイ）といった寒さに弱い新たな多年生植物が、南アメリカと南アフリカから北アメリカそしてヨーロッパに大量に輸入された結果だった。それらの原産国に生息するエキゾティックな鳥たちのように、これらの挑戦的ともいえるほど鮮やかな色彩を放つ植物は、どんよりとしてくすんだ春の日々を明るくしてくれた。毎年種子から育てたり、暖かい温室で冬越させたあとでびっしりと帯状に植えこんだり、古代ギリシア風の壺や台座に素朴な作りのバスケットをのせ、そのまわりに渦を巻くように植えこんだりした。

カーペット・ベディングは市民の指導者層のあいだで人気となり、庭師はほかの町の庭師と競うようにして町の紋章を花で描いたり、ベゴニアの花壇に町の名を綴ったりした。

鉄道の駅長も互いにプラットホームでの植栽を競いあい、1903年にはエディンバラのウェスト・プリセス・ストリートガーデンズで、花

ペラルゴニウム（テンジクアオイ）は園芸名ではゼラニウムともよばれる。非常に多くの種があり、冷涼な気候地帯で花壇や室内用鉢植え植物として人気がある。

を植えて作った町を象徴する花時計が公開された。こうした装飾的花壇は、北アメリカでも19世紀から20世紀初頭にかけて人気となり、戸建ての住宅でも表庭の花壇のディスプレイにかなりのお金をかけるようになったが、ひ孫たちの時代にはそれがクリスマスの電飾に変わることになる。

ロビンソンはこうした装飾花壇のいっさいを「いまわしいいつわりの技巧だ」として非難し、そのかわりに「強い耐寒性のある外来植物を余分な世話をせずに生息できる条件のもとに植える」ことを推奨した。そして著書『ワイルド・ガーデン（The Wild Garden）』（1870年）では、ラッパズイセンなどスイセンの仲間や、当時としてはめずらしく高山植物の球根を植えることを庭師たちに勧めた（処女作は『フランス庭園蒐集』*Gleanings from French Gardens, 1868* で、1870年には『庭師のための高山植物』*Alpine Flowers for Gardeners* を著している）。球根を植えるこのロビンソンのアイデアによって、庭師たちが球根植え器を買いに走らされることになるのもまもなくのことだった。

移植ごて

　1845年、イギリス最古のガーデニング道具メーカーであるバーミンガムのリチャード・ティミンズ社は、同社の「女性用ガーデニング道具セット」のひとつとして、「移植ごて」を発売した。これは女性庭師に対する見方がわずかながら変化したことを示していた。こうした動きは、女性庭師ジェーン・ラウドンの著作によってさらに推しすすめられることになる。

定義
柄の短いスコップのような道具で、土をすくったり、ほぐしたり、苗を移植するときに使う。

起源
移植ごてを意味する英語「trowel」はラテン語で小さいお玉、ひしゃくを意味する「トゥルッラ」*trulla* に由来し、19世紀に女性用ガーデニング道具として販売された。

移植ごて

具は最高級のものしか手にしないという庭師でさえ、2012年に売りに出された中古の手作りガーデニング道具セットの値段を聞いて仰天した。セットにふくまれているのは2丁の移植ごて、フォーク、剪定用ナイフ2丁、そして刈りこみばさみだ。それがロンドンのオークションハウス[競売会社]、クリスティーズで2500ポンドから3500ポンドの値をつけて売りに出されたのである。

この鉄製道具の柄には、キョン[というシカの仲間 Muntiacus reevesi]のひづめが使われている。移植ごての1丁にはフランスの国章、もう1丁にはフランス第2帝政の国章である鷲が装飾的にあしらわれていた。ほぼ未使用の状態

移植ごては、考えつくかぎりのさまざまな形のものが登場した。左上は、柄と匙部がしっかり固定された移植ごて、右下は、優美で小型のファーン・トラウェル。

だ。このセットは、ロンドンのコヴェントガーデン、ニューストリートにあったジョン・モーズリー&サンズ社が1851年に製造したもので、同年にロンドンのクリスタルパレスで開催されたロンドン万国博覧会に出品された。博覧会の後、この道具がアマチュア園芸界に転機を引きよせることになる。女性庭師が増加したのだ。

移植ごては過去百年前後のあいだでその種類が減るどころか増加した数少ないガーデニング道具のひとつだ。現代の移植ごてには、長い柄にヒッコリー材の取っ手と炭素鋼のブレードをつけたものから、花壇での作業に最適な幅広のステンレス製移植ごてまで、さまざまなタイプがある。細長く軽量なもの、さらにアルミ製の本体に人間工学的デザインのゴム製取っ手をつけた移植ごてもある。ステンレス鋼を使ったスイス製の「ディッパー」は、プラスティック製の柄(花壇に置き忘れないように鮮やかな色が使われている)に対してブレードが直角についている。もっとも高価な「ザ・ジーキル」は、光沢のある鋼製シャベルが美しいブナ材の柄に一分の隙もなくリベット止めされている。

女性の領分

1790年代の終わり、アン・マクヴィカー・グラントが『あるアメリカ女性の回顧録

長い柄のついた移植ごての版画。イタリアの植物学者ジョヴァンニ・バプティスタ・フェッラーリの、1633年に出版された『デ・フロールム・クルトゥーラ(De Florum Cultura)』より。

第1章　フラワー・ガーデン

移植ごての選択

　移植ごてはちまたにあふれている。しかし安価な移植ごてはブレードが壊れたり、夜外に出しっ放しにしておくと柄がゆるんでしまったりする。ガーデニング雑誌では、ときどき読者向け特別プレゼントとして無料で移植ごてを提供することがあるが、それらを使うのはやめておいたほうがいい。

　もっとも幅広く使える移植ごては、ブレードの幅が広く（便利な深さ目盛りがきざんである場合もある）、ブレードと柄を口金とコミで接合しているものだ。柄そのものはにぎりやすくしっかりしたものがいい。すぐれた移植ごてには多くの用途があり、移植や草取り、また堆肥をすくったり花壇のなかのやっかいな障害物を掘り上げたりすることもできる（製造元としてはこういう使い方はしてもらいたくはないだろう）。

（Memoirs of an American Lady）』を執筆していたころ、手に入る移植ごては非常に粗末なつくりのものしかなかった。アンはニューヨーク州アルバニーでの日常生活を熱心に記録していて、「植物に必要な面倒を見たり栽培する技量など、植物の世話は女性の領分でした」と記している。品のよい裕福な女性たちは、アンの表現によると「優雅な暮らしで、ふるまいも非常にしとやか」で、庭師や農場の草刈り労働者としてわたり歩いて生計を立てていかなければならない同じ時代の貧しい女性たちと比べれば、桁違いに恵まれていた。それでもアンと同じ裕福な階層の女性たちにとっても窮屈な時代だった。人前で女性は礼儀正しく凜とし、しかも従順でなければならなかった。しかし自宅の庭というプライベートな場になれば、状況はまったく違っていた。「春に耕した後は、男性は一歩たりとも踏み入らせなかった」というアンと彼女の庭は、女性解放運動の最先端でもあった。こうした女性解放運動に対してついに（男性）ジャーナリストがストランド・マガジン誌［1891年から60年間発刊された大衆向け月刊誌］上で、「今日たるや［原注 1895年］、ピカデリーでは女性が二股の衣服で自転車を乗りまわし、クラブの喫煙室でたばこをくゆらす姿が見受けられるようだ」と文句をつけた。ロンドン植物園の園長ジョーゼフ・フッカー卿（1814-1879）も同様の考えで、女性の「ライフワーク」としての園芸など「まずありえないこと」と考えていた。

　当時の若い女性が働くとなれば、たいていは家事労働ということに決まっていた。1891年のストランド・マガジン誌は人手をさがすには地方の児童養護施設がいちばんだと推奨していたが、「今日では、程度のいい家事労働者を見つけるのは困難で、捨て子の女子〔孤児〕に対する需要は供給を大幅に上まわっている」と記している。

　家事労働者を雇用する邸宅の奥様方には、すでに庭の手入れを楽しむ長い伝統があったが、1800年代になるとさらに自信をもってガーデニングに取り組めるようになる。当時23歳だったSF作家のジェーン・ウェブも、まもなくガーデニング活動にくわわろうとしていた。1830年、ジェーンは47歳のヴィクトリア朝園芸作家ジョン・クローディアス・ラウドン（p.16参照）と結婚すると、文芸小説（最初に二人を結びつけたのはジェーンの小説だった）をすて、女性向けガーデニング・ガイドの執筆に全力を投入した。

　当初ジェーンは移植ごての使い勝手について、

あまりよくわかっていなかった。『婦人のためのガーデニング（Gardening for Ladies）』では、「移植ごても土をかき混ぜるのに使え、もちろんバルコニーに置いた植木鉢の土をかき混ぜる場合にも使える」と提案している。ジェーンはつつましさを心がけ、「ラウドン氏と結婚したころ、植物とガーデニングについて自分以上に無知な人などほとんど想像すらできませんでした」と述べている。しかしジェーンはみずから研究し、頭ごなしの語り方もしなかったため、幅広い読者を得ることになった。1840年出版の『婦人のためのガーデニング』は20万冊以上を売り上げ、そのうち1300冊は発売当日に売れた。

女性庭師たちに自信がついてくると、女性園芸学校設立の気運が生まれ、しばしば裕福で独立心のある女性によって学校が創立され、1910年に開校したジェーン・ボーン・ヘインズのペンシルヴァニア女子園芸学校（Pennsylvania School of Horticulture for Women）もそうした学校のひとつだ。イギリスではそれより12年早く、ウォリック伯爵夫人デイジー・グレヴィル（ウェールズ大公妃）がスタッドレー・カレッジを設立し、女性に園芸教育を提供し、「真面目な女性は家事にしばられるべきではなく、もてる時間をあますところなく有能な労働者となるためについやす」ことができる場を提供した。サープラス・ウーマン時代［世界大戦などにより相対的に男性より女性人口が過剰だったため未婚女性が増えた。そうした女性を surplus women とよんだ］の最中にあったアデラ・パンクハースト（婦人参政権活動家エメリン・パンクハーストの娘）もスタッドレー・カレッジ出身だが、アデラは園芸をすて、オーストラリアのメルボルンで女性平和軍（Women's Peace Army）を組織した。

しかし、こうした園芸学校の創

ペンシルヴァニア園芸学校をはじめとする女子園芸学校の設立により、ガーデニング界にはほかの多くの技能よりもずっとはやくから女性庭師が生まれた。

立者たちは男子園芸学校を動揺させたくはなかった。サセックス州グラインドの女性園芸学校の創立者フランシス・ウールズリーはこう述べている。「女性が男性園芸家にとって代わることを願っているのではないかという誤解を解きたいのです…有能で賢い男性庭師の棟梁にとって代わりたいなどとは思ってはいませんし、男性と競いたいとも思っていません。そうではなく、偉大なるわが国の園芸の進歩に向け、女性の能力がおよぶかぎりにおいて、その知性とすぐれた洞察能力、そしてセンスの良さでお手伝いできることを望んでいるのです」。1908年の著書『女性のガーデニング（Gardening for Women）』でウールズリー女子爵は移植ごてについて触れ、「移植ごてはブレードが湾曲しすぎていないものを選ぶべき」で、小さな石工用のこても用意しておくと便利だと指摘している。そんなウールズリーも、ガートルード・ジーキルやヴィタ・サックヴィル＝ウェスト、ガーデンクラブ・オヴ・アメリカを設立したヘレナ・ラザフォード・エリら、移植ごてを使いこなすようになった女性によって、園芸界が大きく影響を受けることになろうとは予想できなかっただろう。

剪定ばさみ

　19世紀のイギリスの庭師は、自国伝統の剪定ナイフをすててフランス製「剪定ばさみ」(secateurs セカトゥール)を手にとることを、迷信的ともいえるほどかたくなにこばんだ。しかし、バラ栽培の世界が広がるなかで、ムシュー・ドゥ・モルヴィルの剪定ばさみは大きな影響をあたえた。この剪定ばさみは今日も健在だ。

定義
堅めの茎や葉柄などをきれいに切り落とす道具。

起源
剪定ばさみの起源についてはわかっていないが、フランスの庭園で使われるようになったのは1818年ごろ。

18世紀の終わりごろ、西洋のビジネス界では、世界一乗り気のないビジネス・パートナーである中国に、なんとか交易の門戸を開かせようとしていた。当時すでに高齢になってはいたものの乾隆帝のもとでしっかりと統治されていた中国は、アメリカとのあいだではすでに交易をはじめていた。中国の当時3億の人口が依存していた主食の米に、新たにトウモロコシやサツマイモといった輸入作物がくわわっていたのである。

1793年、希望に満ちた大英帝国の国王ジョージ3世は、大使としてマッカートニー卿を中国に派遣して高官と会談させ、いくつかの貿易特権の交渉にあたらせようとしていた。マッカートニー卿は皇帝のために、1万3000ポンド相当の高価でめずらしい贈り物を捧げた（その当時新発明のアルガン灯油ランプ、豪華なヴリアミー時計、ドイツ製のきらきらと輝くプラネタリウム、音楽を奏でる美しいからくり人形、そしておそらくはバーミンガム製のガーデニング道具もふくまれていただろう）。こうした贈り物や11歳の少年の天才的言語能力もおよばず（使節団の書記官ジョージ・スタントン卿の息子が、公式会議の通訳をつとめた）、マッカートニーに対する乾隆帝の反応は冷淡なものだった。イギリス王への返答はこれまでと変わらず、「中国王朝は…めずらしい高価な品々には関心はなく、貴国の製品もまったく必要としていない」というものだった。

イギリスは最終的にアヘン交易という非道の手段に訴えて、この貿易障壁を打ち破ることになるが、当時広東（現在の広州市）の港からしぼりとることができたのは、わずかな量の茶や陶器、絹などにすぎなかった。しかしバラがあった。1700年代の後半、ペール・オスベック（分類学の父カロルス・リンナエウスの教え子だった）によりはじめて、ピンクの花びらのチャイナローズ *Rosa chinensis* がスウェーデンに導入されて以来、進取の気性に富んだ商人たちは、このめずらしい四季咲きのバラの苗木を探し求めた。

チャイナローズ（ロサ・キネンシス）

マッカートニー使節団の交渉が失敗に終わってから、ある貿易商の一団が広東郊外で、一軒

薄い上質紙に描かれたチャイナローズの水彩画。中国の画家による作品だが、作者は不詳。王立園芸協会のリンドリー・ライブラリー・コレクションより。

の種苗園を偶然見つけた。「花の庭」を意味する「ファティー」（Fa Tee）という名の種苗園だった。スコットランドのプラントハンター、ロバート・フォーチュンは、1840年代にロンドン園芸協会（王立園芸協会の前身）から派遣されたとき、この種苗園が広東市街から3〜5キロ郊外の珠江沿いにあり、「市販向けの植物を栽培」していたと説明している。「その植物」はフォーチュンによると、「おもに大きな鉢に植えられ、舗装された狭い通路の両側に、列をなしてならべられ、入り口には庭師たちの住まいがあり、その通路を抜けると種苗園に出る。種苗園は10数カ所あり…それもわがロンドンにあるいちばん小さい種苗園より小さい」

この鉢植え栽培のバラがヨーロッパに到着すると、身震いするほどの興奮をよんだ。なかにはアメリカで野生化し、やっかいな外来雑草となっているマッカートニー・ローズ *R. bracteata* という名のバラもあった。当時のヨーロッパには、夏至のころに咲く一期咲きのバラしかなく、しかも天候にもよるが、6月前後の6週間ほどで咲ききってしまうものばかりだった（「バラのつぼみは摘めるうちに摘め」とは、17世紀のイギリスの詩人ロバート・ヘリックによる忠告だ）。

しかし中国産のバラは花期が長く、ていねいに剪定すればシーズン中に二度咲かせることもできた。こうしたバラが到着すると、ちょうど新しいフランス製ガーデニング道具の剪定ばさみが利用されるようになったころでもあり、熱狂的な異種交配合戦となった。一方かたくなに伝統を守る庭師たちは昔ながらの接ぎ木ナイフを使いつづけたが、たとえば薬用と同時に料理用としても市販向けとして栽培された「薬屋のバラ」（apothecary's rose）*R. gallica* や、中東やインドの香水商が好んだダマスクバラ *R. × damascena* といった昔ながらの花期の短いバラに、交雑種の中国産バラを接ぐのに、剪定ばさみはとても便利だった。

ハイブリッド・ティー系（茶の香りがすることから）やうっとりと官能的な「ジェネラル・ジャックミノー」などのハイブリッド・パーペチュアル系のバラを管理するには、この新しい剪定ばさみは最適で、その後北アメリカでも大流行する。北アメリカの苗木栽培家は、すでに四季咲きで香りのよいつる性のノワゼット系のバラを生産していた。それが「パーソンズ・ピンク」などのイギリス産の新種とムスクローズ *R. moschata* を交配した、みごとな「シャンプニーズ・ピンク・クラスター」だった。

枝を落とし、刈りこみ、剪定する作業を一生懸命担っていた苗木栽培家には女性も男性もいたのだが（17世紀のジャン=バプティスト・ドゥ・ラ・カンティニは、「ただ切るだけで、

わたしは召使いとともにある渓谷の岸辺で標本箱などの道具をたずさえ、目に入ったものを手あたりしだいに標本として収集していた。対岸の頂上からは老若男女300〜400人の中国人が、みな不思議そうな顔つきでわたしたちの方を見下ろしていた。

ロバート・フォーチュン『中国の茶産地を二度訪ねて（Two Visits to the Tea Countries of China）』（1853年）

剪定になっている者はめったにいない」と忠告している)、ジョン・クローディアス・ラウドンは、剪定ばさみを「女性庭師用にしつらえられたもの」とみなしていた。それでもラウドンは「この種の道具のなかでは秀逸」だとして、読者をシェフィールドの製造業者スティアーズ＆ウィルキンソン社に走らせ、著書『園芸百科（An Encyclopædia of Gardening）』では「フランス製の剪定ばさみは、ブレードの曲がり具合から、一般的な押しつぶして切るはさみと引いて切るはさみの中間的な切り方になる」と説明している。

剪定ばさみは、もっとも面倒なノイバラの根を処理することもできるのだから、イギリスの庭師も好き嫌いはひとまず脇に置くべきだと、ラウドンは読者を説得した。そして「イギリスでは園芸家のあいだに偏見があって、こうした道具を嫌い、すぐれたナイフに対しては迷信的といえるほどの愛着をもっていることはよく承知している」とも記している（p.147参照）。

剪定

ジョン・イーヴリンの著書『完全なる庭師（Complete Gardener）』（1693年）によると、最初にブドウを剪定したのは野生のロバで、ブドウ畑に侵入し、ブドウの枝を何本かかじりとった。そして、枝を折られた木は枝の更新が早いことにブドウ畑の所有者が気づき、剪定作業を行うようになったらしい。

ナイフでスパッと切るようにきれいに切るには、剪定ばさみ（secateurs セカトゥール）の刃をよく研いでおかなければならない。枝を押しつぶすように切ってしまうと、病気にかかりやすくなるからだ。

高級な剪定ばさみ（当然値段は高い）であれば、製造所で研ぎなおしてもらえる。しかし、ホーニング砥石のようなきめの細かい研磨剤でブレードの傾斜（ベベル）に沿うように注意深くブレード全体を研げば、鋭い切れ味を維持できる。ときどき爪やすりでこするのも効果がある。

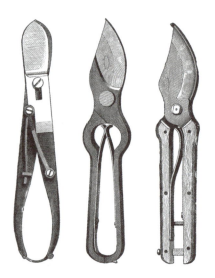

19世紀には、さまざまな形の「剪定ばさみ」が登場した。ブレードがスライドするはさみ（左端）や、柄が木製でバネの入ったはさみ（右）もあった。

フレンチコネクション

この道具が1800年代前半にアントワーヌ・ベルトラン・ドゥ・モルヴィル伯爵によって開発されたことから、ラウドンは正しくもこの剪定ばさみの起源をガリア（フランス）だと説明している。モルヴィルは不運で威信を失いつつあったルイ16世のもとで、ブルターニュの評判の悪い行政官をつとめていた。革命派によって、ルイがチュイルリー庭園からコンコルド広場のギロチン台につれだされ斬首されると、モルヴィルは自分の首が切られることを恐れ、イギリスへ逃亡する。革命後にフランスに戻ったモルヴィルは、おそらくギロチン博士推奨の機械の効率のよさに思い入り、あの剪定ばさみのデザインを思いついたのだろう。剪定ばさみはさまざまな切段方法のものが開発され、金属平板に鋭い刃を向かいあわせギロチン台のように切断する「アンヴィル剪定ばさみ」もそのひとつだ。しかしモルヴィルが設計したはさみは、2枚の鋭いブレードをペンチと同じ動きをするように組みあわせたもので、モルヴィルは、ブドウ畑で働く友だちの農夫に最適だと考えていた。

剪定ばさみ（secateurs セカトゥール）の発明者アントワーヌ・ベルトラン・ドゥ・モルヴィルは、君主であったルイ16世とは違い、フランスを脱出しギロチン処刑をのがれた。

ラウドンによれば、フランスの果樹農家は幸運にも、まもなくさらに進歩したはさみを使えるようになる。ラウドンが言っているのは、ブレードの背に針金を切るきざみ目をつけた「ヴーチエ」と、スプリング仕掛けでブレードが開く「ルコアント」という剪定ばさみだ。しかしそれから数年のうちに、フィロキセラ［ブドウの成長に害を及ぼす昆虫］の蔓延により、ヨーロッパのワイン畑の3分の2が壊滅し、ヴィニュロン［ブドウ栽培兼醸造農家］たちが剪定ばさみを手放すことになるとは、だれも予測できなかった。1850年代に導入したアメリカ産ブドウの木に付着していたアブラムシに似たブドウ害虫のフィロキセラが、ヨーロッパに侵入したのである［アメリカ産ブドウの木には耐性がある］。それでも剪定ばさみはガーデニング道具としてしっかりと根づき、プロの庭師のあいだではスイス製か、フィンランド式か、あるいはスウェーデン製の剪定ばさみかと論争が続いたが、アマチュア庭師が手もとに置いておくには、モルヴィル伯爵の剪定ばさみに似ていれば、どこのものであってもさしつかえなかった。

収穫かご

　かご細工にはどんな現代的な素材でも使えるが、庭師のお気に入りは、いまだに作りがていねいで肘に楽にかけられる地元産のかごだ。かご細工は世界最古の工芸のひとつに位置づけられ、しかもまったく同じかごはひとつとしてない。

定義
　花や果物、野菜を収穫するときに使う手編みの容器。

起源
　かご細工は世界最古の職業のひとつだが、現在も健在だ。

第1章　フラワー・ガーデン

か ご細工は、記録を残すことがはじまるずっと以前から行われていた。どの文化にも独自の様式の収穫かごがある。

ニューヨーク州の森林開拓者には「バンプ・ボトム・バスケット」（底の部分に凹凸があることから）があり、ペルーのサンマルティンやカハマルカの村落の女性にはカリーソやトトラ［フトイの一種。*Schoenoplectus californicus* ssp. *tatora*］を素材にした「葦かご」がある。フィンランドのカレリアではカバ材のかごが有名で、アパラチア山脈にはオーク材を使い、草木染めを施した「へぎ板かご」（split-oak carrier）がある。日本の勝山には、地元のマダケを編んだ軽量の野菜かごがあり、ボツワナのオカバンゴ・デルタにはマカラニヤシ *Hyphaene petersiana* の葉で蓋のないかご（オープンバスケット）を作り、それを頭の上にのせて運ぶ（蓋のないかごは魚や野菜用で、蓋つきのかごはトウモロコシの貯蔵やビールの醸造用）。

収穫かごがじつに多種多様であるのは、それぞれの土地に固有の伝統があるからだ。農村工芸品（vernacular crafts, vernacular は「主人の家で生まれた奴隷」、あるいは「土着の存在」を意味するラテン語 vernaculus に由来）は、土地で手に入るもので作る。家財道具にしても家そのものにしても、その土地のものを使った手作り製品は、イギリスの詩人ウィリアム・ワーズワースがウェールズの山小屋を表現したように、「建てられたというより育ったといったほうがいいのだろう…そこには堅苦しさがほとんどない」。同じようにファーストネーション［カナダ先住民族］であるノヴァスコシアのミクマク族には、たたきのしたオークのへぎ板を使ったかご細工の伝統がある。またブラック・ロイヤリスト［独立戦争中にイギリス植民地軍に参加した黒人］とよばれた南北戦争の難民が、

収穫物を運ぶために世界中で使われている道具。木製や籐製のかごは、世界最古の工芸品のひとつ。

1780年代ごろノヴァスコシアの海岸に定住すると、塩水沼沢地に自生するアシと美しいレッドメープルの薄板を使って、独自のかご細工を洗練させた。

また、1770年代に宗教的な自由を求めアメリカへ渡ったシェイカー教徒は、手編みかごなどシンプルな手工芸品を重んじるコミュニティーを形成した。

スタンダード・ポトル

ノヴァスコシアの人々をはじめ海を生業にしたバスク人やブレトン人、そしてノルマンディ

のフランス人は、地元の帆布製造所から端布を集め、それを使って綿布とキャンヴァス地の収穫バケツを作った。イングランドのじめじめした海岸平野サマセット・レベルズでは、かご細工にヤナギとアシが使われる。一方ロンドンのコヴェントガーデン・マーケットに供給されているかごはフラムとステインズの伝統工芸品で、テムズ川のぬかるんだ岸辺を縁どるヤナギあるいはコリヤナギが使われている。スタンダード・ポトルというのは、イチゴを半ポンド（230グラム）入れることができる、底の方が細くなった小ぶりのかごのことで、頭の上にのせて運ぶもう一まわり大きい「マーン」にちょうど収まるようにつくられている。アイルランドの市場で働く女性（basketwomen）がこれを頭の上にのせていたが、それよりも、大酒飲みで言葉づかいが荒いといううわさのほうがよく知られている。

アイリッシュ海を渡れば、W・B・イエイツが「サリーガーデンのほとりで」(down by the salley gardens) 恋人との逢瀬をうたっている。「salley」はおそらくヤナギを意味する *sallow* や *willow* に由来するのだろう。イエイツ家はベルファストの西にあるネイ湖のほとり、そしてマンスターのシュア・ヴァレーでかご製造業を営み、裕福な暮らしだった。この地では何百年も変わらぬ手編み作業により、ガーデニング用の容器やかごだけでなく、犬の口輪、スキーブ（アシなどで編んだ浅い皿のことで、熱々のポテトを盛りつける）、クリール（ロバの荷かごから釣り人のびくまで、どんな用途にも合わせて製作される携帯用のかご）などが作られてきた。しかし段ボール箱の発明によりこうした家内産業は大きな痛手を受け、自転車へのライトの装着が義務づけられたことで、籐製の自転車かご製造業界も同じくらいひどい打撃

籐かごの手入れ

古い上質の籐かごを壊そうとしてみたことがあればわかるが、籐細工は非常にじょうぶだ。しかし3つの弱点がある。熱、湿気、そして昆虫だ。

乾燥しすぎるともろくなるので、強い日射のもとや薪ストーブのそばに放置してはいけない。また湿らないように注意する。汚れなどはペンキ用の平坦で乾いたはけではらうか、湿らせた布で拭きとる。籐を水に浸すと繊維が膨張してしまう。キッチン・ガーデンから収穫物を運ぶ場合、かごの底に紙を敷いて、落ちた土がかごにつかないようにする。籐かごは、傷んでもキクイムシなどに喰われたのでなければ修理できる場合があるので、メーカーに問いあわせてみること。

を受けたという。ハンドルの上につけたライトの光が籐製の自転車かごにさえぎられてしまうからだ。

ガーデニング用かご細工により、各地にじつに詩的なかごの名称が生まれ、その語彙数も増大した。カタルーニャの枝編みコーヴやカーゴレラ（後者はカタツムリ用）、ウェストヴァージニアのエッグ・バスケット、リブ・バスケット、スプリット・バスケット、そしてバタフライ・バスケットは、かごの形や目的から名づけられた。イギリスにも、カンブリアン・スウィル［オークのへぎ板で編んだ楕円形のかご］やウースターシャー・スカットル、サセックス・

スペイルあるいはスペルク、ロンドン・パッド（四角い小さなかごで、ヒンジつきの蓋があり、モモなど傷つきやすい果物を運ぶために作られた）さらにワイヤーフォレスト・ホイスケットあるいはスロップがある。そしてもっとも有名なのが、船型のサセックス・トラッグ（船のことをかつてトロッグ［trog］と言ったことから）で、後にも見るようにトマス・スミス氏という人物によって有名になった。

王室御用達バスケット

　花を運ぶ底の浅いトラッグは、かごいっぱいに入れても下の花がつぶれない。カンブリアン・スウィルや勝山のかごは木や竹が使われているが、カンブリアン・スウィルにはオークのへぎ板が使われ、サセックス・トラッグではクルミのへぎ板、取っ手にはトネリコが使われている。

　トラッグの製作はまずフレーム作りからはじまる。フレームはトラッグの取っ手と縁からなり、トネリコの丸太を「へぎ斧」で割ったへぎ板で作る。へぎ板は蒸気で蒸してからジグに固定して型をつけてゆき、板の両端を合わせて釘で固定する。トラッグの本体部はクルミの薄手のへぎ板を使い、まず幅広い中央の板をつけ、それに沿わせて脇板を重ねながらつけていく。大きいトラッグには木製の足もつける。

　トラッグなどのかご細工職人は、生で（乾燥させていない）小ぶりな木材を使いつつ、地元の森林保護にとって重要な役割をはたしていた。かご作りは樹木の更新に依存しているので、地域の森を根気づよく管理したのである。そうしたトラッグ作りの職人のひとりに、トマス・スミスという男がいた。ハーストモンスーというイースト・サセックス州の村でかご細工製造業を営んでいたが、スミスには野心があった。1851年、スミスは賭に出る。クリスタル・パレスで開催されたロンドン万国博覧会に、出展代を払って自分のトラッグを出品したのである。万国博覧会の趣旨は「世界中の工業製品」を展示することにあったのだが、みずから出品した伝統工芸を誇りに思うスミスの思いは、19世紀のエンジニアの思いとなんら変わりはなかった。展示区画はサミュエル・コルトの小型銃、世界初の鉄フレームのピアノと分けあっていたのだが、このスミスのかごに目をとめたのが、最愛の夫アルバートとともにクリスタル・パレスを訪れていた観察眼の鋭いヴィクトリア女王だった。ヴィクトリア女王はすぐさま、広大な庭園用にかご細工一式を注文した。

　職人スミスはサセックス・トラッグに王室の紋章をつけることを許され、注文の品を女王のもとに届けるときには、馬車やブライトン＝ロンドン間の鉄道輸送は使わず、ロンドンまで100キロの道のりをみずから荷車を引いた。

サセックス・トラッグの職人はクルミのへぎ板を使い、取っ手の材にはトネリコを使う。

土壌試験キット

　粘土質なのか砂質なのか？　土地は肥沃なのかやせているのか？　庭師にとってもっとも基本的な道具は土壌そのものであり、ローマ時代以来、科学は単純で信頼性のある土壌の分析方法を追究してきた。しかしそれも土壌試験キットが登場するまでのこと。

定義
　土壌の酸性、アルカリ性をpH値1〜14で測定するセット。

起源
　土壌の酸性、アルカリ性にどういう意味があるのかわかるようになったのは、1900年代はじめのことだ。

土壌とは有機物、岩石、鉱物粒子からなる培地のようなもので、培地としての性能はこれら3つの成分の質と量による。庭師が世話をする植物と同じように、庭師自身もこの土壌に依存している。

土壌はもっとも肥沃なもの（ローム質で茶色く、軽くにぎるとほぐれる）からまったく不毛な土壌（青白く、石英が散らばっている）までさまざまだ。その中間にも、粘土（粘土質で、すぐに水浸しになるが、栄養分が多い土壌）、シルト（かつての河川堆積物からなるきめの細かい土壌）、ピート（ふかふかで黒っぽい酸性土壌）、最後に砂質土壌（耕しやすいが、作物の生育期に地温が上昇しやすい）などがある。そして土壌の肥沃度は、土壌の酸性あるいはアルカリ性の程度にも依存する。

肥沃度テスト

ローマ時代の作家ルキウス・ユニウス・モデラトゥス・コルメッラによれば、庭師は雑草の生育具合をチェックするだけで土壌の肥沃度を調べることができた。コルメッラは、ローマ時代に農業と園芸分野におけるもっとも明快な書物を著した人物だ。全12巻におよぶ著書『デ・レ・ルスティカ』 *De Re Rustica*（農業論）がそれだが、著者自身についてはほとんど知られていない（約2000年前にスペインで生まれた古代ローマの地主と考えられている）。しかし、コルメッラが土壌肥沃度という、当時においては諸説紛々の問題を研究していたことははっきりしている。賢明にもコルメッラが土壌の潜在的生産性を判断するために注目したのは、イグサやアシ、牧草や矮性のニワトコ、ノイバラなどの雑草群の生育状況だった。さらにコルメッラは簡単な肥沃度テストをいくつか提

酸性かアルカリ性か？

ほとんどのガーデニング用土壌試験キットは簡単ですぐに使える。しかし、［精度については］利用者の読み方しだいというものがほとんどだ（研究所へ土壌サンプルを送って調べてもらえば、より詳細な結果が得られる）。標準的な試験キットは、土壌サンプルを薬液に混ぜ、その溶液を色見本と比較する。黄色からオレンジ色であれば酸性土壌、緑色なら中性、濃い緑色ならアルカリ性土壌ということになる。

一般的に植物には、栄養素をもっとも吸収しやすくなるpH（水素イオン指数）6.5～7が適している。pH値が6以下の酸性土壌の場合は、石灰や石灰岩の粉末を鋤きこんで土壌を改良する（再試験するのは、石灰をほどこしてから3カ月以上たってから）。アルカリ性土壌の場合は（pH7.5以上）、硫黄分をくわえる必要がある。ツツジ科に属するツツジやアザレアなどの植物の大部分は、酸性土壌のほうがよく育つ。

案している。第1の方法は、土壌サンプルを湿らせてから練ってみて、「ピッチのように…土が指につくならその土壌は肥沃である」。第2のテストは、穴を掘り、それからもとへ戻す。そこを踏みならして土が穴よりあまるようなら、コルメッラは健康な土壌と判断した。

コルメッラは、やせた土壌だと、掘

土壌のpHが、セイヨウアジサイやガクアジサイなどアジサイ *Hydrangea macrophylla* の花の色に影響する。

土壌試験キット

トマス・ヒル（ペンネームはディディマス・マウンテン Didymus Mountain）は著書『庭師の迷宮』で、土に堆肥をほどこし、土壌を改良することを推奨した。

り返した土だけでは掘った穴を埋めきれなくなると解説している。さらにコルメッラは味覚試験も提案している。土壌と水のカクテルをひとすすりしてみるのである。甘味があればよい土壌で、酸性土壌であればまさに酸味がする。

コルメッラのこうした土壌分析は、1400年代のはじめには再発見されていた。ところが当時は、土壌の分野で新進気鋭の評論家が現れていたため、コルメッラの指摘は無視されてしまった。なかでもトマス・タッサーとトマス・ヒルの影響が大きかった。タッサーの経歴についてはコルメッラと同じようにはっきりしないが（イーストアングリアで農業に失敗し、1580年にロンドンで貧困のうちに他界したらしい）、著書『家政の心得100（A Hundreth Good Pointes of Husbandrie）』（1557年）で、ホップ栽培農家の土壌について触れ、次のように書いている。

　　［ホップの土壌には］よく発酵した腐植土を使い、菜園のように肥やしをやり手入れをする。乾燥させすぎないようにし、水はやりすぎてもいけない。この教訓をしっかり記憶し、普及することが肝要である。

またトマス・ヒルは良質の堆肥の価値を理解していて、『庭師の迷宮（Gardener's Labyrinth）』（1577年）で、たとえば「レタス」の種はヤギの丸薬状をした糞のなかにまくことを推奨し、作物が「理想的な形となり風味も豊か」になるとしている。ヒルはベストセラー園芸作家だった。『庭師の迷宮』が出版されたのは、フラワー・ガーデンが確立されはじめたころで、エリザベス朝時代の庭師たちもこの『庭師の迷宮』を愛読した（とりわけ意外な話が掲載されていたことも理由だった。たとえばヒルはおかしなことにキュウリを「性欲の敵」と言い、雷雨で曲がる傾向があると主張していたのである）。

それはそうとして問題は土壌の状態を知ることではなかったか？　19世紀の作家ジェームズ・シャーリー・ヒバードが著書『実用園芸（Profitable Gardening）』で書いているように、「取り組まなければならない問題はなにか？　まずそれをはっきりさせてから行動する」ことだ。科学が土壌の潜在能力を測定する簡便な方法を提供してくれるようになるまで、庭師はさらに50年近くも待たなければならなかった。この仕事を託されたのはデンマークの化学者セレン・ピーター・セーレンセンで、酸性かアルカリ性かを測定できるpHの概念を明らかにした。コペンハーゲンのカールスバーグ研究所に勤めながら、1909年にこのpHスケールを発表している。摂氏25度の純水を測定するとpH値は7で、pHが7以下であれば酸性、7以上ならアルカリ性だ。セーレンセンの発明は多くの実際的な応用に利用されたが、庭師にとって、そして最終的に市販されるようになった手軽なDIY土壌試験キットにとってなにより重要だったのは、この発明によって信頼できる土壌肥沃度試験が可能になったことだった。

ディバー（種まき用穴空け器）

　一般的なディバー（種まき用穴空け器）は、決してガーデニングの主役となるような道具ではない。数百年以上庭師を夢中にさせてきたのは、種子そのものの信頼性だ。しかし、ディバーは種をまき、栽培するうえで重要な役割を果たす。

定義
種まきから発芽した植物の移植まで、幅広い用途のあるガーデニング道具。

起源
ローマ時代の記録が最初のもので、ジョン・イーヴリンの『エリシウム・ブリタニクム（Elysium Britannicum）』（17世紀後半）でもとりあげられている。

ディバー（種まき用穴空け器）

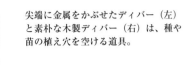

尖端に金属をかぶせたディバー（左）と素朴な木製ディバー（右）は、種や苗の植え穴を空ける道具。

「ディバー」（dibber）という言葉にひかえめな響きがあるせいか、庭師は種まきや定植にこの簡単な道具を使わないことも多く、かわりに古くからの踏み鋤［角スコップに似た道具］の取っ手部分や、先をとがらせた小枝などをディバーのように使い苗を植える作業をしている。

ディバー（英語では「dibber」あるいは「dibble」ともいう）はガーデニングのなかでも種をまくという大切な作業を補助するさまざまな道具のうちのひとつにすぎない。そうした道具をあげれば、ひも、種子を等間隔にまくための穴空け用定規、保温トレー、シードドリル・ホー、長い柄のついた手押し車のようなシードドリルなどがある。さらに不意の災害に襲われたときのために種子を保存しておける特殊なサバイバル・シード・セイフ（非常用種子セット）というものもある。アメリカのあるウェブサイトには「災害時でも家族の食糧を作れることを忘れずに」と書かれている。そしてこのディバーだ。

19世紀の創意あふれるメーカーでさえ、「木製の短い円筒で先端部に鉄をかぶせたものもある」道具の新製品開発に奮闘したことは、ジョン・クローディアス・ラウドンが示している。奮闘の結果、当時のメーカーは一度にいくつもの穴を空けられるように、尖端部が複数あるディバーまで生みだし、長い柄のものもあり、また取っ手がT型やJ型、L型のものも現れた。さらに20世紀には新しい素材が開発され、エレガントなステンレス製ディバー、さらに移植ごてとディバーの特徴を合体させたアルミ製移植ごて型ディバーも登場した。

ディバーは、種子を発芽させ植物として成長させる手間のかかる作業を支援してくれる。種子は植物が胚の状態にあること、つまり受粉して成熟した胚珠のことで、大きさはランの種子のように塵のように小さいものから重量級のココナッツまでさまざまだ。

疑惑の種

しかし結局のところ、庭師にとって大きな力となったのはディバーではなく、理想的な種子の提供を約束した遺伝学という科学だった。

農業科学の世界からの副産物に、「コート種子」がある。殺虫剤で被覆し保護されている種子のことで、害虫や病気から種子を守れるようになった。その結果、老練の庭師らが行っていた、エンドウの種をパラフィンのなかで転がしたり、鉛丹［赤色の顔料］をまぶしたりする古くからのネズミ対策はかえりみられなくなった。1960年代になると、1920年代に開発されていたF1を使った改良種子が出まわりはじめ、こんどは自家採種をする意欲がそがれてしまった。F1のFは「filial」の頭文字で「F1」は「雑種第1世代」を意味し、F1種子は選択された両親［異なる対立遺伝子をホモでもつ］の交配による種子のことだ。続いて登場する「遺伝子組み換え種子」もそうだが、これらの種子は種苗会社にとってうま味がある一方で、庭師にとっては不都合なものだった。F1を自家採種しても同じ特徴をもつ作物は得られないからだ。したがって庭師は、翌年も種苗店で種子を購入せざるをえなくなった。そうした状況のなかで、多くの庭師が種子の多様性消失を懸念するようになった。そして庭師たちは、1930年代に出版

された園芸百科のアドバイスに従ったほうがいいのではないかと思うようになる。「自家採種した種子は、発芽にかんしてあらゆる面で満足できるものですから、アマチュア庭師の場合、ご自分の菜園から一定量の種子を採種することをお勧めします」。このアドバイスは16世紀のトマス・タッサーの考え方とも共鳴した。

地元の人と在来［固定種］の種子を交換するのは、当然のことだろう。

特別な用途で作られたものであれ、色あせた曲がった枝で作ったものであれ、フォークの取っ手を再利用したものであれ、ディバーには工夫のつくされた素朴さがある。

こうして市場を介さない種子の交換がさかんになってくると、非政府組織などが伝統的な種子を採取し保存することに資源投資するようになった。

種子の改良技術は現在も問題になっている。遺伝子組み換え（GM）種子つまり遺伝子を操作した種子は、製造企業の言い分によれば、食糧生産が増大するだけでなく、除草剤や殺虫剤にかかる費用が減るため栽培コストが下がるという。しかし反対派は、空約束という「疑惑の種子」であり、この新たな種子は高価で、しかも購入者は種子供給者に囲いこまれることになると指摘する。さらに反対派は、GM作物によって植物の多様性がそこなわれ、GM作物に耐性をもつ害虫を防除するため、農家はより多くの殺虫剤を使わざるをえなくなるとも主張している。その連鎖反応として、花粉媒介者としての昆虫を失うことにもなるだろう。

活動家はGM作物への攻撃を開始し、ひときわ注目を集めたが、1990年代にはすでにGM種子を使った食品がスーパーマーケットの棚にならんでいた。とくにコットン（綿花）やトウモロコシ、ダイズ、そしてコメの遺伝子組み換え作物の生産は、北アメリカとカナダからインド、南アフリカ、中国、ブラジル、そしてアルゼンチンへと拡大した。ヨーロッパでは、一部の国を除いて導入されていない。インドは当初はGM作物の導入に反対していたが、2002年にオオタバコガの被害を防げるGMコットン種子の利用に限定して導入を承認した。コットンの生産量が増大するとともに、インドのGM種子業界の支配的利権も拡大し世界第5位にまでなったが、こうしたGM業界の大部分を支配しているのは、アメリカのGM種子生産企業モンサント社である。

家庭菜園市場はおおよそGM種子を排除してきている（しかし家庭菜園の庭師も意図せず、GM飼料で育てられた家畜の肉をかなり消費している）。一方、イギリス土壌協会などの非政府組織はGM種子反対運動を展開し、不耕起農法などの技術を奨励している（p.14参照）。ところがこの農法では、便利なディバーも不要となり、ふたたび物置小屋に納まることになる。

ディバーは、ヴィクトリア朝時代の作家にして庭師であったジョン・ラスキンの絶賛を得た道具でもあった。1871年、カンブリアの「ブラントウッド」とよばれる邸宅を買いとったとき、最初に手をつけたのが、「甘やかされ、自

ディバー（種まき用穴空け器）

博愛主義のジョン・ラスキンは、実用的なディバーの利用に賛同しただろう。

然のものより大がらの」花々で満たされた花壇を、ありのままの姿の花や樹木の植栽に替えることだった。妻エフィが画家ジョン・エヴァレット・ミレーと駆け落ちし、深い悲しみに沈み、情け深くもなっていたラスキンは、1万4000ポンドを投入し、セント・ジョージズ・カンパニーを設立する。このギルドは、活気を失った工場労働者が機械相手の仕事から離れ、素朴な労働に汗を流し充実感を得られるようにする〔農村共同体を作る〕慈善活動だった。ラスキンは、セント・ジョージズ・カンパニーを通して社会改革をもたらし、「火で動く機械」に訴えなくても、労働者が「1年かけて大切に育て、その果物を収穫」できるようになると期待していた（ラスキンは蒸気機関を嫌い、さらにセント・ジョージズ・カンパニーの受益者が「砂糖を指でつままず、ていねいに角砂糖ばさみを使う」ようになるものと期待していた）。

ラスキンの農村共同体はシェフィールド近郊のトットリー、ウェールズのバーマス、ウースターシャーのビュウドリーに開設され、セント・ジョージズ・カンパニー自体は教育分野の慈善トラストとなったが、当初からこれらのプロジェクトは困難を強いられた。バーマスでのプロジェクトだけがいっぷう変わった人物、フランスからの亡命者オーギュスト・ギヤーの存在によって救われた。グレーのマントに赤いトルコ帽という出で立ちでバーマスの村を闊歩していたギヤーは、小さい子どもたちを怖がらせたが、海水の飛散から菜園を守る有益な助言を提供した。そして手でにぎって使うディバーの活用法を伝授したのも、まぎれもなくこのオーギュスト・ギヤーであったはずである。

ディバー（種まき用穴空け器）を使う

　ディバー選びは、土壌の性質による。
　砂質の土壌だと、ディバーを引き抜くときに土がくずれて穴が埋まってしまう。そんなときには、取っ手がT型で先細りのステンレス製のディバーを選び、片方の手でディバーを使って穴を空け、ディバーを引き抜くときに他方の手で種あるいは苗を入れてやる。重粘土の土壌だと、穴の形が残るので、移植ごてとディバーが合体したタイプ（柄の一方の端がディバーで、他方が移植ごてになっている）が便利だ。ディバーで穴を空け、種や苗を入れたら、移植ごてになっている方を使って土を穴に埋め戻す。尖端部が複数列になっている種子トレー用ディバーを使えば、いっぺんに複数の穴を空けることができる。木製の短い取っ手にダボがいくつかついたものが市販されている。

ウェリントンブーツ（ゴム長靴）

　第1次世界大戦の塹壕戦に対応するため大量生産されるようになったゴム長靴は、ガーデンブーツ市場を席巻した。しかし一部の庭師や造園家は、履き心地のよい履きなれた革製ブーツを手放さなかった。

定義
防水仕様のゴム長靴のことで、足を乾燥状態に保てるよう工夫されている。庭師にとってはうれしい一品。

起源
ゴム長靴（長靴を意味する「boots」はフランス語の *botte*、スペイン語の *bota* に由来）は19世紀に発明された。

ウェリントンブーツ（ゴム長靴）

奇 オガートルード・ジーキルは1843年に生まれ、20世紀のもっとも影響力ある造園家となることを運命づけられていた。生前はそれほど有名ではなかったが、1932年に他界したのちに、その名はよく知られるようになった。それでも、「人為的な植栽は自然そのものとは決して同じではない」と断言したこの女性は、エドワード7世時代の肖像画家ウィリアム・ニコルソン卿の目にとまるほどには当時からよく知られていた。

1920年ジーキルの肖像画を描くためにやってきたウィリアム卿は、ジーキルが花壇の草取りをしているあいだ、ずっと待たされていた。手持ちぶさたでじれったくなってきたウィリアム卿は、スケッチブックを取り出し、ジーキルのワーキング・ブーツを描いた（スケッチをしているあいだ、ジーキルが何を履いていたのかは不明）。この作品「ミス・ジーキルのガーデニング・ブーツ」は最終的に油彩で仕上げられ、くるぶしまでの高さの黒い革製のブーツは靴ひもがほどかれ、右足のソール部分はわずかだがアッパー部からはがれている。長年の使用でできた表面のすり傷やひっかき傷などまで詳細に描写されている。

その作品はふさわしくも、51歳の建築家エドウィン・ラッチェンスに贈られた。ガートルード・ジーキルはラッチェンスのことをよく知っていた。ふたりはジーキルが40代のころに出会い、ラッチェンスはまだ10代後半だった（ジーキルはラッチェンスをネッドとよび、ラッチェンスはジーキルをバンプスとよんだ）。ジーキルはすでに名を上げていて、新しい邸宅をかまえ、なにより新しい庭を作れる余裕があった。そこでラッチェンスに邸宅の設計を依頼したのである。その後、サリー州に広がる6ヘクタールの「マンステッド・ウッド」は、イ

ブーツ・スクレイパー（ブーツ用泥落とし）

ヨーロッパの庭師の多くは、大切なワーキングブーツを泥だらけにしないように、植物への水やりは裸足で行っていた。手ごろな価格のゴム長靴、「ウェリーズ」や「ブラッチャーズ」、「ガンビーズ」が登場したことは、庭師にとってありがたかった。ゴム長靴の生産が急速に増大すると、昔ながらの乗馬用ブーツ・スクレイパー（泥落とし）の生産も爆発的に伸びた。ブーツ・スクレイパーには、豪華に装飾された19世紀の鋳鉄製高級スクレイパーや、平らな石製土台にH型の泥落としを組みこんだ実用本位のものなど、いろいろある。しかし簡単なブーツ・スクレイパーなら、屋根材のスレートをスライスし、溝を切った半割の丸太に差しこんで、使いやすいように裏口に立てかけておけばいい。

ブーツ・スクレイパーは、新しいゴム製長靴（ウェリントン、ガンビーなどとよばれる）のおかげで泥だらけのブーツを履いた騎兵専用のものではなくなり、第二の人生が開けた。

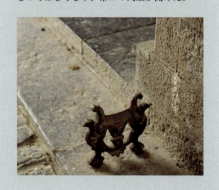

第1章　フラワー・ガーデン

ングランドでも指折りの庭園のひとつとなる。このふたりの気の置けないパートナーシップは、どちらにとっても損はなかった。

ラッチェンスはアーツ・アンド・クラフツ様式の中心的主唱者だった。ジーキルには庭園にイギリス精神を見すえる目があった。裁縫の針山を集めたようなロンドン・プライド［ヒカゲユキノシタ］（*Saxifraga umbrosa* または *S. × urbium*）を石畳の歩道の割れ目に植えこみ、銀色のラムズイヤー（*Stachys byzantina*）で通路を飾り、刈りそろえたラベンダー（*Lavandula* spp.）とユッカ（*Yucca*）が砂岩色をしたラッチェンスのオランジェリー［オレンジ栽培用温室］へとつながる。灰色、緑、白、そして銀色の花々や草の海を背景にした石庭には、ベンチをしつらえた。

ジーキルは進行性近視だったため、みずからの目標であった画家として身を立てることをあきらめ、そのかわりに植物で庭を描くことにしたのである。かつてジーキルは、「生き物で景色を描き」「あらゆる視点から、そしてあらゆる観点から」眺められる庭園を作り出すと語っていた。マンステッド・ウッドや依頼された多くの仕事（ヨーロッパとアメリカで400以上の庭園を手がけた）でその言葉を実行し、作業にはいつも履きなれた古いブーツを履いていた。「きっと新しい首輪が好きな馬はいないでしょう」、わたしも「ほんとうに新しいブーツは好きじゃない」と、かつてジーキルは語っていた。1880年代にラッチェンスとはじめて会ったときに買ったブーツだが、1930年になってもジーキルにはなんら不満はなかった。ジーキルは庭園の設計にしても、靴選びにしても、一時的流行には真っ向から反対した。

長靴開発に全力投球

ジーキルがまだ小さかったころ、ゴムをめぐる重要なアイディアと特許が大西洋をまたいで行き交った。18世紀の化学者で聖職者でもあったジョーゼフ・プリーストリー博士は、ラテックス製の小さなボールで鉛筆の跡を消せること、つまりこすりとれることを発見したが、それよりずっと昔からマヤとアステカの人々は、カフチュ *cahuchu*（文字どおりには「涙を流す木」という意味で、ゴムノキ *Hevea brasiliensis* か

「涙を流す木」つまり *Hevea brasiliensis* には、庭園での履き物を一変させる影響力があった。

ウェリントンブーツ（ゴム長靴）

チャールズ・グッドイヤーは、生ゴムが防水ブーツなどさまざまな製品に変貌することを発見したが、ガートルード・ジーキルの支持は得られなかった。

ら集めていた）とよんで「ゴム」を利用していた。1800年代になって、アメリカの発明家チャールズ・グッドイヤーとイングランドのトマス・ハンコックが、生ゴムに硫黄と鉛白を混ぜて加熱すると不思議なことに柔軟な防水素材となることを発見した。スコットランドのチャールズ・マッキントッシュは、すでに布の層にゴムの層をはさみこむ工程の特許を取得し、庭師に防水の「マッキントッシュ・コート」を提供していた。まもなくしてフランスではヒラム・ハッチンソン、スコットランドではヘンリー・リー・ノリスが、ガーデニング用の履き物にこれまでにない革新的な変化をもたらすことになる。それははじめて簡単に脱ぎ履きできるオランダの木靴「クロンペン（klompen）」、フランスの「サボ」（sabot）、そしてイングランドではクロッグが登場して以来の出来事となった。ヒラム・ハッチンソンはアメリカの実業家で、1853年にフランスはパリの南にある小さな町シャレット・シュル・ロワンでゴム長靴を製造する仕事をはじめた。ヘンリー・リー・ノリスもやはりアメリカ人で、スコットランドにノース・ブリティッシュ・ラバー・カンパニー社を設立した。これらがのちにフランスのエーグル社、スコットランドのハンター社となってゴム長靴が誕生し、第1次世界大戦で兵士が塹壕に入って戦うようになると、まもなくゴム産業はビッグビジネスとなった（さらにゴムタイヤの売り上げが伸びるとゴムの売り上げも急増し、マレーシアとインドネシアの熱帯雨林が消え、広大なゴム・プラテーションになった）。

もしジーキルがブーツを見立てたとすれば、「ウェリントン」つまりゴム長を注文していたのではないだろうか。最初のウェリントンは革製で、その名称は初代ウェリントン侯爵に由来する。ユーモアのきいた雑誌として知られるパンチは1800年代中ごろ、市販されているブーツの論評を特集した。同誌はウェリントンを完璧と評し、それ以外を問題外としたうえで、こう断言した。「[ウェリントンを] 履いて歩くことは、足を保護するだけでなく、履く者の名誉ともなる」

室内に腰かけたままで、土の耕し方をわたしやほかのだれに聞いてもむだなことです。外へ出て男の人が耕しているのを見るべきです。そうしたら踏み鍬を手にとって自分でやってみる。そうすればどんな道具でもそうですが、力が2倍になり労力が半分ですむコツがつかめるのです。

ガートルード・ジーキル 『森と庭 (Wood and Garden)』(1899年)

帽子と手袋

　じょうぶな手袋と日射をさえぎる帽子が、庭師にとって大事な道具のひとつだとは思いもよらないかもしれない。しかし、専門家は数世紀にわたり庭師に、手袋と帽子は欠かせないことを理解してもらおうとしてきた。

定義
　頭部と手をおおって保護するもので、ガーデニングの歴史に深く浸透した衣類。

起源
　帽子(hat)と手袋(gloves)の語源は古英語の *hætt* と *glof* から（*hætt* は「hood」や「cowl」［ずきんのこと］を意味する古ノルド語とも関係がある）。

帽子と手袋

トリカブトやトウダイグサ属、写真のようなトゲのあるアザミなどの植物を扱うには、ガーデニング用の手袋を使うべきだ。

「手袋をはめてできる作業は、手袋をはめてからでなければ行ってはならない」と、ドイツの作家トルーゴー・シュヴァムスタッパーは1796年の著書『園芸技術の要点（Bemerkung über die Gartenkunst)』で述べている。さらに草取りでも、「人差し指と親指の先にくさび状の鉄製指ぬきがついている手袋を使えば、いっそう効率的かつ迅速にこなせる。ただし指先の部分はよく磨いておくこと」と助言している。そしてその他のたいていの作業には「ごくふつうの手袋」を使用することを推奨している。「そうすれば、庭師の手がクマの手のようになることはない」

シュヴァムスタッパーは、紀元前8世紀ころに書かれたホメーロスの叙事詩『オデュッセイア』に登場するラーエルテース［オデュッセウスの父］の行動に共感していた。自分の庭を見まわっているあいだ、ラーエルテースはイバラをはらいのけるため手袋をはめていた。その翻訳については、説得力のある異論として、ラーエルテースは服で手を保護していただけだとする主張もあるが、とにかくラーエルテースは賢明にトゲ対策をとっていたのである。紀元前1世紀に書かれたウェルギリウスの『農耕詩』にあるような「ウシ革手袋」をはめていた可能性もある。

イギリスの手袋メーカーは早くも11世紀にはガーデニング用革手袋を製造していた。1340年にはノリッチ・プライアリ［イングランド東部のベネディクト会修道院］の年金・支払い勘定の記録に、「オックスフォードの学生に2シリング、セララー［修道院の食糧調達責任者］にハーブ刈りとり代として2シリング、修道院長の草刈り人に6ペンス、手袋代7シリング」と記録されている。革手袋はどんなイバラでもしっかり手を保護してくれるが、これとはまったく異なるのが、17世紀に大流行したニワトリの皮を使った華奢な手袋や、アイルランドのリムリック州で作られたまだ生まれていない子牛の皮を利用した薄手の手袋で、もともとは強い香りや過剰な装飾がほどこされていたものだ。トリカブト *Acontium* spp. やトウダイグサ属 *Euphorbia*、ジャイアント・ホグウィード *Heracleum mantegazzianum*、アザミ *Cirsium* やリュウゼツラン *Agave* などの植物に、薄手の手袋は向かない。じょうぶで実用的な手袋が必須である。

19世紀初頭のイギリスで、パイナップルを温床で栽培するようになると、庭師はこの鋭利な葉先をもつ植物の世話をするために革手袋をしたうえで、さらに保護用装備として麻布製の手甲もくわえなければならなかった。のちに1820年代になってスコットランドの園芸家パトリック・ニールは、「在来のトゲだらけの植物で…ときどきカルドン・トゥールという名でも栽培されている植物」は「じょうぶな革製の服に、厚手の手袋をして…けがをしないようにする」と述べている［カルドンはアーティチョークの野生種でトゲが多い］。

1880年代のメリーランド州では、ウースター郡園芸協会初の女性理事トマス・ネルソン夫人が、若い女性たちはガーデニング用手袋が大嫌いだと嘆いている。「若い女性がガーデニング

用の帽子や手袋をするのが嫌い」なのは「ガーデニングは不潔な仕事だと思いこみ、真新しいモスリンの服を着て小説を読んだり、素敵な仕事についているように見られないのではないかと心配するからだ」と夫人は断じた。

耐久性のあるもの

　つばの裏側が黒っぽい色の帽子なら、紫外線の反射光を若干吸収しやすくなる。つばの幅も80ミリ以上あれば、首から顎、耳のほぼ全体を保護できる。

　安価なガーデニング用の手袋は1シーズンともたない。手袋は質のいいものを選ぶこと。そして手袋が自分の手にぴったり合うのを確かめる。大きすぎれば脱げてしまうし、小さすぎればしびれや痛みがでることもある。また大きすぎても小さすぎても、水ぶくれができる場合がある。

　手袋を選ぶには、手袋を両手にはめて拳をにぎり、ガーデニングでよく行う動作をいろいろと試してみる。手袋が心地よく、すべったり窮屈な感じがなければ、あなたの手に合っている。さらに注意すべきなのは、用途によって水仕事用、精密作業用、さらに研磨面を扱う専用の手袋があることだ。

単位を取るなら帽子をかぶれ

　園芸に熟練したシュヴァムスタッパーは、実用的で全天候型の帽子の形について助言をし、「つばが広い軽量のシルクハットを利用すれば、日傘代わりにも雨傘代わりにもなる」と庭師に推奨している。19世紀には帽子も手袋と同じようにある意味でステータスの象徴となり、水やりの少年がキャップをかぶり、庭師の棟梁がボウラーハットをかぶり、チェルシーで毎年開催される王立園芸協会のショーでも、モーニングスーツの盛装で、白手袋にシルクハットをかぶることが求められた。

　一方、ファッションに敏感な女性庭師は「ハット・ファン」をかぶった。1895年のストラッド・マガジン誌は、雨や日差しから女性を守るべく、キャップの頭頂部でファンがどのように広がるかを解説している。この帽子の「もうひとつの魅力は、後ろ髪をおおうカーテンがついていること」。

　さらなる名案を提供したのがオーストラリアのゴムタイヤ・メーカーで、1964年にコンドーム製造技術を応用した使いすてラテックス製手袋を開発した。帽子と手袋が庭師の重要な道具のひとつにくわわるようになると、トム・オーダーはマザー・ネイチャー・ネットワークのウェブサイト（重要な庭道具の第10位に帽子をあげている）で、帽子をかぶらず野外授業に出席した学生に特別なレポートを課すことにしたジョージア大学園芸学教授の話をのせている。そのレポートのテーマとは、皮膚がんについてだ。

ガーデニング・カタログ

華やかで美しい来シーズンの園芸の魅力が満載されたガーデン・ブローシャ（ガーデニング・カタログ）は、庭がまったく精彩を欠く失意の季節に届く。庭師にはふたたび自信がみなぎり、今シーズンの不作にあきらめがつき、新たなシーズンに向け種や苗を注文する。

定義
種子や植物などのガーデニング道具の情報を提供する、イラスト入りの出版物。

起源
カタログ（catalogue）は、「完全に選びだすこと」を意味するギリシア語の καταλογος が語源で、ブローシャ *Brochure* はフランス語で「ぬい綴じたもの」を意味する。

第1章　フラワー・ガーデン

「あらゆる植物がはじめは種から生じることは、疑う余地のない事実であろう」とジョン・クローディアス・ラウドンは、著書『園芸百科（An Encyclopædia of Gardening）』で述べている。『園芸百科』は1822年に、地味なモノクロ印刷で出版された。19世紀終わりにはカラー印刷がはじまり、まだその揺籃期ではあったが、ラウドンの園芸関係の書籍だけでなく、あの園芸のバイブル「種子カタログ」も、カラー印刷によりその体裁が変わりつつあった。アメリカの種苗業者にはすぐさまこの動向が浸透した。

アメリカでは長らく種子をヨーロッパからの輸入に頼っていたが、デイヴィッド・ランドレスやW・アトレー・バービーらが先頭をきり、アメリカの種苗販売業者が国内市場に進出しはじめた。ランドレスはノーサンブリア［かつてアングロサクソン人が築いた王国で、現在のイングランド北部からスコットランド南部にかけての地域］の出身で、カナダのモントリオールで種苗ビジネスを立ち上げ、のちに1784年にフィラデルフィアへ移転した。一方バービーは、1876年に有名な種苗会社を設立した。

評判を広める

種子カタログが印刷され、船や馬車、鉄道さらにはポニー便を利用し遠方の農場へも配達されるようになると、800社ほどあったアメリカの種苗業者は、次々と独創的なアイディアをくりだした。カタログでは種子の紹介とともに販促活動も展開され、収穫の新記録を樹立した農家には賞金も出た。たとえば1888年の全128ページのバービー・カタログを見てみると、「当社のタマネギ種子を今年購入された方のなかで、もっとも大きなタマネギを収穫された2名様に第1位に25ドル、第2位に10ドルの賞金を進呈。収穫したタマネギか、その重量を証明できる書類を11月1日までに当社までお送りください」とある。さらに説得力をそえるために、顧客からの感謝の言葉も掲載されている。「届けていただいたヴァンダゴー・キャベツの種は、大玉晩生フラットダッチ・キャベツよりずっとよかったです」

またヘンリー・フィールドというアメリカの種苗業者は、アイオワ州シェナンドアで種子の宅配業をはじめ、その後オハイオ州コロンバスのリヴィングストン・シードカンパニー社と手を組んだ。リヴィングストン社は倒産後の事業再建中で、地元紙に広告を出稿し、魅力的な種子カタログを発行していた。ヘンリー・フィールドはこうしたアイディアを吸収するとすぐにリヴィングストン社を去り、「収量の上がる種子なら、フィールド社」（Seeds That Yield are Sold by Field）というスローガンを掲げてライバル会社を立ち上げた。1920年代には、フィールドはシェナンドアの店舗の上に

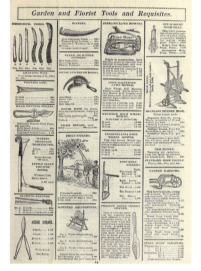

種苗業者の簡単な種子リストがしだいに発展して、ガーデニング・カタログとなった。上の図版は、ガーデニング道具一式が掲載された1906年の貴重なカタログ。

種苗業者としては初のラジオ局を開設した。ラジオ KFNF のコールサインは「Keep Friendly! Never Frown」［いつも優しく！ 機嫌よく！］の略になっている。それと比べると、ヨーロッパの種苗業者は比較的ひかえめだったが、それでもカラー印刷による販売法はすぐに利用されるようになり、なかでももっとも導入が早かったのが、フランスの老舗種苗会社のひとつヴィルモラン＝アンドリュー社だった。1743年に「名うての女性種子商」［クロード・ヴィルモラン］と夫のピエール・ダンドリュー（ルイ15世の庭師に種子を提供していた）がパリのメジッスリ河岸通りに店をかまえたのがヴィルモラン社のはじまりだ。パリの店は娘とその夫ヴィルモラン氏が継いだ。そしてヴィルモラン家が商才に長けていることが明らかになる。15名からなる芸術家のチームを雇い（チームのひとりエリサ・オノリン・シャンピンのイラストは、ゆくゆくはオークションで高値をつけるようになる）、ヴィルモラン社の植物や花を豪華でしゃれた水彩画のイラストにして描かせた。ヴィルモラン社ではそのイラストを種子袋やカタログに使うだけでなく、同社の定期刊行物やルイ・ドゥ・ヴィルモランによる植物の選択と遺伝にかんする研究論文にも掲載した。19世紀後半までに、ヴィルモラン＝アンドリュー社は世界最大手の種苗会社となっていた。

種子カタログが流通するようになるまでは、種子は地元の育苗業者か市場で購入するしかなかった。17世紀にジョージ・ロンドンとヘンリー・ワイズが経営したロンドン最大の育苗園は、ブロンプトン・パーク（のちのアルバート・ホールとサウス・ケンジントン・ミュージアム）の約40ヘクタールを占めていたといわれ、年間50万ポンド以上を売り上げる収益性の高い事業の一部門となっていた。ロンドンとワイズが手がけたような育苗業社は、各地から特産品の種子を仕入れてもいた。たとえばケント州なら、ハツカダイコンやインゲンマメ、ターニップ、タマネギ、そして「トーカー」といわれるサンドイッチ用のマメが有名で、バークシャー州はキャベツとホワイト・オニオンあるいはレディング・オニオンの種子［レディングはバークシャー州のタマネギ産地の名称］、ウースターシャー州やウォリックシャー州ならホワイト・オニオン、アスパラガス、キュウリにニンジンだ（ロンドンによれば、レスターシャーには「裕福な農家は多いが、質のよい菜園はほとんどない」ため、レスターシャー産の種子はほとんど扱っていなかった）。

1800年代初頭のレディングでは、種子商のサットンズ社が種子目録の印刷物を配布しはじめている。ほかの育苗業者も半世紀も前から新聞に広告は出稿していたが、サットンズ社は種子の価格だけでなく、役に立つ栽培のコツで提供したはじめての種苗業者のひとつだった。サットンズ社がレディングの市場で種子の販売をはじめたのは1806

庭園用の種子を購入する場合、ヨーロッパとアメリカの地域ごとに専用の種子が供給されていた。

第1章 フラワー・ガーデン

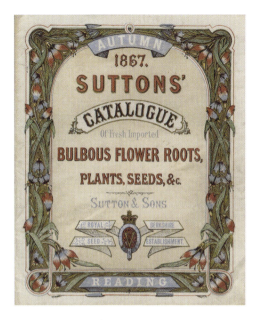

鉄道を利用できるようになると、レディングを本拠地としたサットン&サンズ社などの種苗会社では、家庭や海外での売り上げが急上昇した。

年のことだった。それから30年と少したってグレート・ウェスタン鉄道の蒸気機関車がレディングの町を通るようになると、サットン社はこの高速交通網を最大限に利用し、オランダから球根を輸入してイギリスの庭師に販売し、さらに郵便貨物車を使って何十万部もの色彩豊かなカタログをヨーロッパ、そして遠隔のイギリス植民地へも送っていた。サットンズ社は「花の種子の配送は鉄道経由で送料無料」と宣伝し、1880年代までには「インドや植民地向けに特別包装」した種子も売り出していた。こうしたサットンズ社や、同社の競争相手でロシアや当時のセイロン、ニュージーランド、カナダ、さらには当時「ファン・ディーメンズ・ランド」といわれたタスマニアにまで種子を出荷していたウェッブズ社の思惑どおり、種子カタログは栽培シーズンを通じて利用され、さらに翌年も同じ会社の種子を注文する覚え書きとしての役割も果たすようになった。19世紀の種子カタログには、バラ用のワイヤー製ガゼボや「芝生やクロッケー場、ローンボウルズ用のグリーン向けに、美しい芝とクローバーの種子ミックス」など、ガーデニングにかんするありとあらゆるものが掲載されていた。そのたたみかけるような文体は、約100年後に先人にならって登場する販売促進用ウェブサイトとたいして変わらない。たとえばあるメルボルンのサイトには、「当社の芝の種子はすべて最高の種子のみを注意深くミックスした、折り紙つきの品質」とある。そしてガーデニング・カタログには今も昔も期待と誇大表現があふれている。「数年間におよぶ試験栽培をへて、ここに新しいホワイト・キドニーについてご紹介できますことは、弊社にとってこの上ない喜びです。お試し用として少量の種イモをお送りしたベテラン農家の方々も、その収量の多さに驚かれています」と、1881年にサットンズ社が宣伝しているのは、同社のジャガイモ「サットンズ・パーフェクション」だ。またこのブローシャでは、商品を絶賛する感謝の手紙も掲載されていた。ある聖職者ははしたなくも自慢げにこう述べている。「貴社のバークス・チャンピオンで、近所のだれよりも3週間早くキュウリを収穫できました」

種子カタログは種子代金を払える人がターゲットで、それは要するに、たいてい読み書きのできなかった雇われ庭師ではなく、ジェントリ階級の人々だった。あるアイルランドの女性ガーデニング愛好家が、サットンズ社に感謝して次のように述べている。「貴社の美しく有益なガイド」のおかげで、「平凡な若い使用人」にすぎなかったうちの庭師が「すぐれた腕前の庭師に変貌しました。その知識はすべて貴社のガイドによるものです」

ガーデニング日誌

アメリカ大統領トマス・ジェファーソンは、毎朝起床すると、ヴァージニア州の邸宅モンティチェロにある庭園の生育状況を日誌に記録した。それ以来何世代もたつが、庭師たちはガーデニング日誌をつけ、よく育っているもの、枯死してしまったもの、また天候の影響などを記録している。

定義
　園芸にかんする成功や失敗を記録する日記。

起源
　ガーデン日誌（garden journal）にはおろそかにできない長い伝統がある。その名は、ラテン語で「日ごとの」という意味になる *diurnalis* に由来する。

第 1 章　フラワー・ガーデン

　トマス・ジェファーソンは1801年から1809年までアメリカ大統領をつとめたが、その一方で、ヴァージニア州にある建築の傑作、モンティチェロを設計した建築家でもあった。国家の運営から引退すると、ジェファーソンは所有地での出来事の記録に専念した。毎日朝と午後4時の気温を記録し、それから風速と風向、降水量も記録した。いつもポケットには小さなクリーム色のメモ帳を入れていて、渡り鳥の飛行経路や新しい顕花植物を鉛筆書きで記録しては、後日机での仕事が退屈になったときにガーデニング日誌に清書していた。

　ジェファーソンが『ヴァージニア覚え書（Notes on the State of Virginia）』を出版する20年前、大西洋の向こうではナチュラリストのギルバート・ホワイト牧師が著書『ガーデン・カレンダー（Garden Kalendar）』に使用するための記録を、流れるような美しい文字で記していた。「1761年4月22日。酷暑はますますひどくなり25日まで続く。それから非常に多くの雷が発生し一晩中稲妻が走った。一年生の植物は残念ながらこの暑さで枯れてしまった。5月8日。リーキ、サボイキャベツ、2区画分のエンダイブを定植」

　ジェファーソンとホワイトは長い伝統にしたがって、ガーデン日誌に庭園の記録をつけていた。そうした記録のよび方は日録や日記、日誌、ログなど人それぞれで、かならずしも必要というものでもないが、種まきが成功したことや無残な失敗、発芽日数、よく成長した植物と枯れてしまった植物、豊作だった作物とまったく不作だった作物、産地、サンプル、思いついたうまいアイディア、そしてなにより気まぐれな気象について詳細に記録できる、便利な「庭道具」である。21世紀のあるブロガーはeasypeasyveg.netで、「素敵なのは、何年も前

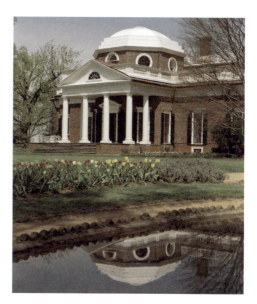

ヴァージニア州モンティチェロの邸宅と庭園の歩みは、ジェファーソンの日誌に記録されている。

のことでも、当時何をしようとしていたのか、気象はどうだったのかがわかること」と述べている。

　古いガーデン日記は、庭園という静かでプライベートな世界に、啓発的な視点を提供してくれることもある。1648年には、「今年は異常に雨が多く、冬でも霜や雪が少なくわずかに6日だけだった。あちこちでウシが伝染病で死んだ」と日記作家ジョン・イーヴリンは記している。こうしたイーヴリンの日記は1818年に『回想 ジョン・イーヴリンの生涯と著作（Memoirs Illustrative of the Life and Writings of John Evelyn）』として発表され、同じく日記作家のサミュエル・ピープスの日記もそうだが、どちらも当時の庭園についてしばしばとりあげている。たとえば1641年、イーヴリンはオランダのスヘルトーヘンボス（Bois-le-Duc）近郊セント・クララにある修道院の庭園で、刈りこまれた古いボダイジュの巨木に目をとめた。

「[根もとから] 5本の幹が出て、まっすぐに、しかも5本ともが同等に、非常に高くまで伸びている」ボダイジュは、イーヴリンはそれまで見たことがなかった。また3年後イーヴリンはパリの大司教のサン・クラウド庭園で、噴水の「想像もしなかった構成」に衝撃を受けた。そこには「非常に多くの彫像と池」がつらなり、「水は12メートルの高さまで噴き上げた」。

　ガーデニング日誌があるおかげで、たとえば1777年に他界したペンシルヴァニアのクエーカー教徒ジョン・バートラムなど、尊敬に値する園芸家が歩んだ道を学ぶこともできる。スコットランドの植物収集家デイヴィッド・ダグラス（1799-1834）は、1823年11月にフィラデルフィアを訪れたとき、北アメリカでの日誌にこう記している。「ディック氏の庭園を見てまわった。オーセージ・オレンジ *Maclura aurantiaca* を目にすることができたのも嬉しかった。しかしそのオーセージ・オレンジはその晩の霜のせいで葉を落とし、柔らかいシュートも若干傷んでしまった」。ダグラスはそれから2日後、今度はジョン・バートラムがフィラデルフィアに植えたイトスギを称賛している。バートラムはフィラデルフィア郊外のキングセッシングにあった自分の農場で、北アメリカ初となる植物園を設立した。当時バートラムの庭園はカー夫人［バートラムの孫にあたる Ann Bartram Carr］が世話をしていた。「結婚相手のカー氏の知識はたいしたものではなかった」とダグラスは悪口を言いつつ、有名なオークの木 *Quercus × heterophylla*［バートラムによってはじめて発見された］が誤って切り倒されてしまったことを伝えている。この事件は偉大な植物学者バートラムを大いに失望させ、「バートラム氏は死ぬまで［このオークを］失ったことを悔やんでいた」。

ガーデニング日誌をつける

　庭師は以下のすべて、あるいはいくつかでも記録しておくと役に立つ。

- 庭づくりの計画
- 植物の名称、取得した日付と概要のメモ。
- 栽培や養生にかんする情報。
- 施肥、石灰の施用にかんする詳細。
- 作物の輪作。
- 種まき、定植、収穫の日付。
- 収穫物の質と量。
- ほかの場所で見た植物、アイディア、道具について。
- 写真。
- 定期的な気象の記録。

　多くの情報を記録するには、適度な大きさと、硬い背表紙のノートが必要になる。庭師によっては、見開きページの一方に事実の記録を書きこみ、反対側のページにはそれに対するコメントを記すといった使い方をしている。現在ではデジタル化が進み、コンピュータで日誌を綴るようになっている。

　イギリスの造園家ハンフリー・レプトンは1818年に他界するまで、ガーデン日記の特別な使い方をしていた。レプトンはあのランスロット・「ケイパビリティ」・ブラウンの後継者だ。かつて庭師見習いだったブラウンは、のちに170以上の公園や庭園を設計しなおし、イギ

第1章　フラワー・ガーデン

リスのもっとも偉大な庭師と認められた人物である。ブラウンは、顧客に庭園の改善を提案しては仕事を引き受けていた。そしてそのケイパビリティの壮麗な庭園の噂は口コミで貴族のあいだに広がった。

しかしレプトンのアイディアは、「レッドブック」を制作したおかげでケイパビリティよりずっと遠くまで知れわたった。レプトンは日誌につけた記録を庭園改良プラン（巧みな刈りこみやオーバーレイなどもそのひとつ）のプレゼンテーションに利用し、個々のプランを赤い革張りの本にして、顧客に提示していたのである。生涯に400以上制作したレッドブックは、地主たち紳士階級のあいだで流通するようになり、レプトンの庭園スタイルはそこからさらに広まることになった。

ハンフリー・レプトンはロンドンのペカムにあるウィリアム・ピーコックという製本業者に請われ、同社が制作するガーデニング「必携」シリーズにスケッチも提供している。頭のきれるピーコック氏は、「ポライト・リポジトリ」（The Polite Repository）という革とじの個人向け年間ガーデニング日記に市場価値があることを見抜いていた。このリポジトリには、ガーデニング日誌にこだわりをもつ人々が園芸の発想や観察を記録しやすいように、四季折々の便利な園芸情報が掲載され、さらに鉛筆までついていた。それは「実用面でもファッション面からも満足できる一品」とピーコックが宣伝したとおりの製品で、1790年から20〜30年間継続して販売された。こうした個人向けガーデニング手帳や日誌が流通するようになると、それから200年がすぎても、庭師はスノードロップの初咲きや初霜を記録しつづけることになる。

アメリカの哲学者で作家のヘンリー・デイヴィッド・ソローにとって、手帳選びとおなじくらい重要だったのが鉛筆選びだった。ソローのお気に入りは、A5版の大理石模様の入ったノートとソロー・ペンシル（家業が鉛筆製造）だ。ソローが1837年から1861年の間につけていた日誌は、作家ソローが『ウォールデン　森の生活』を執筆する際の資料となり、たとえばマメの畝を除草する作業について理屈っぽく次のように綴っている。「人々はさまざまな雑草と親密で不思議なつきあい方をしているものである…雑草の繊細な組織体を鍬で容赦なく痛めつけ、しかも種ごとに不公平な差別をし、ある種についてはそのすべてを刈りとる一方で、別の種については念入りに育て上げるのである。ヘクトール［トロイア最強の戦士］のごとき頑強な雑草たちが穂先を波打たせ多勢となり、周囲に密生する同志たちよりも30センチも高くそびえたとしても、わたしの武器でバッサバッサと刈り倒されるまでだ」

「ポライト・リポジトリ」などのガーデニング日誌は庭師の世界で大いに役立ったが、デジタル時代の今日にあってその将来は不確かだ。

第2章
キッチン・ガーデン

菜園はアングロ・サクソン人のリークガース（leac-garth）から生まれ、ヨーロッパ移民によって「バックヤード」（backyard）として新世界へもちこまれた。植民者は新世界に豊富に存在する新種野菜をヨーロッパ本土へ送り出し、さらに新世界独自のガーデニング道具も考案した。

鋤
<small>すき</small>

　ヴィクトリア朝時代の有名な造園家で園芸家のガートルード・ジーキルは、この伝統道具に愛着を感じ、作家で哲学者のヘンリー・デイヴィッド・ソローにとっては、「多くの草地の血が染みこんだ」武器のようなもの。多くの側面をもち、紆余曲折の歴史がある道具。それが鋤だ。

定義
土を掘ったりすくったりする道具で、ふつうはほぼ長方形をした鉄製のブレードに長い柄がついている。

起源
鋤（spade）は古英語 *spadu* に由来する中期英語（1100年ごろから1500年ごろの英語）で、剣や櫂のブレードを意味するギリシア語の $\sigma\pi\alpha\theta\eta$ と同根。

アイルランドのフィアクルという聖職者はつわものだった。西暦600年代のあるとき、母国アイルランドから海を渡り、ヨーロッパへ上陸するとイル＝ド＝フランスへと向かい、ある修道院にたどりついた。ブルゴーニュ出身で裕福なモーの司教はこのフィアクルに土地を分けあたえることにした。しかし司教はどのくらい土地を与えるべきなのか思案した。するとフィアクルは、「わたしが一日で耕せる土地をお分けください」と申し出たのである。

次の朝アイルランドの聖職者は自分の鋤を手に、白亜質壌土［軟性の石灰質土］の土地を耕しはじめた。するとフィアクルは日が沈むまでに3.6ヘクタールを耕し、現在のサン＝フィアクル＝エン＝ブリ近くまで達したのである。そこに庵を建て、モーには聖堂とチャペルも建設した。

この聖職者（庭師としての評判が高かったが、痔を治す聖職者としても有名だった）は列福され、その聖人記念日である9月1日は鋤の守護聖人の祭日となった（フィアクルの記憶は、パリで活躍した初期の辻馬車の名にもきざまれていた。ホテル・サン・フィアクル近くを運行したその辻馬車は、フィヤークル *fiacres* とよばれた）。

貧乏人の鋤

1930年版『ニュー・グレシャム・ディクショナリ（New Gresham Dictionary）』によると、アイルランドと鋤のつながりは、聖フィアクルの後も長く続いたようだ。鋤はつるはしやスコップとともに、産業革命を駆動する運河と鉄道の建設にたずさわった多くの人夫の役に立った。あるフランス人は、1840年代にパリ＝ルーアン間の鉄道建設での人夫たちの働きをみて、「人夫たちの働きぶりは…信じられないほどだ！」と述べている。当時の鋤はアルスター［現在のアイルランドと北アイルランドをふくむ地域］の鋤製造所でかなり洗練されていたとはいえ、人夫たちはこの時代になってもまだ、聖フィアクルと同じ道具を使って作業をしていたのである。

こうした鋤は貧乏人の耕作道具であり、ブレードが平たく、どこの村の鍛冶屋でも製造できたが、産業革命によって大量生産と大量消費がはじまると、その需要を満たすために鋤専門の工場が登場した。そうした工場のなかでも水力を利用したアルスターの工場は、1700年代後半から、受け口を溶接したガーデニング用の鋤を生産し、100以上もの種類をそろえていた。アイルランド南部と西部にはブレード幅が狭い「ロイ」*loy* があ

先祖の遺産として受け継がれるべき武器とは…剣や槍ではなく、鉈やターフ・カッター［芝土を剥ぐ鋤］、鋤、そしてボグ・ホー（bog-hoe）［沼地用の鍬］で、それらには多くの草地の血が染みこんでいる。

ヘンリー・デイヴィッド・ソロー『ウォーキング』（1862年）

フォード・マドックス・ブラウンの「労働（Work）」(1852-1865) の細部。人夫が鋤を使って土を掘っている。

り、足踏み部が2カ所あるアルスター・ディギング・スペードには、ぬかるみや排水路用の鋤、ピートを切る「スレイン」slane、さらに塹壕用の鋤があり、第1次世界大戦中にはこうした鋤の市場規模は否応なく膨張した。鋤には足踏みが左右両側にあるものと、左あるいは右側だけのものがあったが、習慣としてどのタイプの鋤を使うかが、錯綜するアイルランドの政治ともかかわるようになった。プロテスタントとカトリックの信者たちは鋤の使い方について互いに、「あの人の掘り方は足使いが逆」と気味悪そうにひそひそ話をしたのである。

1950年代から60年代には、終戦後のガーデニング道具の大量生産のあおりを受けて、伝統的な鋤製造業者は負け戦を戦っていた。安価な輸入品が出まわり、ひとりまたひとりと熟練工が業界から去っていった。しかし、伝統的な手作りの鋤が姿を消したことで、トネリコやヒッコリーの柄に鉄を溶接したブレードをつけた古道具の鋤には、プレミアがつくようになった。

鋤で土地を耕すことは、つねに重要な作業と考えられていた。1640年代のイギリス市民戦争のあいだに貧窮し破産した洋服屋のジェラード・ウィンスタンリーは、「ディガーズ」(Diggers) とよばれた「真正水平派」［平等と相互扶助の考えにもとづき土地の共有を推進した組織］を結成し、サリーにあったコブハム・ヒースという共有地の一部を鋤で耕した（共有地は、その名にもかかわらず私的に所有されていたが、地元入会権所有者には放牧その他の権利が認められていた）。当局がディガーズの耕作地に兵士を送りこみ、マメをなぎ倒しパースニップを根こそぎにしたにもかかわらず、社会改革を目指すディガーは、「それでもコブハムのリトル・ヒースでは耕しつづけている。友人はみな一心同体であるかのように慈しみあいながら生活している」と述べている。（現在いたるところで栽培されているジャガイモは、当時

植え穴を掘る

ローマ帝国がイギリスを侵略したころ、庭師ルキウス・コルメッラは、樹木の植え穴を掘る最善の方法にかんする園芸指導書を執筆していた。

やせた土地に穴を掘り肥沃な土で埋めもどす「植え穴」作りは、耕作不適の条件を克服するために、とくに乾燥する地中海沿岸でよく用いられた方法だ。コルメッラは樹木を植える1年前に鋤を入れて穴を掘ることを強く勧めた。穴はかまどのように頂部が狭く底が広い形状にし、そうすることで植物の根が広がりやすくなり、乾燥や低温から守ることができると記している。また土壌をほぐれやすくするには、定植する前に植え穴で藁を焼くことも提唱していた。

のイギリスの菜園ではまだ一般的ではなかった)。

勝利のために耕す

新しい地面は作物を植える前に耕す必要があること、そのことが 300 年後の世界大戦での新たなキャンペーンの中心テーマとなった。窒素の供給が農業から爆薬へとふり向けられるようになると、イギリスでは「勝利のために耕す」(Dig for Victory) というキャンペーンが展開された。

「50 万カ所以上のアロットメントを適切に利用すれば、100 万人の大人を、1 年のうち 8 カ月間まかなえるジャガイモと野菜を供給できる」と当時のイギリス農業大臣はうけあい、「『勝利のために耕す』ことを、庭やアロットメントをもつすべての人の課題としよう」と訴えた。さらに 1941 年にエリノア・シンクレア・ロードが『戦時下の菜園 (The Wartime Vegetable Garden)』の執筆を開始し、王立園芸協会が『菜園図説 (Vegetable Garden Displayed)』を刊行すると (この書籍は戦争末期にはドイツ語にも翻訳され、ヨーロッパの菜園復興に役立った)、愛国心あふれるイギリス人は新鮮な野菜を 130 万トンも生産するという記録を打ち立てた。

こうしたイギリス国民による戦争支援活動に対し、アメリカは 90 トンの野菜種子を寄付し、自国でもアメリカ農務省の反対を押しきって「勝利のために耕す」運動を開始した。当時アメリカ国内では余剰食糧が歴史上最大規模になっていたため、農務省は「公園を耕す」計画

両側に足踏みのついた鋤に左足をかけているこの有名な写真は、戦時下のアマチュア庭師を喚起し、野菜増産をはかるために制作された。

に反対していたのである。しかしバーピー・シード・カンパニー社は、アメリカの庭師たちからの愛国的な訴えにこたえ、1942 年に「勝利の菜園種子袋づめ (Victory Garden Seed Packet)」を発売すると、推定で 400 万のアメリカ人が鋤を手にとり、自宅の裏庭を耕した。フランクリン・ルーズベルト大統領も、ホワイトハウスの芝生を耕してキャベツ、マメ、ニンジン、そしてトマトを植えるよう指示した。

鍬 (くわ)

これほど形状が多様で、多彩な用途をもつ道具は鍬をおいてほかにない。伝説によれば、中国の三王五帝のひとりで農業の神である神農(しんのう)の発明とされるが、鍬はほとんど世界中の文化で利用されてきた。

定義
柄の長さは長いものもあれば短いものもあり、土を耕したりほぐしたりするのに利用し、草取りにも使える。

起源
英語の「hoe」(鍬)は、フランス語の *houe* から中期英語に *houe* として移入した。ゲルマン語の *houwan* とも関係がある。

紀元前3000年の昔、シュメールの創世神話には鍬を持った神エンリルが現れる。エンリルは、みずからの金の鍬ではじめて昼の光を生み出したとされ、その巨大な鍬にはラピスラズリのブレードがついていた。その後、鍬と粘土で人間を創造したとされる。紀元前1770年ごろになると、現存する世界最古の法典のひとつであるバビロニアの『ハムラビ法典』に鍬への言及がみられる。そして紀元前8世紀と7世紀に預言者サムエルとイザヤの書で、ふたたび鍬が言及されている。

太古の時代から鍬は技術の進歩と足なみをそろえて進化し、最初は［ブレードには］銅や青銅が使われていたが、13世紀になると鉄や鋼製ブレードにより性能が大きく改善され、世界中に広がった。

鍬は高価で貴重なものだけに、泥棒にも狙われた。たとえば1763年のペンシルヴァニア・ガゼット紙は、ランカスター郡のアダム・リードが警察官につきそわれ、現場検証へ向かうようすを伝えている。鋤を2丁、スコップ4丁、そしてグラブ・ホー4丁を、リードが「土に埋めて隠した」現場だ。またアメリカ独立戦争中に、敵対勢力がフィラデルフィアまで接近すると、サウスワークのジョン・ジョーンズは農具を守るため、草取り鍬5丁とクラブ・ホー1丁などをキャプテン・クリスティアン・グローヴァーという人物に預けた。しかし道具が消失したことがわかり、ジョーンズは1778年に道具の発見に大きな懸賞金をかけた。

こうしたガーデニング道具は特注品で、手に入れるのがむずかしかった。製造していたのは、たとえばフィラデルフィアの「金物屋」(Sign of the Scythe and Sickle) などで働く地元職人だった。この「Sign of the Scythe and Sickle」というのは、18世紀に刃物師のトマス・ガウ

土を鋤き返す道具は13世紀初頭に発展し、鉄や鋼のブレードが導入された。

チャーと鍛冶屋のエヴァン・トルーマンが、「刃物と鍬なら何でもそろう」としてはじめた工房だ。またアメリカの詩人でナチュラリスト、哲学者でもあるヘンリー・デイヴィッド・ソローも自分の鍬を大切にしていた。『ウォールデン 森の生活』(1854年) で、休憩をとり、鍬に背をもたせて周囲を観察したことを記している。「鍬が石にあたりチンと音を立てると、それは音楽となって森と空にこだまし、たちまちわたしの豊作をもたらす作業の伴奏となった」

ソローは熱心な奴隷制度廃止論者で、アフリカとの奴隷貿易に激しく反対した。そのアフリカ大陸も鍬との強い結びつきがあり、人々はその道具を称賛する歌を作り、通貨としても利用していた。タンザニア北西部にある部族の歌のなかには鍬がくりかえし現れ、世界中の多くの文化と同じように、この道具が象徴していたのは長時間の重労働だった。東アフリカでもっとも強大だった王国のひとつ、ブニョロの「鍛冶屋王」バテンブジ (Batembuzi) にとって、鍬は部族の紋章でもあった。部族の一員が新しいリーダーになると、象徴的に自分の鍬を逆さま

にするのが習わしだった。一方、鍛冶場で最初に生産された鍬は、伝統的に敬意を表して族長に捧げられた。

　地域によっては、族長が古い鍬をたたいて音頭をとることで、農作業期がはじまり、族長の第一夫人の実家では（「鍬の女王」の称号があたえられることもあった）、シンボルとしての船に土をつめ、そこに鉄の鍬をさして屋根に上げた。また19世紀までは、鍬が家畜や穀物と交換されていて、1丁の鍬にはヤギ2頭分の価値があった。たとえばタンザニア南部ヌジョンベのベナ族は、「この鍬は繁栄をもたらす。鍬があればあなたはウシを手に入れられる」と歌い、鉄製の鍬3丁と花嫁の交換を提示していた。

鍬について知る

　鍬といってもその形状と大きさは迷ってしまうほど多様だ。そこでジェーン・ラウドンとチャールズ・エドモンズは『女性必携フラワー・ガーデン（The Ladies' Companion to the Flower Garden）』（1865年）で、鍬の選択の仕方をわかりやすくするため、鍬の仲間を「大きく2種類に分けて考え、ひとつは『引き鍬』（draw hoes）というブレードが広い鍬で、作物の株もとに土を寄せるため、作業者の方へ引いて使うもの。もうひとつは『押し鍬』（thrust hoes）あるいは『ダッチ・ホー』（Dutch hoes）とよばれるもので、おもに土を耕したり雑草を刈りとるときに使い、押し出して使うもの」と説明している。

鍬を使う

　鍬の柄の長さは身長に合わせて選ぶが、腰痛を防ぐために背を伸ばした状態で作業できる長さがいい。そして作業によって鍬を使い分けること。土壌をほぐし、空気を通すための鍬、除草用、根切り用、種をすじまきするときの溝掘り用、土寄せ用（作物の根元まわりに土をかぶせる作業）、そのほかにも畝をならす鍬や畝立て用の鍬もある。

　ダッチ・ホーを使う場合、鍬を前後にふる動作の流れを保つようにする。ブレードは表面を軽くなでるぐらいの感じで、軽く土をかきほぐす。例のとおり、標準的でごくふつうの手入れを忘れずに。ブレードはよく研ぎ、使用後は掃除する。

夏のあいだはホメロスの『イーリアス』を机の上に置いておいたが、ページをくくれるのはときどきだった。
最初のうちは小屋を建てながらマメの世話をしていたため、ひっきりなしの力仕事のせいで、それほど勉強はできなかった。

ヘンリー・デイヴィッド・ソロー『ウォールデン 森の生活』（1854年）

第2章　キッチン・ガーデン

三角鍬

半月鍬

鋳鋼製鍬

カンタベリー・ホー

ダッチ・ホー

引き鍬の形状は、基本的に新石器時代以降変化していない。かつても現在においても革新的な道具で、その形状と使い方は根掘り鍬（mattock）と似ている（p.65 参照）。「to hoe」（鍬で耕す）に対応するドイツ語の動詞 hacken は「掘り起こす」「たたき切る」「つっつく」といった意味があり、名詞の Hacke には「つるはし」と「鍬」両方の意味があり、オーストリアでは「手斧」の意味になる。

農場労働者のお気に入りで、世界中で使われている標準的な鍬が、「アイ・ホー」（eye hoe）または「グラブ・ホー」（grub hoe）というもので、三角形のブレードに空けた「目」（丸い穴）に柄を差しこんであるタイプだ。ジャン＝フランソワ・ミレーの絵画「鍬を持つ男」L'Homme à la houe（1860年）にはグラブ・ホーが描かれ、この絵画にインスピレーションを受けたアメリカのエドウィン・マーカムはミレーと同じ「鍬を持つ男（The Man With the Hoe）」と題する詩を作っている。

グラブ・ホーは地域によってさまざまな名称があり、「ファーマーズ・グラブ」（farmer's grab）、「デゴ」（dego）、あるいは「パターン・ホー」（pattern hoe）ともよばれ、土を耕したり除草や間引き（作物の畝から余分な苗をとりのぞくこと）などに使う。グラブ・ホーの変形タイプに、ブレード幅が広く、刃先が3本に分かれている耕作用アイ・ホーがある〔日本の「備中鍬」のようなもの〕。収穫や粘土質の土壌を耕すのに使う。鍬の先の一方が歯あるいはスピック状になっているか、ブレードが二股になっていれば、フォークや耕耘用、レーキとし

どんなガーデニング作業でも、たいていはその用途に合った専用の鍬というものがある。上図の左寄りにあるのが三角鍬やアイ・ホー。右端にある典型的なダッチ・ホーは、地表を薄くスライスするようにして雑草をかき取るようにできている。

ても使える。

19世紀のフランス、トリュフォー社のガーデニング・カタログには、同社の「タマネギ用鍬」（serfouette à oignons）が1フラン20サンチームと掲載されている。これは鍬とフォークを組みあわせたタマネギ専用の道具だ。さらにフランス人の鍬への思いは真剣そのもので、その名もワユ（hoyau）、ビショワー（bêchoir）、フェシュー（fêchou）、エコビュ（écobue）、ブゾーシュ（besoche）、ベシャール（bêchard）、エサード（essade）、デショソワ（déchaussoir）、ムータルデル（moutardelle）などと、実際に存在する鍬の種類よりその名のほうが多いとまでいわれている。こうした道具の多くは各地の必要に応じて生まれ、その土地ならではの呼称がある。二股の鍬ならマドック地方のマル（marre）があり、プロヴァンス地方にはビゴルン（bigorn）、ブルゴーニュ地方にはメグレ（mègle）があり、どの鍬にも、伝統を守りつつ新たに道具を開発していこうとするフランス人の心意気が現れている。

一方、オーストリアの昔ながらのガーデニング道具に3本歯の鍬があり、細かい雑草を刈ったり、土壌に空気を通すために使われる。また、ずいぶん形状が異なるものとしては、先のとがった「ウォレン・ホー」という鍬があり、ブレードが鏃のような形をしている。もともとは

鍬

愛国心あふれる若い女性がキッチン・ガーデンで引き鍬を使って作業しているようすを描いた、アリス・バーバー・スティーヴンスによる作品。第1次世界大戦中のプロパガンダの一環として制作された。

北アメリカで作られた鍬だが、穴を掘ったり畝立てをしたり、すじまき用の溝を掘ったりその溝を埋めたりするのに便利な鍬だ。また『ブリタニカ百科事典』には、「クレイン・ネック・ホー」あるいは「スワン・ネック・ホー」とよばれる「ブレードと柄をつなぐネック部分が長く湾曲している」鍬が紹介されている。「鍬で引きよせた土がこのネック部分を超えて向こう側に落ちるため、鍬の動きがさまたげられず、ストロークを長くとれる」

「ダッチ・ホー」つまり押し鍬が利用されたもっとも古い記録には、1750年ごろのものがある。オランダのウェスト・フリスラン生まれの伝統的な農具で、もともとは「ショフル」schoffel（つまりシャベルのこと）とよばれていた。

英語では「スカッフル・ホー」（scuffle hoe）ともいう（しかしフランスではこの鍬の元祖はフランスとされ、「ラティソワ・ノルモンド」*ratissoire normande* つまりノルマンディ・ホーとよばれる）。またブレードの先だけでなく後方にも刃をつけたタイプもあり、これだと鍬を押しても引いても草を刈れる。しかし、オランダのガーデニング道具の老舗スネーボーア社のヤープ・スネーボーアによれば、やはりダッチ・ホーはオランダ生まれの道具ではないという（それでもダッチ・ホーはなによりブレードの端がよく見え、土がブレードの背側にこぼれていくことから、もっとも使い勝手のいい鍬だとヤープは確信していた）。

最後に紹介する鍬は「スターアップ・ホー」（stirrup hoe）［ブレードがあぶみ型の押し鍬］。文字どおり作業しやすいもろい土壌で、押しても引いても使える鍬だ（これと類似したフラ・ホー（hula hoe）はヘッド部分が前後に振れるようになっている）。そしてスコットランドで開発された「パクストン・ホー」（Paxton hoe）は狭い場所での使用に最適だ。

鍬には昔から重労働がつきものだが、19世紀のウィットに富む劇作家ダグラス・ウィリアム・ジェロルドはそんなことは承知のうえで、「豊饒の地」（Land of Plenty）なら「大地はそこではとてもやさしく、鍬でちょっとくすぐれば笑顔を返し、豊作を約束してくれる」と軽くいなしている。

根掘り鍬

　根掘り鍬（マトック mattock）は欧米では人気がなくなり、現在ではボストンの裏庭ではなく、ボツワナの牧草地でよく使われている。しかしこの根掘り鍬という道具はじつに用途が広く、新天地を開拓したり、古株を掘り起こすときに役に立つ。

定義
掘削する機能と切りとる機能を組みあわせ、頭部が左右に張り出した道具。

起源
世界最初のマルチツールで、園芸で使われるようになった最初の道具であることもほぼまちがいない。

根掘り鍬

いにしえの「根掘り鍬」（マトック）は、物置小屋の片すみに忘れられたまま埃まみれでひそんでいる。その実用性重視の精神も、動力式のカッターや耕耘機、抜根機には歯が立たなかった。しかし根掘り鍬は園芸においてもっとも由緒ある道具なのである。

アイルランドでは matóg といわれる「根掘り鍬」は、「踏み鋤」の前身にあたり、鍬と溝掘り器、そして根株の掘り起し器の機能をあわせもつ。大工には欠かせない「アッズ」（ちょうな）や、家畜の頭部を思いきりたたいて屠殺する斧にも似ている。根掘り鍬はいろいろな用途に合わせた専門道具へと分化し、「つるはし」や「マンドレル」という鉱山用つるはしが生まれ、さらに山火事消火という特殊な用途に使われるプラスキを生むヒントにもなった。1910年にアイダホ州で山火事があいついだことから、アメリカの消防士エド・プラスキが発明した道具である。

「根掘り鍬」は基本的に開墾するための道具で、新天地開拓や新たに菜園などを作るときに、灌木などを伐根するのに使われた。

> すぐに使用人にマトックを持たせて
> 耕作の邪魔になる灌木を引き抜かせなさい。

根掘り鍬（マトック）は、つるはしによく似ていて、人類最古の道具のひとつだ。

1557年、トマス・タッサーはそう勧めている。根掘り鍬は排水溝の敷設や灌漑用の溝掘り、水路の浚渫にも使われていたのだろう。根掘り鍬は、タッサー氏がその有用性を指摘するずっと以前から、開墾の場面でその真価を発揮していた。中東で庭師がはじめてコムギやオオムギ、レンズマメ、そしてヒヨコマメを栽培するようになった1万2000年前には、すでにこの鍬が使われていたのである。中国では、8000年前に庭師がはじめてコメと雑穀を栽培するようなったとき、また地中海では、7000年前に庭師がはじめてアーモンドやブドウ、レタス、そしてオリーヴを植えるようになったときに、この根掘り鍬が使われていた。そのころメキシコでは根掘り鍬で開墾した大地で、もっとも初期のトウモロコシとコットンの栽培が行われていた。6000年前になると、ペルーの人々がサツマイモやトウガラシ、ジャガイモ、アヴォカド、ピーナッツを栽培するために、根掘り鍬で開墾している。5000年前、今度は北アメリカの人々が、グース・グラス（goose grass）やヒマワリ、サンプ・ウィード（sump weed）のはじめての収穫に向けて、木製そして石器の根堀り鍬で大地を耕していた。また中央アフリカでは、根掘り鍬を使ってソルガムやヤムイモ、アブラヤシ、コーヒーなどの栽培がはじまろうとしていた。

根掘り鍬は大きい岩石を掘り出すのに便利で、未開地を開墾するのにも役立った。

根掘り鍬を使う

　根掘り鍬は見た目以上に役に立ち、とくに新たに耕地を整えたり、放置された灌木林や林地で根株を掘り起こしたり、また庭のなかで大きな植物を移植するのにも適した道具だ。金属製の頭部に丸い穴が空いていて、そこにトネリコの柄が差しこんである。

　根掘り鍬は斧のように使い、鍬を頭の上にふりかぶって、土に向けて思いきりふり下ろす。だから柄はしっかりしていなければならない。柄が腐っていないか虫に食われていないか点検し、気になる点が少しでもあれば柄を新しいものに取り替えること。

　根掘り鍬のブレードは砥石や金属やすりを使えば研げるが、この道具にはたいてい力ずくの衝撃がくわわるため、研ぐ作業はほとんど必要ない。この道具をうまく使いこなすには、(滑り止め用の)手袋はつけないほうがいい。よくオイルを染みこませた柄なら、手にマメはできない。

発掘された根掘り鍬

　かつて庭師の先駆者たちの手におさまっていた古代の根掘り鍬の遺物が、地表に現れることがある。テムズ川の川岸で根掘り鍬の頭部が発見され、ロンドンの大英博物館におさめられたが、その頭部はアカシカの角でできていた。保存修復担当者の推測によると、かつてはこの頭部に棒状の柄がついていて、ていねいに空けられた穴に差しこまれていたらしく、すくなくとも4200年前のものだという。さらにもっと古い鍬がやはりテムズ川にかかるキュー・ブリッジのそばで発見されているが、かつて農業のまさに黎明期に、新石器時代の男性か女性がその鍬を肩にかついでその現場にやってきていたのだろう。カリフォルニアでは小さな青銅製の根掘り鍬が発掘され、サンノゼのバラ十字会古代エジプト博物館(Rosicrucian Egyptian Museum)に譲渡された。おそらく古代ギリシアの叙事詩人ヘシオドスが記した鍬よりほんのわずか後に、大地を耕していた鍬である。紀元前700年ごろ、ヘシオドスは800の詩からなる農事暦を著し[『仕事と日』]、種をまくときには、奴隷に「根掘り鍬を持ってすぐ後ろにつかせ、種を隠して鳥の邪魔をする」ことを推奨している。

　ジョン・クローディアス・ラウドンによると、19世紀のギリシアの庭師はまだ「足踏み鋤を知らず、[土を]鋤き返すのに根掘り鍬を使っていた」。ラウドンの評価によると、そうしたギリシアの耕作地は「一般的に…お粗末なつくり」だったようだ。ギリシアにつづくローマ時代には「マラ(marra)という根掘り鍬」が登場したと、ラウドンは述べている。こうした道具がイングランドのレイクンヒースでローマ時代の秘蔵物の一部として発見されたのは、1985年のことだった。根掘り鍬から「つるはし」が生まれ、このふたつの道具はシャベルとともに蒸気ショベルが登場するまで、運河建設と鉄道建設時代を切り拓いた。しかし、狭い場所で作業できる小型の鍬は発達したものの、根掘り鍬はほとんど使われなくなった。それでもかつてはヘシオドスがうけあったように、根掘り鍬を使えばムギの豊作は確実で、ムギの穂は「実をびっしりつめて大地に頭を垂れ…あなたは穀物置き場の蜘蛛の巣を掃除し、うれしさにつつまれ」たのである。

ひも

　どこにひもの玉を持ちあわせていない庭師がいるだろうか？　ジュートはコットンに次いで重要で、しかも用途の広い作物で、ガーデニング用のよりひもにするとなれば、この植物が選ばれる。しかし［昔から繊維素材として利用されていた］アマの座を奪い、自然素材で生分解性をもつジュートも、プラスティック製のひもの登場によって影響を受けた。

定義
　自然繊維あるいは合成繊維をよりあわせたひもで、植物を支柱に固定するなど、その他さまざまな目的に利用される。

起源
　よりひもは園芸技術の発祥以来、ガーデニングに利用されてきた。

第2章　キッチン・ガーデン

よりひもや細縄は重要な道具である。巻きひも（string reel）あるいは線引きロープ（row markers）を使えば、作物の畝がきれいに整う。結束ひもは植物を支柱に固定したり、家庭菜園で収穫したアスパラガスの若芽やルバーブ、インゲンマメ（stick beans）を束ねるのに使える。またフランスの家庭のキッチンには、秋になると乾燥マッシュルームがひもでつるしてあり、ピレネー山麓の農家では、バスク産アカトウガラシを飾り結びにし、屋外で白い漆喰壁を背景につるして乾燥させる。

ハーブ・ガーデンを切り盛りしているご夫人は、ラヴェンダーやタイム、ヘンルーダ *Ruta graveolens*、セージの束をつるすために、かならず十分な細縄を用意している。夜が短くなってきたら、離れ家の垂木にハーブの束をつるすのである。昔はご婦人のハーブ畑は庭のなかでもいちばん大切な区画で、果樹園よりもずっと重要な存在だった。というのもハーブ畑の植物は用途が広く、料理だけでなく薬としても利用されていたからだ。エリザベス朝時代の植物学者ジョン・ジェラードは1597年の著書『本草書あるいは植物誌（The Herball or Generall Historie of Plantes）』で、そうしたハーブ畑を宝物だと述べている。「王ならびに王子が宝石のようなものとみなされたのだから、わたしがそれらを宝物と称するのも当然であろう」。ジェラードの著作もふくめ『本草書』といわれる書籍には、今日わたしたちがハーブと考えている植物だけでなく、あらゆる植物をとりあげ、薬屋や主婦にとって役立つ重要な特徴が記載されていた。たとえば、バラの項目には「花卉類のなかでもっとも重要でまさに主役に値する」とあり、強心作用があるだけでなく、お菓子やソースに魅力的な風味をくわえることも述べられ、さらにジェラードによれば目の痛みもやわらげるという。

ロンドンのホルボーンにあったジェラードみ

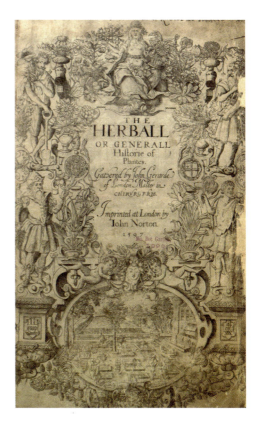

よく研いだナイフと玉にしたひもは、エリザベス朝時代の16世紀に本草書（上）を著した植物学者、ジョン・ジェラードが携帯した基本道具。

ずからの庭園でハーブの束を束ねていたひもは、なんらかの植物性繊維で作られたものだっただろう。穀物を脱穀した後に残った藁があり、糸状のセルロース繊維としては、ココナッツをおおっている繊維コイアがあった。もっと古くは、古代ギリシア時代には植物性繊維としてアシ（葦）が利用され、中国などアジア地域ではアサの繊維、さらにコットン *Gossypium* spp. があり、リュウゼツラン属のヘネケン *Agave fourcroydes* とサイザル *A. sisalana* からも繊維がとれた。さらにもっとも古い植物繊維としては、エジプトとインド固有のアマ（亜麻）*Linum usitatissimum* があった。ニュージーランド・フラックスについては、探検家で地図製作者のキャプテン・

クックが記載しているが、実際にはフラックスつまりアマ L. usitatissimum ではなく、マオラン Phormium tenax だった。「彼ら（マオリ族）はこの植物の葉から、よりひもや釣り糸、縄を作っていた」ことから、クックがまちがえたのも理解できる。ヨーロッパでよりひもの原材料としてもっとも古くから使われていたのが、「アマ」だったからだ。もちろんジェラードはアマについてよく理解していて、「アマの種は春にまき、6月から7月にかけて花を咲かせる」と解説している。アマはいくつかの加工をへて、「［浸水しておいたアマを］とりあげ、陽光のもとで乾燥させる。そして使いこんでからのことはたいていのご婦人方がわたしよりよくご存知だ」と、ジェラードは苦々しく指摘している［アマは使いこむほどしなやかになる］。また画家や絵画制作工房では［油絵の具の材料として］アマニ油を使い、さらにアマの種を「マラー・ファベケウス Marah fabeceus の根とともに押しつける」と、トゲや破片、折れた骨など［体に刺さったもの］を抜くことができるとジェラードは述べている。

アマから繊維をとるには、まずアマを抜きとったら、干草色に変わるまで圃場で乾燥させる。それからレッティング（retting）という工程に入る。数週間から数カ月かけて水に漬けて［発酵させ］、繊維を柔らかくするのである（この浸水中のアマの臭いは苦情の原因となる）。ふたたび乾燥させて束にしてから、アマ工場へ搬送する。アマ繊維をとる下ごしらえまでは基本的に家内産業だが、需要の伸びから、シュルーズベリーのベンジャミン・ベニヨンをはじめとする18世紀の起業家たちは、こぞって機械生産の方法を追究した。ついにベニヨンが機械化に成功したのは1790年代のことで、生まれ育った町にアマ製糸工場を建設し、この事業によってベニヨンの後援者たちは当時として「ありあまるほどの富」を得たという。

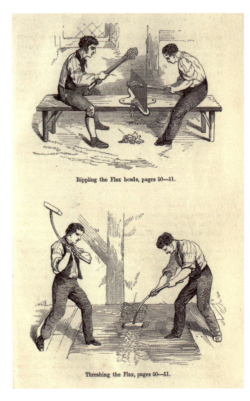

家内産業だったアマ繊維の製造工程を工業化することで、「ありあまるほどの富」が得られた。

19世紀に起きたガーデニング・ブームのなかでは、銀行員も肉屋の主人もパン職人も、だれもが裏庭に花壇や菜園を作りたいと思っていた。そして花壇やアロトメントの数が増えるにつれ、ベニバナインゲンや豪華なダリアの畝も増えたわけだが、これらを栽培するにはどれもわずかながらひもを必要とした。さらにひもの市場は、ラフィアヤシ貿易による好影響も受けていた。アフリカ本土、マダガスカル、そして南アメリカのラフィアヤシからは長い葉が採取できたのである。その葉の長さは世界最長で25メートル以上にもなり、ガーデニングの基本資材であるひもとして、また装飾的にあしらうひもとして、かつてもそして現在でも市販されている。しかし、こうしたひもの市場を席巻したのはアマではなくジュートだった。

19世紀のガーデニング用糸巻きとペグ。これに長いひもを巻いておけば、キッチン・ガーデナーにとって便利な道具となった。

ジュート富豪

ジュートは現在のバングラデシュで何世紀にもわたり利用されてきた植物性繊維である。200年にわたりイギリスの独占的貿易機関であった東インド会社がジュートの輸入に手をつけた。ジュートはコットンに次いで幅広い用途のある素材だった。よりあわせてひもにしたり、編み上げてきめの粗い布（ヘシアン）にして園芸用の大袋として使うこともできた。またスペインの庭師が履くエスパドリーユの靴底を編むこともできた。生のジュートを鯨油で処理すれば織物にするのが容易になることが発見されると、スコットランドのダンディーでは捕鯨船団とブラベナー（brabener）、つまり織物業界が協力しあった。当時すでに斜陽産業化していた捕鯨業界にとってはこのことが助け船となり、1860年代まで捕鯨業界から裕福なジュート王が続々と誕生した。

そしてジョージ・アクランドの登場となる。アクランドは以前は東インド会社に勤めていて、アマよりジュートの知識に長けていた。ダンディーの織物業界を説得しジュートを導入させたひとりが、このアクランドだった。1855年、アクランドはこの事業の一部をイギリス領インド、コルカタ（カルカッタ）近郊フーグリー川河畔のリシュラに移転させた。イギリスはコルカタ南部を支配下におさめていて、アクランドのジュート工場は最終的に完成品をイギリス本土とヨーロッパの一部諸国に輸出するようになり、今度はダンディーの製造業界を脅かすことになった。1890年代になると、フーグリー川河畔には新しいジュート工場がずらりとならび、ダンディーのジュート王はほとんどが破産した。ジュートにライバルが現れるのは20世紀中ころになってからで、それがプラスチック（ビニール）だった。プラスチック製のひもは色鮮やかで切れにくく、しかも温室内でも腐らなかった。1980年代にはバングラデシュの農民がプラスチック製品により損害を受け、収穫した自分たちのジュートに火をつけて抗議した。かつて世界最大のジュート工場だった、ナラヤンガンジのアダムジー・ジュート工場でさえ困難な経営状況におちいった。結局このジュート工場は2002年に閉鎖されたが、自然繊維市場に復活の兆しが見えてきたのは、それからわずか数年後のことだった。

植物を傷めず支柱に結ぶ方法

植物を支柱に結びつけるのにジュートひもは便利な自然素材だ。しかし支柱に結ぶことで栽培上の問題が解決される一方で、きつく結束しすぎると成長中の植物の茎に傷をつけ、ゆるすぎれば強風で茎が折れてしまうといった新たな問題が生じる。

トマトやサヤインゲン、ダリアやキクなど茎の柔らかい植物の場合は、まずひもを支柱に巻いてから植物の茎を巻き、ひもが8の字を描くようにして結ぶ。ラズベリーの木のように茎が硬い植物は、茎と支柱をまとめて2回ひもを巻いて結べばいい。

鉈
なた

　剪定ナイフにも斧にも似ているが、鉈は園芸で多くの用途に使われてきており、現在でもそれは変わらない。小枝をおろしたり、ブドウの木を剪定するのにも使える。ヨーロッパでは、鉈には生け垣作りの道具として長い歴史があり、伝統道具への関心が高まれば、やがて鉈も人気をとりもどすことになるだろう。

定義
　鉈は古くからある道具で、強剪定、やぶの伐採、ヘッジ・レイイング［イギリスやアイルランドでみられる生け垣の技法のひとつで、樹木をねかせて生け垣の強度と美観を保つ］で使うように工夫されている。

起源
　鉈は20世紀でもヘッジ・レイイングの作業でおなじみだが、古代ローマの時代にすでに一般的な道具となっていた。

第2章　キッチン・ガーデン

チャールズ・ディケンズの『ニコラス・ニクルビー』（1839年）でニクルビー夫人が注意しているように、住宅街でのガーデニングはやっかいだ。「お隣の庭の端とこちらの庭の端がつながっていて、もちろん彼が小さな四阿のベニバナインゲンのなかに座っていたり、小さな温床で作業をしているのを何度か見かけましたよ。こちらをじろじろ見ていると思ったものです。なにしろ…わたしたちは新参者ですから…わたしたちがどんな人間なのか興味があったのでしょう」。郊外におけるガーデニングのエチケットはなかなかむずかしい。お隣を見かけたらあいさつをするか、それとも見なかったふりをするか？　こんな状況をうまく解決してくれるのがフェンスだ。Gode hegn gøre gode naboer つまり「よいフェンスがあればお隣とうまくつきあえる」とデンマークの庭師は書いている。

効果的な物理的境界をしつらえることを、庭師は何百年も訓練されてきた。よくひ弱な羽目板のフェンスで何年ももたせている場合があるが、レイド・ヘッジ［laid hedge ヘッジ・レイイングの手法で作られた生け垣］は今も耐久性のあるうまい方法として健在だ。こうした生け垣をしつらえるのにもっともよく使われる道具が、伝統的な「鉈」である。庭師より肉屋で使われているのを見かけるほうが多いが、鉈には園芸でもれっきとした用途がある。

鉈はヘッジ・レイイングの作業をする庭師のお気に入りの道具というだけでなく、さまざまな応用がきくガーデニング道具でもあった。

鉈の仲間

灌木を伐採したり、たたき切ったりする基本的な道具の鉈には、よく似た親戚のような道具がある。マレー人の使うパラング parang、キューバのマチェテ machete、ドイツの森林労働者が使うヘッペ Heppe、さらにイタリアのロンコーレ roncole、ネパールのククリ khukuri、あるいは北アメリカのファシーン・ナイフ（fascine knife）［fascine「ファシーン」とは小枝を束ねたもので、塹壕を補強するのに使われた］やブラッシュ・ナイフ（brush knife）などだ。どれも用途の広い刃物で、鉤型のブレードに、リベット止めか口金とコミ・で、あるいはブレードに受け口をつけて（ソケット式）短めの木製の柄と接合してある。

イギリスでは地方によって、鉈にさまざまな名前がつくようになった。ソケット式のサフォーク（Suffolk）、シュロップシャー、アルヴァーストン、バンベリー、バートン、エディンボロ、リンカーンは、どれも「あらゆる要求と偏見に配慮している」とロイ・ブリグデンは『農具（Agricultural Hand Tools）』（1983年）に書いている。ヘッジ・レイイング用の鉈も地域ごとに異なり、各地域での生け垣の様式の違いが、鉈の形状の違いに現れている。牧畜がさかんな地域で農民に必要な生け垣は、雄牛が体重をかけても耐えられ、あとで自然に跳ねかえって元どおりになる頑丈な作りの生け垣だ。一方、強風が吹きすさびヒツジが葉を食むムーア地域では、ヒツジ飼いが必要とする生け垣は雌ヒツジ用の垣根であって、防風が目的ではない。こうした地域では、「鉈を投げつけても通り抜ける」のがよい生け垣といわれる。

生け垣はふつう、敷地の反対側に溝が切られ、葉を食む家畜が敷地内の庭園に入らないようにしてある。まずイバラやオーク［ナラやカシなど］、

鉈

鉈と「スラッシャー」(slasher)［長い柄のついた鉈］の種類が豊富に存在するのは、地域によって生け垣の様式が多様だったことを反映している。

野生のリンゴ、サンザシ、ヒイラギの苗を植え、これらの生け垣が一定の高さになるまで育てる。それから植物の生育が低下する冬期に、幹に切れ目を入れてねかせる。生け垣をねかせるには、杭を作って打ちこみ（ふつうは生け垣の若木を使う）、生け垣の列に沿って少し後方に傾けておく（すべての生け垣が、この傾けた杭の方向に沿って倒される）。残った若木を押し曲げるわけだが、枯死しない程度に若木の株もとで直径の半分くらいまで鉈で切りこみを入れ、若木をねかせやすくする。そして杭を包みこむように若木をねかせていく。地域のしつらえ方によっては、完成した生け垣の頂部にハシバミの枝をしならせてあしらう場合もあるが、新しい垣根に更新するまですくなくとも20年はそのままだ。

将来ローマ皇帝になるはずだったユリウス・カエサルは、フランスでこの生け垣の境界に遭遇している。紀元前50年ごろガリア戦争のあいだに北ヨーロッパへ侵攻しているときのことだ。カエサルは少し驚いたらしく、「この生け垣は防壁のようになっている」と記している。それから1000年後、フランスのノルマン人は、防壁と溝とともにモット・アンド・ベーリー型の要塞［motte-and-bailey「motte」は「小山」、「bailey」は「外壁」を意味する］をイギリスへ伝えていた。

生け垣は野生生物の自然なネットワークを形成し、さらに好都合な点もあった。トマス・タッサーは1573年に次のように指摘している。

「どの生け垣にも多くの燃料と果実がある」

しかし、他人の生け垣を勝手に薪にしてしまえば、血まみれになるまで鞭打たれ、さらに地主の財産に損害をあたえたつぐないをしなければならかっただろう。

鉈の扱い方

救急病棟送りになりたくなければ、鉈を使うにはそれなりの技術と手入れが欠かせない。ブレードはよく研いでおき（万力にブレードを固定し、両側にある刃に沿って砥石で研ぐ）、柄は手にしっくりと合うようでなければならない。柄によっては手のひらに沿うような曲線を描いているものもある。マメの支柱にする枝を切ったり（細枝を鉈で落とすことをスネディング「snedding」という）、移動式垣根（ハードル）を作るためにハシバミの若枝を落としたり、鉈はたたき切るような作業をするのに使う。

生け垣に使うサンザシなどの［トゲのある］木を扱う場合には手袋を着用するが、鉈を使うときはかならず手袋をはずすこと。手袋をしていると鉈が手からすっぽ抜けることがあるからだ。作業中鉈を使わないときは、切り株に刺したままにせず、地面に平らに置いておくこと。

イギリスでは囲いこみ法によって民衆から手ぎわよく土地を没収し、1850年までの100年間で全長20万マイル（32万キロ）におよぶ新たな生け垣が作られた。さらにそれから100年のあいだには、こうした生け垣が農村部だけでなく都会の大邸宅でもよく見られるようになった。

いまだに鉈を使わなければならない生け垣のほかにも、その代用となるいろいろなフェンスがある。ガートルード・ジーキルが1900年代初頭に「まさにこの国の正統なフェンスであり真に美しい」と擁護したのは、オークの杭と横木でできたフェンスだった。オークを鉈で割って杭と横木を作り、それらを釘を使わずに接合した。似たような伝統は、ヨーロッパのほかの地域でも生まれた。エストニアの一部でよく見られたのは、「エーテル」（ethers）とよばれるハシバミのまっすぐな枝を3本の横木のあいだに編みこむ様式だ。スウェーデンとロシアの一部地域では、マツの杭を45度傾け、樹皮をよりあわせたもので木製の枠と結束している。ほかにも、地元産の木をへぎ板にして編み上げた移動式垣根（hurdle）もある。

また「ピケット・フェンス」（picket fence）や「ペイル」（pale）とよばれる杭柵もあり、「pale」はラテン語で「杭」を意味する palus に由来する。ピケット・フェンスは、鉈で割ったへぎ板ではなく、のこぎりで挽いた板を使い、北アメリカやニュージーランドの北島では郊外の庭の定番となっているが、もともとは中世の「ペイル」（pale）に由来する。ペイルは貴族が所有する広大な敷地を囲った杭のことで、ダマジカを猟に適した場所に生息させておくのが目的だった。中世のペイルは、オークの丸太を鉈で割った杭を打ちこみ、そこに水平に渡した横木を固定した。シカがこのフェンスを跳び越えないようにするため、まず土手と掘を築き、ペイル・フェンスはその土手の上に作られた。

こうしたフェンスの技法には鉈と地元の森林が活用され、持続的な生活の確かな手段を提供していた。生け垣や移動式垣根、あるいはジーキルお気に入りの「たくましいオーク古木を使った杭と横木の柵」が風雨から庭を守ってくれているというのに、ヴィクトリア朝時代の流行のフェンスだからといってわざわざ鉄柵で囲うなど、どうしてするだろうかと、ジーキルにはそうした流行が理解できなかった。

オランダの細密画家パウルス・モレールスは、1630年の作品「ウェルトムヌスとポモナ」で、ポモナが手に持つ小型の鉈にひかえめな署名をしている。

レーキ

レーキにはキッチン・ガーデンを平らにならしたり、枯れ葉をかき集めたりするなど、じつに多くの用途がある。庭師はレーキの置き方をまちがえて、その柄で頭をたたかれないかと心配するものだが、一方で、日本の禅寺の庭などで使われる熊手は幸運をもたらすものとされている。

定義
農民が使う馬鍬（まぐわ）に似た道具で、さまざまな目的で地面をかくのに使う。

起源
古代ローマの庭師が使ったレーキは「ラーストルム・クアドリデンス」 rastrum quadridens といい、その名のとおり「4つの歯がついた鍬」だった。

19 60年代のはじめ、インテリア・デザイナーとしてよく知られたアーティストが、第2の故郷ニューヨークにいっぷう変わった庭を造った。当時60歳だったイサム・ノグチ（1904-1988）は温厚な顔立ちの日系アメリカ人で、室内照明器具や家具の設計ですでに名声を得ていた。そんなノグチには、大きな石と砂が織りなす超現代的で枯山水的な庭への情熱があった。

ノグチの「ユネスコ本部庭園」、そして1964年のニューヨーク、チェース・マンハッタン銀行ビル前の沈床園は、日本庭園に触発されつつ東洋と西洋を結ぶ作品だった。こうしたノグチの庭園によって思い起こされるのは、日本の禅寺にみられる石と箒目をつけた砂で構成される伝統的な石庭であり、同時にもっとも基本的なガーデニング道具であるレーキあるいは熊手である。

京都東山の建仁寺。ていねいに箒目が立てられた石庭。

信仰としての掃きならし

日本の庭は、自然の風景を映し出すように綿密に計算されたものだった。こうした庭園が日本に現れるようになったのは約1200年前のことで、中国の庭園に触発されつつ、古い石や木々は精霊つまり「神」が宿る場であり、それらを崇めるべきだとする日本の古神道の信仰が反映されたものだった。12世紀になり禅宗が伝わると、こうした庭が静寂の場、つまり「世俗の塵」といわれるものを一時的にさえぎる場となり、自然を映し出した庭は瞑想的な石庭へと進化したのである。禅の庭は寺院の近くにあり、修行僧が「砂熊手」という砂紋を描く特別なレーキを持ち、計算しつくして配置された苔むす大きな岩を巻くようにして心安まる模様を砂に描きだす。このいっぷう変わった植物のない庭には深遠で象徴的な意味がこめられているのだが、それが象徴しているものを正確に言葉にすることはむずかしい。その意味を知りたいと思ったとすれば、まだ悟りの境地に達していないということなのだろう。こうした象徴的な意味をとらえることは、江戸時代の松尾芭蕉ら俳人に託された。芭蕉は1644年に生まれ、謎めいた俳句を詠んでいる。

　　閑さや岩にしみ入る蝉の声

レーキ

かつては、どんな村へ行ってもその村のレーキ作り職人を誇りにしていた時代があった。村の鍛冶屋、車大工、陶工、かご細工職人とともに、レーキ作りにたずさわった人々も勤勉な職人だった。職人は地元で手に入るレーキに最適の材として、よく乾燥したトネリコやヒッコ

リー、オオカエデ、ニレ、ヤナギ、極東ではタケなどを使った。

　伝統的な製造手順は、木製の歯の列を切り出してレーキの頭部にはめこみ、それをステイル（stail）あるいはハフト（haft）ともよばれる長い柄に固定する。ダボのような形をしたレーキの歯1本1本作るために、職人は短い金属製のチューブの端を非常に鋭くし、切削台にあけた穴の上に釘止めし、このチューブの上から木槌でへぎ板をたたきこみ、歯をくり抜いて成形した。頭部の幅が広いレーキの場合、長い柄を途中まで割りこみY字型にして頭部を支え、二股に分かれた根元部分はヤナギなど柔軟な木材を裂いたものや、よりひもでしばりつけて割れ止めをほどこした。歯が30本にもなる幅広のレーキは芝生の手入れ用で、落ち葉をかき集めたり、春には枯れた芝をレーキでかきとったりした。頭部の小さいレーキはキッチン・ガーデン用で、表土を軽く耕したり種のまき溝を作っ

ワイヤー・レーキは枯れ葉を集めて堆肥を作るのに便利だが、芝生の通気性を改善する便利な土かき道具でもあった。

芝生の掃除

　「スカリファイ」（scarify）とはひっかいたり切ったりすることでなにかを傷つけることを意味する。しかし「芝生を傷つける」ことはとても大切だ。高さ1インチ以下に刈られた短かい芝生は遠目にはきれいに見えるが、芝の茎が（芝刈り機をのがれて）水平方向に伸び分厚い「サッチ」になると、この小さなエコシステムは目づまり状態となり、光と空気が通らず、コケや雑草の侵入が進む。

　機械式のスカリファイヤも市販されている。小さなブレードが組みこまれていて、芝生から「サッチを除去」し、芝に光を通し、排水も改善する。あるいは、定期的にワイヤー・レーキをかければ、枯れた芝がかき出され（堆肥に最適）、頑固な雑草を除けば芝の状態は改善される。さらに、春先に芝生の上をくまなく一様にガーデン・フォークを差しこみ、エアレーションを行うとよい。

たりするのに使い、柄は先を割りこまないデッキブラシのような柄だ。木製だったレーキは、鉄と鋼のレーキに代わり、最終的にはワイヤーやプラスティック製のレーキとなり、頭部の形も多様化し、直線的なT字型で歯にわずかにかぎ爪をつけたものや、扇型に広がったものもある。天才職人があみ出した「ワイヤー・レーキ」は収納に便利なように扇子のように閉じることができ、さらに別の職人が歯の間隔を調整できるように改良した。年配のある農場労働者の話によると、干し草をいっぱいに積んだ馬車を走らせて牧草地から家へ帰るときは、途中で

レーキは、耕した後で土の表面をならしたり、刈りとった雑草や小石を始末しやすい場所によせ集めたり、一方に引きよせたりするのに便利だ。鉄製の歯がついたレーキはふつうは土の上で使い、木製のレーキは草刈り後に草を集めるのに使う。

ジェーン・ラウドン『婦人のためのガーデニング（Gardening for Ladies）』（1840年）

干し草をまきちらしてしまわないように、荷馬車の両脇をつねに柄の長いレーキでなでつけていなければならなかったという。

日本の「砂熊手」は、単体の頭部に粗い鋸状に切りこみをいれ、長いへぎ棒［木目に沿って割った棒］の柄にとりつけてある。この砂熊手は大きくて重いのだが、まさにその重量が砂の上に谷と山の波形をかくのに都合がいい。あるいはまた、タケで作った頭部にきりで穴を空け、タケの小さい歯を差しこんだものもある。熊手は砂に溝を描くだけでなく、頭部をひっくり返せば土をならすのにも使える。熊手は非常に重要な道具だったので招福の象徴となり、伝統的な収穫祭である「酉の市」では、ミニチュアの熊手に縁起ものの飾りつけがなされ、お菓子やおもちゃのお金までつるされる。この「縁起熊手」が客に売れると、熊手屋の店主が「家内安全、商売繁盛」と唱え、拍子を打って手締めをしてくれる。

日本の縁起熊手は、ペスタが運んでくるとされるレーキの進化形のようなものだ。ペスタというのはスカンディナヴィア地方の村々に疫病をもたらしたと伝えられるノルウェーの幽霊のような魔女のことだ。ペスタが箒をもって現れたときには、村の全員が掃き出されて死ぬ運命となる。一方彼女がレーキをもって現れたときには、すくなくとも何人かは難をのがれるのである。

日本の石庭はイサム・ノグチの時代のみならず、20世紀初頭にも欧米に大きな影響をおよぼしていた。ジャポネズリ［日本風アート］様式はシノアズリ［中国風アート］よりも欧米に浸透し、ギルバートとサリヴァンの『ミカド（The Mikado）』のような人気オペラが創作され、さらにアイルランドのキルデア近郊タリーの日本庭園や、オランダのハーグのクリンゲンダール公園、ブリティッシュ・コロンビアのニトベ・ガーデンなど、有名な日本庭園が建設された。

耕耘機
こううんき

クロッド・クラッシャーからボーデンフレーゼン、あるいはアース・グラインダーまで、耕耘機は庭園でゆっくりと進化してきた。そしてオーストラリア、ニューサウスウェールズ州の農夫アーサー・ハワードが、軽量ロータリー耕耘機でブレークスルーをもたらした。

定義
回転する歯あるいはブレードで、土を切り返してはほぐしてゆく動力機械。

起源
耕耘機（mechanical tiller）の語源はラテン語で「エンジニア」を意味する *mechanicus* と、古英語で「治療すること」を意味する *tilian* に由来する。

土の塊を砕いたり、削ったり小さくきざんだりして細かくすることで、邪魔になる植物の成長を抑制するという考え方は、はじめて根掘り鍬や鍬が使われるようになったころまでさかのぼる。歯のついたひとりで押せるホイール・ホー（wheel hoe 車輪のついた鍬）あるいはプッシュ・プラウともいわれた耕耘機が何世代ものあいだ使われ、現在でも狭い耕作地なら利用できる。しかし、耕作地が広がり収穫も増えてくると、大きな機械が必要になった。

　1800年には蒸気力が実用化し、イギリスの鉱山や繊維産業、農業といった基幹産業は強固なものとなった。そして1830年代に蒸気脱穀機が農場に導入されると、何千もの農業労働者が職を失った。こうした失業が暴動の引き金を引くこととなり、その結果、2000人もの地方民が裁判にかけられ、500人近くが監獄船にのせられオーストラリアの流刑地へ送られた。そのほかに19人が絞首刑になっている。

農業版軍拡競争

　しかし蒸気力は止まることを知らず、1839年にはすでに圃場へも進出していた。リンカンシャーの農民の一団が驚愕するなか、さまざまな機械を動かせる移動式蒸気機関を実演したのは、ウィリアム・ハウデンというエンジニアだった。しかしハウデンが製造した「蒸気機関」は12台にすぎず、それから2年後の1841年にはサフォーク州イプスウィッチのランサムズ社が、リヴァプール・ロイヤル・ショーに5馬力の移動式蒸気機関を出品した（輓馬の力と蒸気力を同一視する「馬力」[horse power]という言葉を生んだのはスコットランドのエンジニア、ジェームズ・ワット）。さらに1年後ランサムズ社は自走式蒸気機関を生産し、蒸気耕耘機、蒸気牽引車への道を拓いた。これらの機

ウィリアム・クロスキルの蒸気力耕耘機が圃場に登場したのは1850年代のこと。その菜園版の登場まで、庭師はさらに60年待たされることになる。

械によって1870年代を境に農業の世界は一変することになり、19世紀末のイギリスの大地には3万3000台を超える蒸気機関が稼働していた。

　1841年という年にも、土壌を耕すロータリー式の耕耘技術に発展が見られた。ヨークシャー出身の有能な起業家ウィリアム・クロスキルは鉄を使った物作りが趣味のような人物で、ものすごい騒音を立てる「自浄式クロッド・クラッシャー・ローラー」（Self-Cleaning Clod-Crusher）を開発した。これは歯のついた巨大なディスクハロー（円盤鋤）で、イギリス農業協会（Royal Agricultural Society）からゴールドメダルを授与され、1851年のロンドン万国博覧会でも展示された。

　こうした農業機械の進歩は、ロータリー耕耘機という形で、まもなく庭師やアロットメント所有者といった家庭的なレベルにまで浸透することになる。もっとも初期の実用可能なロータリー耕耘機は「ボーデンフレーゼン」Bodenfräsen［ドイツ語で「土を耕す」の意味］で、

ドイツのエンジニア、コンラッド・ヴィクトール・フォン・マイエンブルクが設計製造した。トラクターほどの大きさもあるこのおそろしく巨大な機械は自走式で、土のなかで粉砕器（チョッパー）が前後に振れるようになっている。フォン・マイエンブルクはスプリングつきの歯を開発し、これによって石などの障害物があってもうまく操作できるようになり、この仕組みは1909年に特許が取得された。1912年から1914年にかけて、ヨーロッパとアメリカでボーデンフレーゼンの原型機がいくつか製造され、お披露目された。フォン・マイエンブルクの設計にもとづいて、ドイツとスイスの会社で小さなロータリー耕耘機が製造されたが、アメリカの石だらけの土壌に耐えられるほどじょうぶではなく、歯がひんぱんに折れてしまった。この欠陥の修正は、オーストラリアはニューサウスウェールズの農民アーサー・クリフォード・ハワードに託された。

ハワードのロータリー耕耘機の原型機は1912年、クロークウェル近郊ギルガンドラにあった自分の農場で、蒸気力トラクターのエンジンに連結させることからはじまった。人力をそれほど使わず土を耕す簡単な方法を開発しようと、ハワードは懸命に努力した。ハワードは物静かだが成功への強い意欲を秘めた人物で、従来の鋤のように土壌を締め固めることなく、土を鋤き返せる機械の実験をはじめた。歯車やスプロケットなど、農具の部品をかき集めて精選し、動力源には父親のトラクターを利用し、ハワードは数丁分の鍬のブレードをディスク・カルチベータ［ディスク状の歯を搭載した耕耘機］のシャフトに固定した。労作の第1号はディスクの回転が速すぎて鋤き返した土が片側に飛びちってしまった。そこで設計を見なおし、小さなローターにL字型のブレードを装着することにした。

ハワードの耕耘機の研究は第1次世界大戦の勃発により中止を余儀なくされた。アーサー・クリフォード・ハワードはオートバイ事故で兵役不適格となると、イギリスへ渡り軍用品工場で働き、「ロータリー・ホー・ブレード」のアイディアをイギリスのエンジニアに説明した。しかし支援者を見つけることはできなかった。

1920年にオーストラリアへ帰国したハワードは最後の試運転を終え、ロータリー・ホー耕耘機の特許を取得した。今度の動力は耕耘機本体に搭載した内燃機関で、付属装置として5つの鋤が搭載された。

新しいハワード耕耘機を手にし、くつろいだ面もちのニューサウスウェールズ農民。新しく土地を耕す骨のおれる仕事も一変した。

耕耘機の選択と使い方

耕耘機を選ぶときには、敷地の広さと、敷地のなかのどのくらいの広さを耕すのかをよく考えること。新たに花壇や菜園を作ったり、硬くしまった土を耕すのであれば、本体の後方に歯がついた大きい馬力の耕耘機が必要になる。

耕耘機の正しい使い方としては、あらかじめ耕す地面をきれいにしておくこと。大きな石や根、切り株、ごみなど、耕耘機が飛び跳ねてコントロールが効かなくなるような障害物はとりのぞいておく。歯の深さは中耕から深耕に設定する。はじめて耕す土地なら、エンジンがオーバーヒートしないようにローギヤーを使うこと。

ハワードの商標である「ロータヴェーター」（Rotavator）は、住宅ブームでわいた1950年代には働き者の機械となった。技術的な改良点としては、歯を一定速度で回転させつつ前進スピードを調整する変速装置とバックギヤが搭載された。

アメリカでは、自動車を製造していたC・W・ケルシーが1932年、ニューヨークにオフィスをかまえ、「ロートティラー」（Rototiller）を商号登録し、スイスやドイツ、そしてデンマーク製機械の輸入をはじめた。ロートティラー社は1945年には、それまでの巨大なトラクターに搭載した耕耘機の取り扱いをやめ、小型の歩行型耕耘機を自社で生産するようになった。さらに2年後には、クレイトン・メリーがワシントンで「メリー・ティラー」を設計すると、その耐久力のある強靱な作りが認められ、伝説的存在となった。

こうした機械をイギリスではじめて作ったのは1950年代の終わりごろ、バーミンガムを本拠地としていたウールスリー・シープ・シアリング・マシン社だった。シアリング・マシン社はイギリス中のアロットメントを耕すことに同社の市場を見いだしたのである。

現代の耕耘機の多くは、実際にはトラクターの表向きを変えて別の名をつけたもので、トラクターにパワー・テイクオフ［トラクターを駆動させるのとは別に、付属の作業機械を駆動するための機構］と座席をつけたものにすぎない。動力耕耘機と戦後モデル耕耘機から進化した歩行型トラクター（二輪トラクター）の違いは微妙だが、どちらも多くの発展途上国で幅広く利用されている。多くの安価なモデルが市販されているが、中国のグアンユン重慶農業公司が2013年に発売した7馬力のベルト式変速機つきガソリンエンジン耕耘機もそのひとつだ。パンフレットには「万全の品質」とうたわれている。

コンポスター（堆肥枠）

造園家たちは庭園の残渣を良質の腐植にしようと、底のない樽やプラスティック製容器など、じつにさまざまなコンポスター（堆肥枠）を工夫してきた。腐植や堆肥作りはその支持者によれば、庭園を健康にする最善の方法だ。

定義
　野菜クズなどを堆肥や腐植にするための、木製あるいはプラスティック製の構造物。

起源
　英語の「compost」（コンポスト）はラテン語で「混合物」を意味する *compositum* に由来し、土壌を肥沃にする伝統的手法。

19 60年代、スコットランドの北東海岸にあるスピリチュアルな生活を実践する小さなコミュニティで、不思議な現象が起きていた。このコミュニティの創立者、ピーター・キャディーという前イギリス空軍将校とその妻アイリーン、その仲間のドロシー・マクリーンは、砂質土壌というこの地の不毛な条件にもかかわらず、生産的な菜園を運営することができた。彼らはその成功を、天使のような存在ディーヴァ（devas）という精霊の神聖な介入によるものとしていたが、無神論的な立場の観察者によれば、うまくできた堆肥システムが不毛な土地を肥沃にしていたのである。

この「フィンドホーン・コミュニティ」（Findhorn community）はその後ニューエイジ運動を推進する大きな財団となり、堆肥化の技術の方は「シアトル公共事業局」（「堆肥化は、庭のごみや台所の生ごみを、肥沃で甘い香りの土壌にする簡単ですぐれた方法です」）やオークランドの明快な名称の団体「グッドシット・コンポスト・カンパニー（GoodShit Compost Company）」（「わたしどもに電話してください。なぜ、いつ堆肥化するのかお教えします。それができるのはグッドシットだけ！」）など、多くの支持者を得た。

工場規模で製造するにしても裏庭規模で作る場合でも、また「ドクターフー」に出てくるダーリクのような形をしたプラスチック製容器であれ、特別に設計されたバケツ型の「ボカシ容器」であれ、あるいは「ニュージーランダーズ」（蓋つきの容器で、内部がコンベヤーベルトのようなしかけになっている）でも、また庭の片すみに積み上げた堆肥の山でも原理は同じで、野菜クズを積み上げておけば腐植に変わる。そしてこの腐植が、土壌を肥沃にしてくれる重要な有機物なのである。

失敗しない堆肥づくり

上から見てＥ字型になるようにふたつの長方形の仕切り枠を作るのだが［堆肥置き場が２ヶ所できる］、使い古しの木材を使うのがいいだろう。枠の正面は仕切り板で閉じるが、簡単にとりはずして中に入れるように、適当な位置に釘を軽く打ちつけておく。枠のいちばん上には垂木をわたして側面をおさえてふくらまないようにする。底には枯れ枝を積んだりレンガを敷いたりして堆肥の通気性をよくすること。

１回の堆肥作りでは片方の仕切りだけを使う。野菜くず、刈りとった草、雑草などを投入して層を作り、その層を庭の土か古い堆肥あるいは厩肥（厩肥によって堆肥化が早く進む）の層ではさむように層を重ねてゆく。断熱層として使い古しのカーペットなどをかぶせておくといい。堆肥が暗褐色に変化しポロポロな状態になれば、菜園や花壇へ投入できる。なお肉や乳製品は堆肥の材料にしないこと（齧歯類が寄ってくるのを防ぐため）。

土壌を酷使しないかぎり、何世紀にもわたって太陽に照らされている大地は、わたしたちに恵みをあたえてくれるだろう。

ローレンス・D・ヒルズ『有機栽培（Organic Gardening）』（1977年）

大切なごみ

園芸作家ジェームズ・シャーリー・ヒバードは早くも1860年代に、堆肥の価値を強調していた。「家庭には非常にすぐれた肥料の元があり、生ごみは悪臭がしてもどんなに小さくても、固体であっても液体であっても大切にしなければならない。枯れたキャベツの葉もそうだがそれらはごみではない」とヒバードは断言している。20世紀後半に台所でむだにされている生ごみの量を知ったら、ヒバードはショックを受けただろう。これほどの規模で天然資源を消費する文明は歴史上かつてなかったし、ごみをこれほど簡単に廃棄する文明もなかった。科学者が石油は枯渇しつつあると警告しているにもかかわらず、家庭菜園を楽しむ人たちは台所の生ごみはすててしまい、栽培しているマメやベゴニアにはホームセンターで石油由来の化学肥料を購入してあたえている。マザー・ネイチャー・ネットワーク（Mother Nature Network）によると、平均的なアメリカの4人家族の場合で、2011年には年間約600ドルに相当する食糧がすてられていたことになるという。しかし今から半世紀以上も前に、堆肥化推進が強く主張されたことがあった。19世紀末生まれのアニー・フロンセ＝ハラールとレディ・イーヴ・バルファが堆肥推進のおもな支持者だった。フロンセ＝ハラールはオーストリア出身で、ドイツでの戦争をのがれブダペストで堆肥化に取り組みはじめた。さらにメキシコ政府のもとでは堆肥化をとりいれた土壌流亡対策に取り組み、1958年には著書『腐植——土壌生物と肥沃さ（Humus: Soil Life and Fertility)』を出版した。一方1943年に『生きている土（The Living Soil)』を出版したイーヴ・バルファーは、1920年代からサフォーク州のハフリー・グリーンで有機農場をはじめていた。1946年にバルファーはイギリス土壌協会（Soil Association）を共同設立した。オーストリアの駅長の息子で、ルドルフ・シュタイナーという初期の堆肥化論争にかかわった人物の研究について、バルファーは正当に評価していた。1861年生まれのシュタイナーは、彼自身が「アントロポゾフィ」(anthroposophy「人智学」）とよんだ「精神科学」の研究に打ちこんでいた。シュタイナーの提唱した数々の教えは、学習障害をもつ人々を支援するコミュニティ・ヴィレッジ、体験重視の学習にもとづく学校の国際的ネットワーク、そして有機農業や有機ガーデニングなど「バイオダイナミック農法」の構築へとつながった。

タンザニアの前農業指導員ジョン・ソパーは『バイオダイナミック・ガーデニング（Bio-Dynamic Gardening)』（1983年）を著し、バイオダイナミック農法の哲学は「大地には呼吸があり、呼吸器系が存在し、脈拍があり、敏感で皮膚もある」ととらえる点にあるとした。ソパーによれば、大地はまさにひとつの生命体であり、呼吸するあらゆる生物がそうであるように、大地にも拡張期と収縮期があると述べ、庭師はこの大地のリズムと調和して仕事をすることを推奨した。つまり葉物野菜の収穫や苗の移植は拡張期の朝に行い、種まきや根菜類の収穫、

自宅がある場合、野菜をむいた皮をすててしまっては、よい堆肥をむだにすることになる。

第2章　キッチン・ガーデン

「生ごみは悪臭がしても、どんなに小さくても大切にすること」と断言したのは、堆肥化技術の初期の主唱者、ヴィクトリア朝時代の園芸作家ジェームズ・シャーリー・ヒバード。

小さい植物の移植といった作業は地球がゆっくりと収縮する夕方に行うことを勧めたのである。

このバイオダイナミック運動の支援者は増えつづけたが、シュタイナーの［スピリチュアルな］考え方については彼の支持者でさえついて行けないことがあった。

しかしもうひとりの堆肥利用のヒーロー、アルバート・ハワードは違った。ハワードは『農業聖典』（1940年）［邦訳は保田茂ほか訳、日本有機農業研究会］の序章で次のように警告している。「古代ローマの農業が失敗したのは、土壌を肥沃な状態に維持できなかったからだ。欧米の農民はローマ帝国が犯した過ちをくりかえしている。欧米の優位性はいつまで続くのだろうか？」

ハワードの研究はインドでのみずからの経験にもとづいたもので、ニューヨークの作家ジェローム・ロデールらを刺激し、アメリカに有機農業のメッセージを広めた。ハワードは、植民地の住民に欧米農業の利点を教育するためイギリス植民地へと旅だったのだが、逆にインドの農民から、作物の残渣や家畜の糞を堆肥にして耕地へ戻す「自然の方法」が肥沃な土壌を維持する最善の方法であることを教わり、帰国した。堆肥化は「週末だけ庭師」が行う取るに足らない技術ではない。第1の財産である「土壌の肥沃度」を保全するため、人類は定期的に堆肥づくりを行うことが必要だったのである。文明の未来はまさに土壌の肥沃度にかかっている。ハワードは実践的でもあり、堆肥を得るのに必要な道具も庭師に提供した。それが「インドール・コンテナ・コンポスター」だった。木製の薄板で作られていて、そこに厩肥(きゅうひ)と少量の土を5センチ積み、つぎに堆肥になる材料を15

センチ積んだらふたたび厩肥と土を5セン
チ積んでサンドイッチ状にする。これを1.5メート
ルの高さになるまでくりかえす。こうして積み
重ねたものの湿り気を保つようにし、6週間
たったら切り返し、12週間後にふたたび切り
返す。こうすると約3カ月で（冬期にはもっと
長くかかる）堆肥が完成する。

堆肥化の時間を短縮するには、コンポストと
厩肥を［最初から］混ぜあわせておいてその後
1回切り返すだけでもいい。同じような方法と
しては、分解しやすい材料を直接土の上に置き
土に混ぜこんでしまう方法や、投入するすべて
の材料を5センチほどまで細かくする方法、環
境にはよくないが効果的な方法としては、材料
の上で芝刈り機をかけながら1.5メートルまで
積み上げる方法もある。3日に1回切り返して
分解を促進すれば、3週間で完熟するといわれ
ている。

堆肥づくりとならんで効果的な方法にボカシ
（日本語で「発酵」に由来）がある。これは台
所の生ごみを密閉できるバケツのなかに入れ、
コメ糠に含まれるバクテリ
アの作用で発酵させる［日
本で一般的なボカシとは異
なる説明になっている点に注意］。
またまさにマジックのよう
だが、コンフリーを使う方
法もある［コンフリーを水に
浸けておくだけで液肥になる］。

1950年代、フリーランス
のジャーナリスト、ローレ
ンス・D・ヒルズは有機食
品運動の先頭に立っていた。
その後1977年にヒルズは次
のように書いている。「ある
者［庭師］は鳥やハチ、そ
して人間にとって有害な汚染をくいとめるため、
倫理的根拠から［有機栽培へ］転向し、ほかの
者はお金の節約のために転向している。食糧の
自給でお金を節約しようとしても、農薬を使っ
たのではその費用の分、市販されている野菜の
価格より高くなってしまうからだ」

19世紀のクエーカー教徒ヘンリー・ダブル
デーが行ったコンフリーの実験に関心をもった
ヒルズは、有機栽培の補助としてその植物を試
してみた。エセックス州ブレインツリー近郊の
ボッキングに土地を借りたヒルズは、まもなくし
て傑作となる『有機栽培（Organic Gardening）』
を著し、「コンフリーにはタンパク質が豊富にふ
くまれ…即席堆肥のようなものである」と述べ
た。もっとも重要な品種（ヒルズは「ボッキング
14」とよんでいた）はロシア原産のオオハリソウ
Symphytum asperum と「薬草医のコンフリー」
といわれる野生のヒレハリソウ *S. officinale* と
の雑種だった。ヒルズはさらにこの方法を広め
るために（ヘンリー・ダブルデーの名にちなん
だ）組織を設立した［Henry Doubleday Research
Association（HDRA）のこと］。
最終的にこの組織は「ガーデ
ン・オーガニック」（Garden
Organic）となり、プリンス・
オヴ・ウェールズすなわち
チャールズ皇太子の後援を
受けている。

コンフリーの堆肥は良質なこと
から、有機栽培実践者にとって
もっとも重要なハーブのひとつ
と評価された。

温床

「厩肥に貪欲であれ」と 19 世紀のある園芸作家は忠告した。通りすがりの荷馬車が家の外に止まると、使用人がしぶしぶと、シャベルとバケツを手に大通りに出てきた時代だった。この園芸作家は、庭師にとってもっとも役に立つ道具（技術）のひとつについて記している。それが厩肥の山である。

定義
春先に作物を育てるため、厩肥の発酵熱を利用する道具。

起源
ポンペイの考古学的証拠から、ローマ時代には温床が使われていたと考えられていて、ローマ時代の哲学者は、「待っていればやってくる春の盛りを、冬からひきずり出す」ためのものと記している。

たいていの農場主が、自分の農場から出た残渣の山が村の庭師の厩肥のもとになっていることを、自慢する時代があった。しかし農業の機械化と19世紀に生じた農村部から都市部への人口移動により、都市部の庭師は菜園や花壇を元気づけるために独創的な厩肥源を模索せざるをえなかった。海草や腐った干し草、なめし革業者の使い終わったタン皮［タンニンをふくむオークなどの樹皮の粉末］、小さな川魚、クジラの脂肪、角や骨、髪の毛やぼろきれ、血液、尿、サンゴ、煤、掃除で出たごみ、石けん製造業者の廃棄物などを利用した。さらにハトやニワトリ、雌ウシ、雄ウシ、ヒツジ、シカ、ラクダ、ウマの糞を使っていたことはいうまでもない。スペインのムーア人庭師らによると、園芸にとってもっとも良質な馬糞は、トウモロコシを餌にした種馬の糞だという。また良質の尿をすてるのも問題外だった。11世紀のイブン・バサルは、労働者に農場残渣の山の上で小用をさせるよう勧めている。（さらにローマ時代の作家コルメッラは、尿を6カ月寝かせてから古い油かすと混ぜ、オリーヴの木の株まわりにまくことを推奨した）。

ペルーのグアノ

ジェームズ・シャーリー・ヒバードによると「あらゆる厩肥のなかでもっとも劇的な効果を示す」のがペルーのグアノで、ヒバードはごく微量ほどこすよう助言している。「グアノを利用すると、失敗することが多い」というのである。グアノは「サルの糞」と誤解して説明されることがあるが、実際には海鳥の糞で、太平洋の島々や海鳥の巨大なコロニーが集合する場所から船積みされていた。グアノの採掘事業は19世紀にブームとなり、埋蔵場所をめぐってはしばしば国際紛争にもなった。1876年、オーストラリア西海岸沖にあるグアノが豊富なレースピード諸島にアメリカの航海士がバーク船で上陸し、星条旗を掲げると、激しい抗議の声が上がった。ウェスタン・オーストラリア州は特使を派遣し、この海鳥の糞の山に対する植民地権を強く主張した。

グアノのほかにも、土壌を肥沃にするには「夜の土」があった。婉曲的な表現だが「night soil」とは「野外トイレ」を意味する。中世では「ゴングファーマー」gongfermors（gongは「野外簡易トイレ」、fermorsは古英語feormianに由来し「掃除すること」を意味する）が、夜間に野外トイレの汚物を運び去っていた。それから数百年たっても同じ仕事が夜勤仕事として存在したことは、ジョン・パドスィーの『いちばん小さい部屋（The Smallest Room）』（1954年）でアメリカ人のカール・サンドバーグが説明している。「たいてい1年に1度、みんながミスター・エルズィーとよんでいた黒人が荷車を

グアノの採掘は19世紀のビッグ・ビジネスで、庭師に非常によく効く肥料を提供した。

引いてやってきて、野外トイレの便壺を掃除した。仕事をするのはいつも決まって夜。月明かりのなかの影のようにやってきては去っていった」

厩肥の恩恵を疑う者はいなかったため、「夜の土」は農場や庭に穴を掘って埋めたり、まいたりしていた。(1600年代中ごろまでさかのぼると、プロテスタントで真正水平派のジェラード・ウィンスタンリーは次のように記している。「イングランドの荒れ地に、そこで生まれた人々によって厩肥がほどこされれば、数年で肥沃になり、イングランドは世界でもっとも栄えた国となるだろう」)

庭師は厩肥の山から出る熱の利用も学習していた。藁と混ざった新しい厩肥の山では、嫌気性バクテリアの活動によって自然に熱が発生する。そこで庭師は厩肥をつめた「温床」の上で、春の早い時期に野菜を育てる方法を発明したのである。聖職者でナチュラリストのギルバート・ホワイト師は著書『ガーデン・カレンダー(Garden Kalendar)』(1756年)で、次のように書いている。「1月23日。庭の糞の山の上にジョンソン氏の枠を使って、シロガラシとクレソン用の温床を作った」。その後ホワイト師の記録によると、「温床は非常にうまく機能する。2、3日酷い霜が降りた。今は地面が雪でおおわれている」。それでも2日後、師の温床はまだ十分働いていた。「今日はとてもうららかな日で、9時15分前から2時45分まで温床には暖かい日差しがあたっていた。一面に霜が降りた」。北アメリカでは1773年ヴァージニア州で温床設備の記録があり、それ以来温床の恩恵を受けてきた。その温床が暖房温室の開発へと結びつく。1790年代にイングランドのダービー伯爵の大農場にこの温室暖房が設置されたときには、熱は厩肥からではなく、革なめし用

ギルバート・ホワイトが使っていた温床。穴を掘って馬糞を入れ、その上を壌土でおおう。すると発酵が進み高温となり、種子の発芽がうながされる。

のタン皮［タンニンをふくむオークなどの樹皮の粉末］を使って発生させていた。樹皮は皮なめし職人が動物の皮をなめすのに使ったもので、その使い終わった樹皮を山積みにしておくと、大量の熱が発生する。メロンとパイナップルの栽培を試みていた伯爵の庭師は、その樹皮の山に通したパイプで蒸気を送ることで、さらに熱の発生を増加させていた。この技術が蒸気暖房パイプの開発につながり、19世紀の温室では、通常は水を満たした200ミリのパイプのなかに直径25ミリの蒸気パイプを通していた。

厩肥は液状にして利用することもあった。1930年代にウェールズの大邸宅で働いていたあるプロの庭師は、古いタールの樽をもってきて、なかに残っているタールを燃やし、そこに水を張ったと説明している。「農家がダギング(dagging)をするころになるとすべての農家をまわったものだ。ダギングというのは子ヒツ

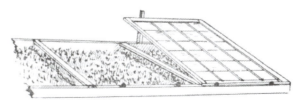

アマチュア庭師用の温床。土と厩肥で作った苗床の上に、ガラスをはめこんだ木製の枠をのせている。

ジやヒツジの毛を刈る前にヒツジの尻まわりの毛を除去することだ。わたしたちはそれらをすべて集めては麻袋につめ、その樽の水のなかにつるすのである。それがわたしたちの使う液肥だった。最高の肥料だ」

しかしなぜそれが土にいいのか、科学的にはよくわかっていなかった。ルネサンス時代の数学者で1464年イタリアに没したニコラウス・クザーヌス枢機卿は、その答えを探るなかで、作物を栽培する前と後の土壌サンプルの重量を量ってみた。すると重量に若干の違いがあることがわかり、作物栽培の過程で水が重要な役割をはたしているとクザーヌスは正しくも結論づけた。さらに植物が空気中からなんらかの栄養素を吸収していることもつきとめた。土壌はただ成長を媒介しているにすぎないように思われた。作物を生産した後に肥沃度が低下すると、栄養として厩肥をあたえるだけで土壌の活発な働きがよみがえる。しかし園芸家というものは一時の成功にあぐらをかくなと教わっていた。「土が疲弊した状態にあるのではないかとつねに考える」べきだと、厳格なヒバードは勧めている。「完熟した厩肥によって土壌構造が改善されて土がよくなり、厩肥をほどこさなかった土壌に比べて作物がより長期の干ばつにも耐え

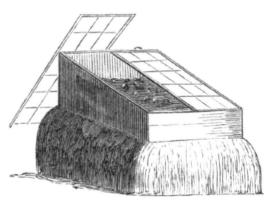

厩肥の山から未熟な植物を育てるための大量の熱が得られる。

られるようになる」。またヒバードは1860年代に執筆活動をしていたころ、「土壌を肥やすのに重要な…アンモニア、苛性カリ、ソーダ、塩その他の化学成分」の投入に激しく反対する保守派に業を煮やしてもいた。

ここで「肉エキス」というアイディアをまもなく発見しようとしていた男ユストゥス・フォン・リービッヒの研究について、簡単に触れておこう（この研究が固形スープの素の発明を生んだ）。ドイツの科学者リービッヒは植物が炭酸や水、アンモニア、カリウム、カルシウム、マグネシウム、リンそして硫黄を吸収し、それらをデンプンや糖、脂肪そしてタンパク質に転

アンモニア、苛性カリ、ソーダ、塩などの化学成分は土壌を肥やすのに重要だ。覚えておくといいのは、空気にさらせばなんであれ腐敗して非常に不快なものになるということ、そして土壌と混ぜた瞬間にその不快な特徴はすべて消えるということ、つまり土壌は天然脱臭剤のようなもので、今あげた物質は野菜の成長を刺激し、よい肥料となることだ。

ジェームズ・シャーリー・ヒバード『実用園芸（Profitable Gardening）』（1863年）

19世紀の温床を再現する

厩肥の山から蒸気が立ちのぼることで、厩肥内の嫌気性バクテリアの活動で熱が発生していることがわかる。この厩肥床の上に土壌を入れた枠を置いてこの高温状態を利用すれば、サラダ菜など早生の作物を栽培できることを庭師たちは学んでいた。

最初に馬鍬を使い、新しい藁混じりの厩肥を床のいちばん下に運び入れ、高さが15〜19センチくらいになるまで踏みつけ、その上に用土、堆肥あるいは両者を混ぜたものを約2.5センチの深さになるまで投入する。木材で枠か箱を作り段ボールなどなんらかの断熱素材を内張したものをまき床とし、この温床の上に設置する。厩肥で約1週間ほど温められるようにしてから、まき床に種をまくなり苗を植えるなりする。温度計でチェックして、温床が高温になりすぎないように注意する。温度が24℃以上になっていたら灌水して冷やす。

温床は温室や屋外に設置することもできるが、屋外に設置する場合は温床に取り外しができる蓋をそなえつけ、寒い夜間にはその蓋を閉じる。

換することを発見した。さらに植物を食べて排泄する動物は、こうした基本要素を土壌に戻していることにもリービッヒは気づいた。

土壌の秘密を解き明かすというリービッヒの目標は、彼が10代だったころ、飢餓の年1816年を生き抜いたときのトラウマによる（リービッヒは1803年生まれ）。この年は、インドネシアの火山噴火と太陽活動が記録的に不活発だったことがあいまって、死亡率が急上昇し、北半球全体を深刻な食糧不足が襲ったのである。さらにこれらの現象の結果生じた異常気象により、ニューヨークでは6月に雪が降り、スイスでは氷河が洪水を起こした。欧米諸国が経験した最後の食糧危機となったわけだが、そのあいだ農民と庭師は、必死であらゆる作物の栽培を試みた。そしてリービッヒの研究はその後化学肥料の開発につながり、そのおかげで今のところ、1816年ほどのひどい飢饉はおきていない。

ラテン語

　庭師が植物について記載するときに、もはや話されることのない地中海の言語であるラテン語を使用することは、つねに批判にさらされてきた。しかしカロルス・リンナエウスによる植物を命名する「二名法」は、国際的な「リンガフランカ」 lingua franca つまり「共通語」を、200年以上にわたって植物学者と庭師に提供してきた。

定義
あらゆる生命体について正確で国際的に受容される記載をするために、ラテン語の命名法が使われる。

起源
カロルス・リンナエウスは18世紀に植物界を記載するために、かつて国際言語であったラテン語を採用した。

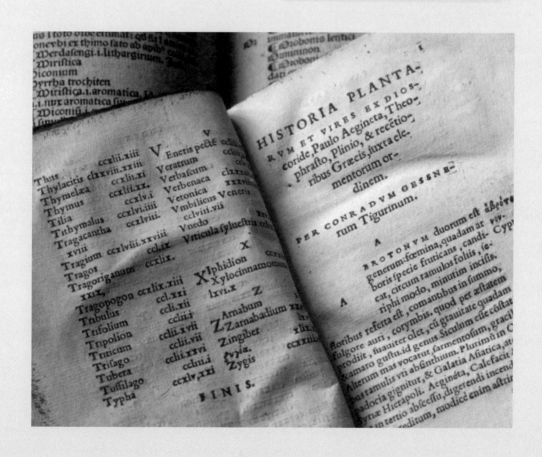

第2章 キッチン・ガーデン

植物学と園芸学の世界は植物を表現する言語が共通している。ラテン語は明瞭な物理的道具の範疇には入らないかもしれないが、ラテン語のおかげでカザフスタンの庭師でも、ケンタッキーの庭師でも、あらゆる植物にかんする正確で唯一無二の記載が得られ、互いに分かちあい理解できる言語を得ることができる。

ラテン語にだれもが満足しているわけではなかった。「どうして？」と悲嘆するのはあるガーデン・ブロガーで、「植物を記載するのに、2000年も前に廃れた、発音もできないような言葉をどうして使わなければならないのか？ オークランドの農夫は *Bos hornabreviensis* など注文しない。注文するのはショートホーン種のウシだ」

こうした疑問に対する長い答えとしては、植物の性について風変わりな関心をもっていたあるスウェーデンの植物学者が、基本的に2語からなる命名体系を採用し、大量の紙を節約できたからということになる。短い答えとしては、それがうまく使えたからである。

1620年に120人の清教徒をのせてアメリカに向け出航した歴史上重要な船、メイフラワー号について考えてみよう。この船のおかげで花の名に混乱が生じることになったのである。この船の名はフランスでは「ソーシ・ドゥ・ル」*souci de l'eau* として知られる素敵なリュウキンカにちなんだもので、イギリスでは地方によってマーシュ・マリゴールド（marsh marigold）、ポリーブロブ（pollyblob）、キングカップ（kingcup）などとよばれている。実際メイフラワー（mayflower）には300もの方言があるが、北アメリカの「メイフラワー」は（マサチューセッツ州の州花でもある）ヨーロッパのそれとはまったく異なる植物である。北アメリカの「メイフラワー」というのはアメ

園芸学にラテン語を使用することで、ヨーロッパ在来のメイフラワー *Caltha palustris* にかんする混乱が払拭された。オットー・ヴィルヘルム・トーメによる『ドイツ、オーストリア、スイスの植物（Flora von Deutschland, Österreich und der Schweiz in Wort und Bild für Schule und Haus）』（1885年）の挿絵より。

リカイワナシのことで、1620年にニューイングランドに上陸したピルグリムファーザーズが、はじめてその花の群生地に足を踏み入れたことに由来する。ラテン語の学名辞典によって問題が明らかになり、あらゆる混乱に決着がつく。多くの名前をもつヨーロッパの「メイフラワー」の学名は *Caltha palustris L.* で1753年に命名された。マサチューセッツの「メイフラワー」の方は *Epigaea repens L.* だ。

ここで学名の最後に「L.」とあるのは、寒暖

愛おしきラテン語

ラテン語を植物の命名に使用すると詩的ではなくなるが、正確かつ実用的になる。たとえば *columnaris* や *semperviens* という記載からは、植物がそれぞれ「樹形が円柱状」、「常緑」であることがわかる。また記載上の規約があることで、植物の名以外の特徴を知ることもできるので便利だ。

「科」の名称は「-aceae」で終わるイタリック体で記され、たとえば *Fabaceae* となる。次に「属」(genus 複数形は genera) だ。ラテン語の名詞には性があり、男性名詞と女性名詞あるいは中性名詞が区別され、たとえば *Pisum* であれば中性名詞である。次に「種」は小文字で記述され、通常は「属」の名詞に一致する形容詞形をとる。つまり *Pisum sativum* といった形式になる (*sativum* は *sativus* の中性形で「栽培品種」を意味する)。基本的な種とくらべてかなり違いがあるものは「亜種」(subsp.) とされ、「変種」(var.) は基本的種と違いはわずかだが区別できるグループで、たとえば *Pisum sativum* var. *macrocarpon* はスナップエンドウのことである。

計の標準目盛りを設定した人物をさしている (p.164 参照)。オランダでバナナの栽培法を学び、エデン・プロジェクトなど現代植物園の標準を確立し、あらゆる生物の分類体系を開発したカロルス・リンナエウス (カール・フォン・リンネ) その人である。リンナエウスは慎み深い人物だった。みずからの他界後は「葬式で他人を接待せず、弔意も受けないこと」と家族に言いふくめていた。しかし 1778 年 1 月リンナエウスが埋葬されたウプサラ大聖堂には、スウェーデン王まで訪れ冥福を祈った。

リンナエウスは 1707 年、ニルス・インゲマルション・リンナエウスの第 1 子として生を受けた。教区牧師だったニルスは 5 歳の息子をつれて土地の植物の正しい名称を教えながら、農村地帯をくまなく歩いた。のちにニルスはカロルスに、伝統のあるウプサラ大学で医学を学ぶよう説得した。ここでカルロスは学友ペテル・アルテディと知りあい、若い二人は、神によっ

スウェーデンの植物学者カロルス・リンナエウスは 1735 年に学友が溺死した後、すべての生物を分類する仕事をひとりで引き受けた。

て創造されたあらゆる動植物を体系的な方法で分類するという野心的な計画を立てた。どちらが先に分担分を終了したとしても相手の仕事を援助する約束をかわし、リンナエウスとアルテディは動物界と植物界を分類する作業を開始した。しかし1735年にアルテディがアムステルダムの運河に落ちて溺死したあとは、リンナエウスひとりで分類作業を続けることになった。

キリストの時代、ギリシアの医師ディオスコリデスは『薬物誌』を著し、こつこつとおよそ500の植物に命名したが、その成果はほぼ1000年かけて最初はアラビア世界、その後ラテン世界へと広まった。当時のラテン語は学問の言語で、植物の名称にも利用されていた。たとえばギリシアの博識家テオプラストスは、とてもよい香りのするナデシコを *Dianthus*（神の花）と同定し、さらに300以上もあるほかのナデシコと区別するため、クローヴ・ピンク［というナデシコの種］は *Dianthus floribus solitaris, sqamis calycinis subovatis brevissimis, corollis crenatis*（「花をひとつつけるナデシコで、萼は短く卵を逆さにした形状で、花冠は王冠型」という意味）と命名した。リンナエウスは大鉈をふるってこの名前を短縮した。その結果クローヴ・ピンクは *Dianthus carophyllus* ということになった。現在でもこの学名に変わりはない。

最初のうちリンナエウスは、しばしば多くのラテン名が競合して存在することに直面した。ディオスコリデスの場合もそうであったし、地方によって名称が異なることもあった。リンナエウスをはじめ当時の生物学者のあいだで、顕花植物がまず植物界に属することは合意されていた。リンナエウスはまた、異なる植物が自然秩序にしたがって分類されるものと理解していた（のちにこの自然秩序は「科」とよばれることになる）。たとえばタマネギやリーキ、ニン

ディオスコリデスの『薬物誌』には、多くの植物がその薬効とともに記載されている。上の図版は13世紀にアラビア語に翻訳されたものだが、犬にかまれたときに有効な植物について記されている。

ニクならヒガンバナ科 *Amaryllidaceae* に属し、キャベツやカリフラワーはアブラナ科 *Brassicaceae* というように。こうした自然秩序［科］がさらに「属」に分けられ、さらに「種」に分けられた。

リンナエウスは当時すでに知られていた5900の植物種をとりあげ、それらすべてを2語で命名した。その名称は1753年に出版された著書『植物の種（Species Plantarum）』で公表され、あらゆる植物にそれまでの俗称に代えて学名をつける国際的な出発点となった。植物の科をさらに明瞭なグループである「属」に分け、その「属」の名称を学名のファーストネームとし（たとえばパースニップに対しては「肥料をやること」を意味するラテン語の *pascere* から属

名を *Pascere* とし、エンドウは同様に *Pisum*)、「種」の名称をセカンドネームとした。したがってサヤエンドウとスイートピーは、独特な形状の花弁「旗弁」がある点が共通することから同じマメ科(*Leguminosae* または *Fabaceae*)に属し、おのおの *Pisum sativum*、*Lathyrus odoratus* という学名となり、どちらもトーニー・ピー *P. fulvum* とは異なる。最終的に、個々の種はさらに *Erica carena* 'Myretoun Ruby'［ミルトン・ルビー］のように園芸品種にまで分類され、その園芸品種名は引用符（' '）で括ることになっている。

卑猥なリンナエウス

リンナエウスは雄蕊と柱頭の数によって植物の属と種を分類した。つまり「性による分類体系」である（たとえばリンナエウスが命名を提案した種のひとつに *Polygamia necessaria* があるが、リンナエウスによれば「結婚した女性が不妊で妾が子を産む場合」とある)。さらにリンナエウスは友人の名を使うこともたびたびだった。たとえばサンクトペテルスブルク・アカデミーのヨハン・ゲオルク・シーゲスベックの名にちなんで、*Siegesbeckia* という属名をつけている。しかしシーゲスベックは友人であるリンナエウスを激しく非難し、リンナエウスの研究は「卑猥である」とけなした。さらにシーゲスベックは、分類の「これほどふしだらな方法論」を若い学生にどう教えればいいのかと詰問した。

分類の「ふしだらな方法論」と非難されたが、リンナエウスの分類体系は長年にわたって使用されてきた。

リンナエウスの分類体系は、シーゲスベックこそ「不愉快きわまる淫行」と糾弾したが、国際的には受け入れられていった。リンナエウスは一躍有名人となり、ブルーベルつまり *jacinthe des prés* やワイルド・ハイアシンス、ベルボトルあるいはフェアリーフラワーは、ひとくくりにして *Hyacinthus non-scripta* となった。その後 *Scilla non-scripta* となり、さらに *Endymion non-scripta* とされ、最後に *Hyacinthoides non-scripta* におちつく。植物の命名作業はリンナエウス以降も連綿と続けられ、現在では「国際栽培植物命名規約」(ICNCP International Code of Nomenclature for Cultivated Plants)にしたがって記載されている。ひき続きラテン語を使用することについては、1864 年にブリュッセルで開催された国際園芸学会議の際に決まった。このとき名高い植物学者アルフォンス・ドゥ・カンドールがあらゆる野生種や栽培品種にもラテン語の適用を続けるべきだと提案した。しかし、会議では一点だけ現代的視点がとりいれられた。菜園や花壇で生じた栽培品種には、装飾的な名称つまり非ラテン語名をあててもよくなったのである。たとえばテンジクアオイのチョコレート・ペパーなら *Pelargonium* 'Chocolate Peppermint' といった具合だ。

レイズド・ベッド

　かさ上げした植え床（レイズド・ベッド）はアステカ族がとりいれ、初期のアメリカ植民者もとりいれ、何世紀ものあいだ庭師の必要を満たしてきた。縁をつくる材料はトタンから動物の骨まで多種多様だが、ヴィクトリア朝時代の権威によれば、ビール瓶を逆さにして刺したものは趣味が悪いということだ。

> **定義**
> 土を盛り上げ、その土がもれ出さないように耐久性のある木製の板や石で囲った栽培区画。
>
> **起源**
> 「raised bed」の「raise」は古ノルド語で「上げる」を意味する reisa に由来し、「bed」は古英語で寝床や成長を意味する bedd から。

レイズド・ベッド

世界各地の先住民は、その地域の地理的位置や気象パターン、そして生活様式を反映した独自のレイズド・ベッド方式に到達していた。西暦1000年から1200年ごろ、ヨーロッパ人が到着するずっと以前、オハイオ北西部のミルクリーク・インディアンは狩猟と農業を生業としていた。バイソンやヘラジカの肩甲骨を加工した骨角器を使い、作物が洪水や霜の被害を受けないように、また長く収穫できるようにするため、仕切りは設けずに土を盛り上げてトウモロコシを栽培していた。この方法はのちに「盛り土」（ridged-field system）とよばれた。

その後この農法が、アン・リーの信奉者であるシェーカー教徒に受け継がれることになる。アン・リーは自律的生活をめざした特筆に値する人物で、1770年代に信徒とともにイギリスからニューイングランド、ケンタッキー、オハイオそしてインディアナへと移住した。シェーカー教徒の種苗商チャールズ・クロスマンが著した1835年版『ガーデナーズ・マニュアル（Gardener's Manual）』は、シェーカー教団の農業への情熱が語られ、教団と同じ農法を読者にも推奨した。クロスマンは、「作物によってそれほど高くない畝にしたり、非常に高い畝にしたりして種をまいたり定植し」、高くした畝のあいだでは作物は作らず排水路とし、「大雨でもつねに余分な雨水が畝から排水されるようにしておく」と注意している（あらゆることがらについて質素であることを求めるシェーカー哲学を厳格に信奉する者は、不必要に華やかであるとして、花は栽培しなかった）。

こうした「レイズド・ベッド」の伝統は現在でもアメリカで継続されているが、そもそもは東洋における独自の農法だった。オレゴン州周辺で有名な庭師のピーター・チャンは、4000年以上前の中国で伝統的に行われていたのとまったく同じ方法でレイズド・ベッドを再現した。盛り上げた土は締め固めず、側面の斜面だけをつき固め、周囲を木材などで囲うことはいっさいしない。

盛り土を作って栽培する方法は、何列も畝を立てて作物を栽培する先駆けとなる農法だった。古代エジプトや古代ギリシア、古代ローマ、その他多くのヨーロッパ文明でも、さまざまな形でレイズド・ベッドによる栽培が実践されていた。中世のイギリスでは、長方形の畝のまわりに、かご細工の背の低い移動式垣根、あるいは木材や屋根瓦で仕切りを作り、場合によっては仕切りのいちばん上に装飾として、きれいにした動物の骨をナックルジョイントでつなげてならべることもあった。

園芸作家のチャールズ・クロスマンは、1835年に出版された6セントの著書『ガーデナーズ・マニュアル（Gardener's Manual）』で、シェーカー教徒が実践したように畝立てして作物を育てる利点を絶賛した。

カヌー・ガーデナー

同じころ、メキシコのソチミルコ湖盆では、ある種の土地改良システムである嵩上げ式農法がすでにはじまっていた。低地のマヤの人々がはじめた農法だが、のちに拡大してきたアステカ帝国にとりこまれた。湖沼の上に土地を作り出す農法である。

この農法はチナンパ chinampa といい、ナワトル語で「葦かご」と「上」を意味する言葉に由来する。まさに当を得た名称で、湖沼のなかに植栽する長方形の区画をネズ *Juniperus* spp. の杭を打ちこんで囲い、オオフトイ *Schoenoplectus actus* を編んだフェンスをめぐらせる。そのなかに湖底の沈泥を多くふくんだ土、水生植物、牧草、そして厩肥をきちんと層状に重ねていく。これらの層のあいだでは毛細管現象によってつねに湿気が保たれ、栄養素の循環が促進されるため微生物が活性化し、年に7回の収穫を維持できる肥沃な土壌が形成される。

「浮き畑」とよばれることもあるが、チナンパは湖底に杭打ちされた固定構造物である。1200平方キロの面積をおおう何千もの島が造成され、土手でつながれ、庭師はカヌーで移動

「浮き畑」といわれることもあるマヤ族のチナンパは、スペインが1519年にアステカ帝国を征服してから4年のうちに破壊された。

しては作物の世話をする。スペインのコンキスタドールで、アステカ文明を滅ぼすことになるエルナン・コルテスは1519年、その光景をテノチティトラン（現在のメキシコシティ）で目にする。それから4年のうちにテノチティトランは蹂躙され、チナンパ・システムも破壊され、住民は殺害されるか奴隷にされた。しかし、メソアメリカ中でレイズド・ベッド式農法が長期にわたって利用されてきたことは、その農法の柔軟性が高く、さまざまな気候条件や土地条件でも適用できることの証といえる。たとえば海抜3810メートルにあるペルーとボリビアの国境で、地元の人々はインカ帝国以前の紀元前300年ごろ確立された栽培技法をいまだに利用している。長細いレイズド・ベッドのあいだを灌漑用水を流すというふたつの技術を組みあわせたこの農法を、ケチュアの人々はワルワル *waru waru* とよぶ。

17世紀のイギリスでは、庭師は高くした畝の側面をトタン板を「4本指の幅に切り、下端は若干外側にそらせ」て囲むか、「1インチ厚（2.5センチ厚）のオーク材を10〜13センチ幅に切ったもので」囲むように勧められていた。これを推奨したのは薬剤師のジョン・パーキンソンで、チャールズ1世おかかえの薬草医でもあったパーキンソンは、ベルギーとオランダでは庭師が顎骨を列にしてレイズド・ベッドを囲んでいることを、ある種の嫌悪感を交えて説明している。

初期のアメリカ植民地開拓者の庭園は、ヨーロッパ本土の中世の様式とテューダー様式のパターンにならったものだった。1600年から1775年ごろにかけて、プリマスとニューイングランド農村部へ定着した初期移民は、住宅近くで若木を土にさして囲んだ長方形か正方形のレイズド・ベッドを作り、タマネギ、リーキ、ニンジン、キャベツ、ハツカダイコンの種をまいたり苗を植えたりしていた。植え床を最大に活用するため、作物は密植の列植えにし、全体を特徴的な白い杭柵で囲って（p.75参照）、家畜が菜園を荒らさないように保護した。世界中で庭師はレイズド・ベッド作りに、いつもどおりの創意をこらした。カナリー諸島では火山岩を三日月型に組んで弱い植物を保護した。ハワイのリマフリの谷間に1967年に作られた400ヘクタールの庭園に植えられた在来植物は、苔むした火山岩、玄武岩で作ったレイズド・ベッドで育てられているが、この方法は初期に

レイズド・ベッドを作る

初期投資はかかるが、植え床を高くすることには大きな利点がある。

作業をするのにちょうどよい高さで（車いすの場合は68センチくらいの高さが適当）、定植するのが楽になり、排水と土壌構造が改善され、管理も容易になる。レイズド・ベッドでは密植することができ、同じ面積の地面で栽培する場合の約10倍もの量を植えられる。病気や害虫の被害も緩和され、ミミズは毎年早くから現れ、作物の生育期が長くなり、その後の収量も多い。5インチ（13センチ）幅の縁に砂利を敷いたり、植え床の土にマルチをすると、草刈りが楽になる。

現代のレイズド・ベッド。リサイクル枕木を仕切りにしている。

ニュージーランドに入植したヨーロッパ植民開拓者も垣作りに利用していた。

今日の庭師はさまざまな再生素材を利用してレイズド・ベッドを作ることができる。再生した石材や石塊、レンガ、藁俵、不要な建材、木杭、曲線的な構造物を仕切る金属あるいはプラスチック製の板材、子ども用ビニール製プール、ミルク瓶ケース、トラックのタイヤやトタン製の水桶などなど。

ヴィクトリア朝時代のイギリスにおける造園の第一人者エドワード・ケンプはにわか成金をおもな顧客としていたが、1858年に出版した『庭園設計（How to Lay Out a Garden）』の初版でみずからのアドバイスを次のように述べている。「原則として風変わりなエッジング（仕切り）はひかえること。たとえば50年前に流行したように鉄線で囲ったり、白塗りの石組みで囲ったり、コーナーが頼りないレンガ積みで囲ったりしないこと」。庭師は「ビール瓶を逆さにしたものや、ほかのてっとりばやく使える瓦礫など」でのエッジングは避けることを勧めている。「ちょっと変わっていて人目を引くかもしれないが、美的であるとか趣味がいいとは決していえない」からだ。

園芸用ふるい

園芸用ふるいは簡単な道具だが、[種苗会社の] 工業的に生産された種子や鉢植え用の培養土が市販されるようになると、すたれてしまった。しかしそのデザインは数千年間もほとんど変わらず、いまだに物置小屋に置いておくだけの価値がある。

定義
ふつうは円形をした容器のようなもので、底が金属網になっている。

起源
英語でふるいは「shieve」あるいは「riddle」といい、「shieve」は古英語の「細かい目のふるい」を意味する sife に由来し、「riddle」は12世紀後半の hriddel が語源で、こちらは「粗い目のふるい」を意味する。

「リドル」（riddle 粗目ふるい）は編み目構造の特徴から、古代のかご細工（p.28参照）と密接な関係がある。リドルのおもな用途は土をふるい、石やごみを除くことだった。あるものを別のものから選別する基本道具として、「ふるい」（sieve）は非常に古くから身近に存在したもので、たとえばザクセン州の墳墓から3000年も前のふるいが発見されている。

どんな道具でもその特徴は、その道具を使っている文化での利用可能な技術と関係している。あのザクセン人の初期のふるいは青銅で鋳られたもので、雄ウシの角を使った飾りの取っ手がついていた。イギリスでは蒸気で曲げた木製枠のふるいが鉄器時代から使われている。こうした伝統的なふるいを巧みに作り出す方法は、今日も続いている。ふるい製造業のマイク・ターノックは2005年になっても、ピーク・ディストリクトの自分の工房で木製の園芸用粗目ふるい（riddle）を製作していた。1週間に120ほどのふるいを製作し、ブナ材から側板を切り出し、蒸気をあてて、完全な円形の枠になるように曲げていく。かつては父親がふるい作りの仕事をしていて、鉤型の道具を使って針金を編んで金属製の網を製造していた。ターノックの父親の時代すなわち1950年代には、鉄道がおもな顧客だった。軌道のあいだに敷くバラストをふるうのに大きな粗目ふるいを使っていたからだ。

イギリスの作家ジェーン・ラウドンは、一般向けの手引き書である著書『女性必携フラワー・ガーデン（The Ladies' Companion to the Flower Garden）』（1865年）で、ふるいは「ガーデニングに欠かせないもので、鉢植え用の用土から小石や土塊を分離したり、種子を掃除する」ものと明記している。ラウドンはまた玉砂利の小道を作るのにもふるいを使い、フサスグリの実の大きさより小さい石だけを選別して敷きつめた。

ジェーン・ラウドンは潔癖な性格の園芸家で、数多くの実践的でわかりやすい助言をしている。ふるいについても、「土をふるうワイヤーは枠にしっかりと固定され、穴や編み目の径は6ミリ以下でなければならない」と述べている。

ふるいによる占い

ふるいは昔から、占いという不思議な世界で重要な役割を果たす道具でもあった。ふるいを使う占いは、17世紀のニューイングランドで

種まき用土

作物を種から栽培するために一般的に使用する種まき用土は、堆肥の山でできた腐植と3つの要素からできている。手袋をはめ、細かい目のふるいを使って作業する。栽培家によってはふるいにかけた腐植を65℃まで加熱し雑草の種子と病原菌を殺すことを勧める者もいる。

3つの要素のうち最初のものがココナッツの外皮からとれる繊維質のコイア。これはピートの代用となる持続可能な素材で、種まき用土の良質な基材となる。次に鉱物雲母から作られ自重の数倍も水分を吸収し保持できるバーミキュライトをくわえ、さらに黒曜石を加工したパーライトを付加すると排水性が改善される。

も続いていたが、その起源は古代ギリシア時代にまでさかのぼり、かつてはふるいとハサミの先端を使って占っていた。15世紀のドイツの魔術師で錬金術師のコルネリウス・アグリッパによると、ふるいの動きは悪魔が支配しているという。この占いに刺激を受けたイギリスの劇作家ベン・ジョンソンは『アルケミスト（The Alchemist）』（1610年）で、「ふるいとハサミでなくしたものを探す」と書いている。

しかし、19世紀の大邸宅の庭園で雇われている平均的な雑用係にとって、ふるいにはもっと現実的な用途があった。植栽用コンテナの排水をよくするために、壊れたテラコッタの鉢のかけらを入れなければならない。そこで雑用係は壊れた鉢をハンマーで割りそれをふるいに通してから［鉢底石として］使ったのである。

雑用係の仕事には、良質の培養土の準備もあった。そのためには、まず鉢の破片の大きさをそろえて細かい粉末にする。これを培養土に混ぜれば水もちがよくなるのだが、ジェーン・ラウドンは「しかし、ふるいは注意して使わなければならない。ほとんどの植物は土壌粒子が細かすぎないほうがよく育つからだ」と忠告している。

コンポスト「compost」（古仏語で「混合物」を意味する *composte* に由来）という言葉は、堆肥の山からできる腐植（p.84参照）のことも意味するし、植物を育てる培養土も意味するため、アマチュア園芸サークルのあいだではつねに混乱を生んでいる。種まき用土や培養土の手作りレシピはさまざまでも、たいてい種まき用土は細かいふるいに通した壌土［作物栽培に適した土］と砂（あるいは壊れた鉢の粉末）を混ぜたもので、培養土はそれに腐葉土やピートなどの腐植をふるいに通してくわえたものだ。場合によっては芝生を上下逆さにして積み上げ、腐るまで放置したものを壌土とすることもある。

戦後期に機械的に製造した種まき用土や培養土が市販されるようになると、自家製の堆肥を作るといったつつましい庭師の実践に終止符が打たれただけでなく、泥炭沼地も甚大なダメージを受けることになった。泥炭沼地は炭素を固定している重要な野生湿地で、泥炭沼地のピートをガーデニングで使えば、温室効果ガスを放出することになる。イギリスの低地では泥炭沼地が94パーセントも失われたにもかかわらず、2013年になっても、庭師たちのピートを原料とする園芸用土中毒はおさまりそうにない。

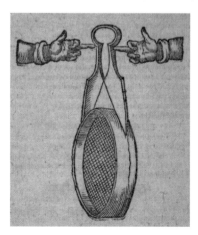

土をふるうだけでなく、古代の占い術によれば、ふるいで未来を予言することもできた。

ラジオ

　音楽が庭道具として欠かせないもののひとつと考える庭師もいる。17世紀の作家ジョン・イーヴリンも、ガーデニングに音楽は絶対に必要なものと考えていたし、20世紀のドロシー・リタラックは、植物そのものが音楽を必要としていると確信していた。いずれにせよ、音楽によって栽培になんらかの効果があるとしての話だが。

定義
庭師の集中力は高まるかもしれないが、植物の成長の助けにはならない音楽の発生装置。

起源
ローマ時代の庭師は魔除けのために、ティンティンブルム［風鈴の一種］で音をならしていた。

ラジオ

無線ラジオの登場は、BGMを好む庭師にとっては朗報であり、静寂な庭を好む庭師にとっては災いだった。一方コロラド州のデンヴァーのテンプル・ビュエル・カレッジの学生だったドロシー・リタラックは、植物が音楽を聞いていることを確信していた。

リタラックはまず植物を3つのグループにわけて育てた。第1番目のグループは静かな環境で育て、第2のグループは間欠的に一定の音程の音を流し、第3のグループは同じ音を毎日8時間流しつづけた。第3グループの植物は2週間以内に枯れた。実験室の植物は音が聞きとれると確信したリタラックは、今度はふたつのグループで実験をした。ひとつはポピュラー音楽を流すラジオ局の放送を3時間流し、もうひとつのグループではロック専門のラジオ局の音楽を流した。ロック音楽を流したグループの植物は枯れ果てたが、ポピュラー音楽を流した植物の方は生き残り、しかも音楽の出てくる方へより添うように成長した。

ドロシーはさらに実験を続け、その結果を『音楽と植物(The Sound of Music and Plants)』(1973年)で発表した。クリストファー・バードとピーター・トンプキンスが『植物の神秘生活——緑の賢者たちの新しい博物誌』(1973年)[邦訳は新井昭広訳、工作舎]でこのドロシーの研究をとりあげると、世界中の庭師が注目した。関心をもったニューヨーク植物園の科学者は、マリゴールド *Tagetes erecta* をある音楽祭の席にもちこんでみた。しかし生育が改善される証拠は見られなかった。庭の植物が音楽からいい影響を受けるとするなら、植物に音楽を聞く能力、あるいはすくなくとも音楽の音波を感知する能力がなければならない。植物学者ダニエル・チャモヴィッツは『植物が知っていること(What a Plant Knows)』(2012年)で、植物は接触や臭いを感じとることはできるが、音を聞くことはできないと結論づけた。この結論は、19世紀のナチュラリストでアマチュアの植物学者でもあったチャールズ・ダーウィンの見解とも一致する。ダーウィンは興味があって、オジギソウ *Mimosa pudica* にバスーンを演奏して聞かせてみた。オジギソウは触ると葉を閉じるが、音でも葉を閉じるかどうかを確かめたのである。しかしオジギソウの葉は閉じなかったことから、ダーウィンは「ばかげた実験」だったと結論づけている。

無線を発明したグリエルモ・マルコーニが、ポンテッキオにあった自宅ヴィラ・グリッフォーネで無線電信の予備実験を行っているところ。

オジギソウ *Mimosa pudica*
(葉に触れると葉を閉じる)

耳に心地よい庭

しかし、17世紀の庭師ジョン・イーヴリンは、庭に音楽は「絶対に必要」だと考えていたわけだが、それは植物のためというよりイーヴリンの庭を訪れる来客のためだった。イーヴリンは裕福でよく旅をした園芸家であり樹木栽培家で、『樹林——森林樹木の講義(Sylva, or a Discourse of Forest Trees)』(1664年)を著している。結婚後、ロンドン郊外のデプトフォードにあったセイズコートのマナーハウスと庭園を受け継ぎ、未完の『エリシウム・ブリタニクム(Elysium Britannicum)』の執筆を開始している。同書が対象とした読者は農村の「無気力な農家」や郊外の「労働者階級の菜園家」ではなく、ノット・ガーデン[背の低い生け垣で結び目を描いた庭園]やパーテア[花や葉で絵を描いたように構成する装飾庭園]、散策用の小森、四阿(pavillion)、立派なレンガの塀で囲まれた迷路をそなえた、最低でも30ヘクタールの庭園を維持できる紳士階級だった。

イーヴリンは1641年10月にデン・ハーハのプリンス・コートを訪れたことを日記に記している。イーヴリンはそこで受けた細心の「もてなし」を称賛し、「どこよりも甘美で愉快な庭園で、素敵な小さなグロット[人工的な洞]があり、すばらしい彫像がならべられた贅をつくした作りで、さらに流れる音楽で楽しませてくれた」と述べている。自動的に流れる音響は水や風の力を利用したものだった。もちろん60年前にティヴォリのエステ家別荘で公開された大規模な落水を動力とした巨大パイプオルガンに挑むようなものではなかった。デン・ハーハの庭に流れる音は、もっとほのかな風にゆれる鈴と鐘の音だった。古代ローマ時代には神々とともに平穏であることを願い、庭園にティンティンナビュラという風鈴をつるしたが、同じように東洋の庭園も風水([ものの配置によって]人と環境とのあいだに建設的な相互作用が生まれると考える思想およびその実践)をよくし、そしておそらくは招福を願って庭に風鈴を配したのだろう。

ヨーロッパ中を駆けめぐるあいだに、イーヴリンはガーデニングには音楽と共通して、漠然とはしているものの不変的な特徴があることに気づいた。つまりそれは、どちらにも平穏と静寂に対する感受性を生み出す力があるということだった。

無線ガーデニング

ガーデニングのテレビ番組がはじまるずっと以前に、アマチュア庭師に園芸の知識を提供していたのがラジオだった。BBCの「庭師の質問タイム(Gardeners' Question Time)」は、戦時中の「勝利のために耕す」キャンペーンから生まれたラジオ番組だが、2007年で60周年を迎えた。

しかし、そのころすでに無線通信の世界は一変していた。スクリーンをスワイプしたりボタンに触れるだけで庭師は専門のウェブサイトからアドバイスを受けたり、植物を同定したり、庭園設計アプリをダウンロードしたり、ヴィンテージものの庭道具を手に入れたり、パーマカルチャーからプランターのことまで、園芸にかんするありとあらゆることを学んだりすることができるようになった。オンライン上では自己防衛のための注意も必要だが、ガーデン・ブログやフォーラムというすばらしき新世界は、ラジオ放送の登場以来、通信におけるもっとも劇的な進歩となった。

第3章
芝生

かつて小プリニウスが「庭の小さな草地」と記した、なんでもない芝生は、その後洗練されてしっかりと刈りこまれるようになり、芝生レベラーやスカリファイヤなどトラック1台分にもなる専用の道具が必要になった。しかし、そうした管理方法も考えなおす時代に来ているのではないだろうか。

芝刈り機

　庭道具のなかで、もっとも高価でもっとも危険な存在。芝刈り機の騒音はガーデン・ライフの平穏と静寂さを破壊するというのに、依然として止められない。ですよね？

定義
　1枚あるいは複数のロータリー・カッターが搭載された機械で、芝を一定の高さに刈ることができる。

起源
1830年代から芝刈りに利用されている。ヴィクタは最初の2サイクル芝刈り機で、1952年にオーストラリアで発明された。

2 サイクル芝刈り機の原型機は、燃料タンクはモモの缶づめの空き缶を再利用したもので、ホイールはソープボックス［動力を使わないレーシングカー］からの借用で、1950年代のはじめにニューサウスウェールズ州コンコードの郊外の庭で産声を上げた。発明したのはマーヴィン・リチャードソンで、ミドルネームはヴィクター。マーヴィンはこの変わった機械に「ヴィクタ」と名づけて販売すると、最初の3カ月で30台が売れた。そもそもマーヴィンは、息子が夏休みのアルバイトで隣の家の芝刈りをするというので、その手助けをしようと機械を作ったのだが、そのヴィクタが4年間で6万台も売れた。さらに1958年には、海外28カ国に輸出販売されたヴィクタが14万台を超えた。2000年のシドニーオリンピックの開会式でヴィクタ軍団が登場したのも不思議ではない。

空飛ぶ芝刈り機

1950年代後半にさかのぼってみると、イングランドのケンブリッジ出身で、不満をつのらせていたエンジニア、クリストファー・コッカレルは、ついに自分のホバークラフトの原型機がイギリス海峡を横断するのを目にすることができた。コッカレルの不満は、空飛ぶ機械の性能を理解できないイギリス軍の、カーペットを敷きつめた権力の回廊のおかげで、自分の空飛ぶ機械を実演するまで延々と待たされたことにあった。このコッカレルの機械の可能性を見抜いた人物がスウェーデンのエンジニア、カール・ダールマンで、コッカレルの機械をもとに空飛ぶ芝刈り機「フリモ」［ホバークラフトの原理で地面からわずかに浮上する］を設計し、1963年にブリュッセル発明家フェアに出品した。

ダールマンはゴールドメダルを受賞し、イン

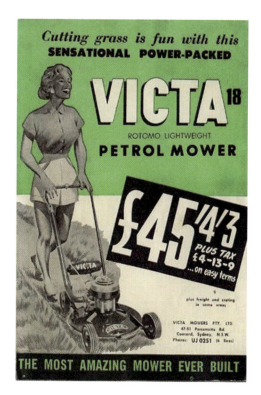

マーヴィン・リチャードソンの「ヴィクタ」は、はじめての一般向け2サイクル芝刈り機のひとつ。

グランドのダラム州にあった自分の工場で「フリモ」（Flymo）の生産を開始できる資金も得られた。それから40年ほどたってみると、アメリカ消費者製品安全委員会によれば、乗用芝刈り機や芝刈り用小型トラクターによって子どもが轢かれた事故もふくめると、芝の上で使う芝刈り機によって年間2万人ものアメリカ人が負傷していた。花を咲かせるわけではなく野菜が収穫できるわけでもない、ただの草刈りを、けがをしてまでやろうとするこの情熱はいったいどこからやってきたのだろうか？

1920年代に他界したナチュラリストのウィリアム・ハドソンは、芝生を異様な環境ととら

芝刈り機

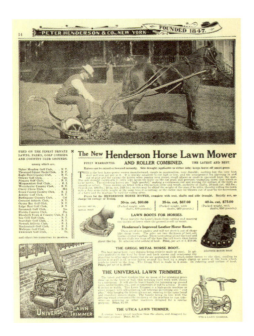

この乗用芝刈り機はブーツを履いた馬が引くのだが、動力つき芝刈り機が発明されてからも、長いあいだよく売れつづけた。

えていた。「わたしは芝生は好きではない。手入れのいきとどいた芝生より…ヒナギクが何千本も咲き乱れているほうがいい」と述べていた。ハドソンが問題にしていたのは、20世紀の芝生が、人工芝のように衛生的なグリーンになってきたことだった。しかし、その後状況は変化した。芝生中毒の庭師たちは懸命に努力し、ローンボウルズ用グリーンのような、雑草のまったくない芝生を育てようとしたが、ちょうどそのころからローマ時代の作家小プリニウスが「プラートゥルム」pratulum つまり庭園の「小さな草地」とよんだ、花が咲き乱れる芝生が造られるようになったのである。

芝生を意味する英語の"lawn"は、かつて繊細な綿織物で知られたフランスの町ラン(Laon)とつながりがあるのかもしれない。しかし、コテージのそばにあって、とくに耕作もされず果樹園にもなっていない囲いこみ地を意味するケルト語の lann あるいは古英語の laund が語源である可能性もある。芝生を張るには、干し草置き場から掃き出した牧草の種をていねいにまく場合もあれば、果樹園から切り出した芝土を敷く場合もあったが、芝土と種子ではどちらがよい芝生になるかは長年の論争にもなっている。

ある聖職者が書いているように、緑色は「目を養い、視力を維持する」ことから、修道院の中心には回廊で囲まれた中庭が置かれた。緑は再生のシンボルであり、緑色を通して「死は信仰する者のなかに所領はない」という聖パウロの約束をわだかまりなく思い浮かべることができたという。中世の修道会においては、ベネディクト会修道士（黒衣の僧）も、シトー修道士（白衣の僧）も、そして聖アウグスティヌス修道士も、神とともにあるのと同じように、修道院の中庭の緑とともにあったのである。

芝生の技術

芝生をきれいに保つには、よく研いだ刈りこみばさみからカミソリのように鋭い小鎌（p.121とp.117参照）まで、じつに幅広い道具が必要だった。ずっと後になってから、ポニーが引く変わった機械が設計され、この機械をかけると、一度に芝を刈り、芝をならしながら刈りとった芝を回収することができた。裕福な邸宅では草取り人夫を雇っていた。「わたしはふつうは6時に起きて、朝食をとるなり草取り女性人夫の棟梁のところへ行き、人夫といっしょに9時まで働く」と、貴族のレディ・メアリ・モンタギューは友人に説明している。1700年代はじめのことだ。

トマス・ジェファーソンはイギリス式庭園に惚れこんだ初期のアメリカ人のひとりで、やは

第3章 芝生

り芝生を張ったが、目の粗いティモシーではなく（ティモシー Phleum pratense は、移民農民のティモシー・ハンセンの名にちなんだもので、ハンセンは100年前に故国ノルウェーからカロライナ州へこの種子を輸入していた）、シェーカー教徒の商人から入手したきめの細かい芝の種子を使った。

ウィリアム・コベットが『農村地域の巡検（Rural Rides）』を執筆していたのは1820年代のことだった。当時の芝生はまだ手刈りで、イートンのバッキンガム伯爵公園に立ちよったときのことをこう記している。「屋敷の前にあ

初期の機械式芝刈り機は、ユーザーの健康によい運動になるというふれこみだった。

る芝生はもっともすばらしいグリーンで…ローンボウルズ用のグリーンの一部なのではないかと思えるほど表面がすべすべだった」。しかしそれから10年のうちに、最初の機械式芝刈り機が出まわるようになった。発明したのはエドウィン・バディング。機械修理工で、イングランド南西部のストラウトにあった製織工場で働いていた。特許庁によると、隣人でやはりエンジニアだったのジョン・フェラビーを口説きおとして、1830年の特許取得に必要なお金を前借りした。この新しい「構造の機械は、芝生や草地、公園の草を刈るのが目的で、大鎌に代わる便利な道具となるだろう」。バディングは自分の機械が、布を裁断する機械に応用することもでき、地方の大地主を楽しませ健康的な運動にもなると確信していた。この道具は「技能のない労働者でも使える唯一の芝刈り機」と宣伝され、ほどなくして5000台以上が発売され、価格は1台5ポンド10シリングだった。

アーブロースのW・F・リンゼイ・カーネギーは抜け目のないスコットランド人で、バディングの特許がスコットランドには申請されていないことに気がつくと、すぐにシャンクスという器用な修理工と会う手はずをとり、カーネギーの大切な芝生を手入れするために、バディングの機械をそっくりまねた芝刈り機を特許料なしで製造したと、1842年のガーデナーズ・クロニクル紙は伝えている。

しかし、まだしばらくのあいだは、芝生を刈るのはあいかわらず馬で刈るか、ポニーで引く芝刈り機を使いつつ、大鎌と刈りとった草を回収する箒と箱を持った庭師が、大勢で手刈りの

カーボン・フットプリントを削減する

ほとんどの人は芝生をひんぱんに刈りすぎている。もう少し長く芝を成長させてやったり、花壇や菜園の部分を広げて短く刈りこんだ芝生の面積を減らしたり、ガソリン燃料の芝刈り機から手動式芝刈り機に替えたりすることで、カーボン・フットプリントの改善、すなわち温室効果ガスの排出低減に役立つ。さらにワイルド・ガーデンの区画があれば、花粉媒介昆虫が集まり、一般的に庭園の野生生物が健康になる（ワイルド・ガーデンを作るには、専門店で新たに仕入れた芝に、草と野生の花を厳選した特製種子ミックスをまいてもいいし、既存の芝生を一部刈らないでおくだけでもワイルド・ガーデンに変わる）。

作業を続けていた。そんな状況のなかで、新しい製造業者がこの市場に参入しようとしていた。1902年のイングランドで、サフォーク州イプスイッチの農業機械メーカーであるランサムズ社は、内燃機関で駆動する初期の芝刈り機の実験をはじめていた。調整可能なハンドルにローラー、回転ブレードを搭載し、「芝生には刈跡をいっさい残さない」とうたった——あっというまに指の先を刈りとられてしまいかねないおそれもあるが。

アメリカでは、コネティカット州の工場主だったアマリア・ヒルズがアルキメデアン・ローン・モウアー・カンパニー社を設立し、1868年にシリンダー式芝刈り機のアメリカ特許を取得すると、小型シリンダー型草刈り機の売り上げが徐々に上がりはじめた。19世紀の終わりには、インディアナ州リッチモンドのエルウッド・マクガイアが軽量の手押し芝刈り機を考案し、20世紀に入ると1913年に設立されたガーデンクラブ・オヴ・アメリカなどの組織が、前庭の芝を刈りこむようおおげさに自宅所有者をあおり、雑草を生やさない芝生を維持するヒントまで提供していた。「男性たちに教わったのは、芝生から雑草を除くには、先のとがった石工用のこてがいちばん好ましいということ」と、ヘレナ・ラザフォード・エリーは『女性の庭造り奮闘記（A Woman's Hardy Garden）』（1903年）で述べている。アメリカの多くの地域には、家屋と公道のあいだを9メートル以上確保するという「セットバック規則」があり、そのおかげで芝生に最適の区画が提供され、アブラハム・レヴィトのような開発業者が戦後期の芝生ブームの推進役となった（1940年代から1950年代にかけて、レヴィトがニューヨーク州レヴィタウンに建設したすべての住宅には、「魅力的な雰囲気」をそえるために芝生がしつらえられていた）。また、芝生はヨーロッパやアメリカの北部のような比較的湿潤な気候で生育するのだが、芝刈り機の改良と、とりわけ芝生用スプリンクラーの登場によって、芝生業界はより暖かい地域へもビジネスを拡大した。

何百万台もの芝刈り機が芝生の上でうなりを上げるとなれば、なかにはけがをする者もあり、自動車と同レベルの大気汚染も生じた。かつてのような郊外の日曜日はもう戻ってはこないように思われた。その後1950年代はじめになって、ある科学者グループが、ベル電話会社が熱帯地域で使っていたバッテリーの問題を解決する。研究者のダリル・チャプリン、カルヴァン・フラー、ジェラルド・ピアソンが発明した「ベル・ソーラー・バッテリー」について、ニューヨークタイムズは、「人類がもっとも待ち望んでいた夢のひとつが実現した。ほぼ無限の太陽エネルギーをとらえたのである」と報じた。それから50年後、PVつまり太陽電池は、比較的静寂な電動芝刈り機の電力源として利用されるようになった。

世界ではじめて特許を取得したエドウィン・バディングの芝刈り機は、農機具メーカーJ・R＆A・ランサム社が1832年に製造した。

小鎌と大鎌

種まきや定植をはじめる前に草を刈る必要があれば、小鎌がもっともてっとりばやい道具のひとつだった。のちに小鎌は、芝生の刈りこみにも最適な道具のひとつとなった。さらに現代まで時代をくだれば、動力つきの庭道具は騒音が騒々しいことから、かつてのシンプルな小鎌への関心が戻ってきている。

定義
三日月型のブレードが、短い木製の柄に固定されている道具。草刈りや芝刈り、刈り払いに使う。

起源
小鎌は庭道具のなかでもっとも古いもののひとつ。

小鎌と大鎌

庭師が古い庭道具を置いている店に入っていくのは、よく見る光景だ。古い小鎌を眺めてまわり、あわてて買うようなことはない。時間をかけて道具を手にとり重さを確かめたり、ブレードの刃の部分に親指をあてて慎重に滑らせてみたり、柄と三日月型をしたブレードのバランスがとれる点を探ってみたりする。剪定ナイフや剪定ばさみと同じように、小鎌にも使いこんでゆける魅力がある。何十年も小鎌で枝払いをしてきたある林業従事者は、「こいつ［この道具］がしっくりこなければ、仕事がはかどらない」と述べている。

ヴァイオリンほどの価値がある？

1950年代のニューンズ・ホーム・マネージメント誌（Newnes Home Management）の編集者は、「小鎌は決して貸し借りしてはいけない。プロの音楽家にとってヴァイオリンがそうであるように、庭師にとって小鎌は身体の一部のようになるからだ」とアドバイスしている。楽器との比較は少しゆきすぎかもしれないが、数千年をへた数丁の古代の小鎌からわかることだが、小鎌は伝統的に価値のある道具だったのである。古代の人々はこの道具によって力をあたえられ、穀物を収穫することを習得し、さらに雑草のようだった穀物から今日のコムギやオオムギ、ライムギの栽培へと農業の進展がうながされた。そうした結果として、小鎌はトウモロコシの束と同じように、収穫の象徴となり、また農耕の神々を象徴するようにもなった。ギリシアの農耕神クロノスは小鎌を持った姿で描かれ、この道具で父親ウラヌスの性器を切断し

水ぶくれを作らずに大鎌を扱う方法

大鎌の初心者にもっとも多くみられるまちがいは、鎌を身体の右側から左側へふり下ろすのではなく、身体の前で刈ろうとする点にある。こうした誤った動作によって、大鎌の先端を土にめりこませてしまう（古い大鎌の先がかけている場合が多いことからも明らか）。

大鎌を正しく扱い、初心者が水ぶくれを作らないようにするには、まず両足をわずかに開き、右足を心もち左足より前に出すようにしてバランスよく立つこと。左手で上部の取っ手をにぎり、右手で低い位置の腕を持ち、大鎌を右から左へはらう。ゴルフのドライバーショットでもそうだが、草を刈ろうと意識するのではなく、ブレードをスムーズにふることに集中する。

ブレードは定期的に研ぐこと。ブレードを上にして大鎌を立て、ブレードの峰を片方の手で持って固定し、砥石を金属面に沿わせ研ぐ。

たのである。1920年代のはじめには、その小鎌がハンマーとともに、共産主義のもとでの農民と工場労働者の団結を象徴するようになった。

およそ3200年前の古代エジプトでは、顎の形をした木にとがらせた火つけ石を巧みにはめこんだ手刈り道具を使い、刈りとり人夫が穀物の茎を刈っていた。こうした古代の道具は、19世紀、そして20世紀に芝生を刈るのに使われた鋭く研がれた小鎌とはまるで異なる。小鎌は、

動力機の騒音、日曜の朝の芝刈り機、そして刈り払い機が登場するまで、比較的競合相手のないまま使われてきた。しかし奇妙なのは、こうしたガソリン駆動の道具が登場したことがきっかけとなって、庭師のなかにはふたたび小鎌を手に下草を刈り、ノイバラを刈りこみ、イラクサを刈りはじめた者もいるということだ。

大鎌にまかせろ

ローマ人は片手使いの小鎌を「ファルクス・メッソーリア」*falx messoria*（穀物の刈りとり用小鎌）とよび、その近い仲間である長い柄の大鎌を「ファルクス・フォエナーリア」*falx foenaria*（干し草鎌）とよんでいた。大鎌は古代スキタイの人々が大麻を刈りとるために、とくに選りぬいた道具だった。この東ヨーロッパの遊牧民は、古代ギリシア人によってスキタイ人とよばれ、大麻繊維を使った衣服を着、儀式では大麻の種子や大麻樹脂を利用した。

果樹園の草を刈るのに最適な道具である大鎌のデザインは、長い歴史のなかでほとんど変化しなかった。使う者の身長に合わせた165センチほどの長い柄（英語では「snath」あるいは「snaith」）の先端にチャイン（chine）というブレードが固定されている。柄にはトネリコを使い、まっすぐのものもあれば、しなやかに曲線を描くものもあり、上端にはT字型の取っ手、つまり1本か1対の握りがついている。また、使い手の体型に合わせて柄のブレード寄りに腕をつけ、草を刈るときに［右手でこの腕をにぎることで］平らにばっさり刈れるようにしている。大鎌は伝統的に、使用者に向かって左側からふり下ろすように作られている［使う本人にとっては右側に体をひねってふり下ろす］。したがって収穫する一団は、互いにけがをさせないように一列にならんで作業をした（単独作業用としては左ききの大鎌もあった）。

ヨーロッパへは12世紀から13世紀にかけて導入されたと考えられていて、大鎌をふり下ろすときのヒュッと風をきる音は、しだいにヨーロッパやアメリカの果樹園や草地に広まっていった。大鎌は戦争でも使われた。1780年代後半、反乱指導者タデウシュ・コシチュシュコは仲間のポーランド人を率い、自国をロシア支配からとりもどすという決死の試みに出た。コシチュシュコはアメリカ独立戦争の退役軍人だった。大統領にして庭師でもあったトマス・ジェファーソンと1770年代に出会ったコシ

イタリアのポンペイで見つかったこのフレスコ画にみられるようなローマ時代の「ファルクス・メッソーリア」*falx messoria*は、現代の小鎌の祖先である。

小鎌と大鎌

チュシュコは、アメリカ独立のために戦った。コシチュシュコの同郷人でモスクワの大統領府の建築で有名なクライスチャン・ピョトル・エイグネルは、蜂起したコシチュシュコの仲間を支援するため、『大鎌と槍に関する小論（Krótka nauka o kosach i pikach）』を執筆した。コシチュシュコらは竿の先端に矛のようにブレードをとりつけた戦闘用鎌で武装していた。

大鎌は初期のアメリカ開拓民とともに大西洋を渡ると、ブレードの刃が長もちする焼き入れ鋼が好まれるようになった。しかし、総じてよく使われたのは、オーストリアの町ロスライテン一帯で製造されていた、たたき締めた非常に薄いブレードで、この町では1500年代中ごろから大鎌が製造されていた。

そのころから、よく使いこまれ、取っ手がなめし皮のような感触になった大鎌が、大鎌使いの腕自慢とともに毎年秋に行われる大鎌競技会に結集していた。バスク地方では、セガラリアク *segalariak* とよばれる「大鎌使い」が、所定の区画で1時間にどれだけ多くの草を刈れるかを競い（勝者には賞品としてチャペラというバスク帽つまりベレー帽が授与される）、一方ヨーロッパ大陸の東端のセルビアやボスニアなどの国では、毎年夏の訪れを告げる大鎌草刈り大会が開かれる。セルビアの「ラジャク大鎌祭り」など伝統的な行事が競技者の関心を集めつ

1863年、ポーランドとリトアニアの自由を求める戦士たちは、棍棒や大鎌に槍の穂先をつけて武装し、ふたたびロシアに対して蜂起したが、不運な結果となった。

づける一方で、イギリスのウェスト・カントリー・サイズ・フェスティバル（West Country Scythe Festival）やグリーン・フェスティバルでは、ガソリン駆動の刈り払い機と大鎌での草刈り競争が催された（2009年に実施）。

草刈りの達人には、鋭利なブレードと刃のたたき出し（peening）の過程が欠かせない。金床の上にブレードを置いてハンマーでたたき出し、刃先を紙一枚ほどまで鋭くする。草刈りの現場では、カミソリの刃を皮で研ぐように、砥石を使って何度も刃を研ぎながら、指がそぎ落とされるほどの鋭さを維持する。大鎌が姿を変えて機械式草刈り機に搭載され、機械で干し草が刈られるようになってずいぶんたってから、草刈りの達人は「さあ、あとは頼んだぞ」と声をかけられるようになった。刈りとり機構を横づけした機械式草刈り機では、どうしても「枕地」つまり刈り切れない場所ができるからだ。ほかの労働者が夕食の獲物を捕らえようと待機するなか、草刈りの達人が最後の刈りこみに登場する。この中央に刈り残され草の生えた一角、そこはウサギなどジビエの獲物が最後に逃げこむ場所なのである。

刈りこみばさみ

ハインリッヒ・ホフマンの『もじゃもじゃペーター (Struwwelpeter)』[のなかの「指しゃぶり小僧の話」(Die Geschichte vom Daumenlutscher)] に出てくる恐怖の仕立て屋、『シザーハンズ』のエドワード・シザーハンズなど、物語に現れる怪奇な人物によって不吉な印象をあたえられてきた刈りこみばさみだが、芝生を整った状態に保つには、その刈りこみばさみがなにより役に立つ。またトピアリスト [庭木を装飾的に刈りこむ人] お気に入りの道具でもある。

定義
ベベル刃 [ブレードの先を斜めに鋭くとがらせた刃] のついた2枚のブレードをハサミのように蝶番で合わせた道具で、庭木の刈りこみや剪定に使う。

起源
古英語で「大きなハサミ」を意味する複数形名詞 *sceara* に由来する。

刈りこみばさみ

庭師にとって刈りこみばさみは、彫刻家にとってのノミやタガネのような存在だ。ありきたりの形や実用的な形、また複雑な形や凝った形など、いずれにせよ刈りこみばさみは形を作り、形を引き出す道具である。芝生を刈り、イトスギやゲッケイジュ、ツゲなどの多くの木本植物の生け垣を何百年も整形してきた。

3人の王に仕えた造園家クロード・モレは、16世紀後半のフランスで王室の庭園に「パーテア」（parterre）という植栽法を導入した人物だ。パーテアは植栽によって対称的なパターンを描き出す整形式装飾庭園のひとつで、パーテアのあいだには砂利の歩道が通っている。1638年、ルイ13世の王室庭園監督官ジャック・ボイソウは、パーテアの詳細な解説をしている。「［パーテアは］さまざまな葉色の低木の植栽と亜低木のボーダー［庭園の堀ぎわや通路脇に植栽した花壇］からなり、植栽によりいろいろなパターンを描き出している」と、ガーデニングの実用性ではなく、その美学をフランスではじめて扱った自著で述べている。ボイソウによれば、パーテアで表現されるパターンには、「コンパートメント、フォリッジ（葉型の装飾）、刺繍飾り（パッサメント）、モレスク（イスラム的文様）、アラベスク（唐草模様）、グロテスク［唐草模様にさまざまな形象をからませた文様］、ギヨッシュ（網縄模様）、ロゼット（バラ結び）、サンバースト（gloire グロワール）、エスクチオン（紋章入りの盾）、紋章、モノグラム（複数の文字の重ねあわせ）、エンブレム（devises デヴィーズ）」などがある。

ボーダーにはハマカンザシ、ヒソップ、ラヴェンダー、そしてタイムがよく使われていたが、モレは自分のパーテアのボーダーにセイヨウツゲ *Buxus sempervirens* をとりいれることを宣言した。19世紀のアメリカでは炉端詩人（fireside poets）のオリヴァー・ウェンデル・ホームズが、セイヨウツゲの郷愁誘う芳香を称賛し、「人を時からつれ去り、はじまりのない過去の深みへと誘う香りのひとつ」と述べている。しかしその匂いに文句をつける者もあった。イギリスの薬草商で作家のジャーヴェイズ・マルカム［1568頃-1637］がかつて「いかがわしいにおい」と述べたことから、18世紀のアン女王はハンプトン・コート宮殿にセイヨウツゲを植栽することを禁じている。

ヨーロッパの「トピアリー」はローマ時代にまでさかのぼる庭園技法だが、ルネサンス時代に復活し、球体や立方体、ピラミッドやオベリ

フランス王室おかかえの庭師クロード・モレがパーテア［整形式装飾庭園のひとつ］のしつらえを採用するにあたっては、多くの庭師が刈りこみばさみを持って、つねに管理を怠らないことが必要だった。

スク［尖塔］といった幾何学的形状、さらにアーン［装飾的な壺］やサル、巨大な荷馬車、クジャクといった奇怪な形状の刈りこみが生み出された。この技法はオランダとフランスに広がり、それからイギリスに導入され大流行した。

絵画のようなトリミング

トピアリーがそこに出現しはじめたのは16世紀の終わりだった。1599年、あるガーデニングの論説によれば、ハンプトン・コート宮殿の庭園の自慢は、「男性、女性、半人半馬、海の精セイレーン、かごを持つ女性の使用人、フレンチリリーなど、ありとあらゆる形状が表現され、さらに周囲には巧みにクレナレーション［頂部で銃を撃つため一定間隔の隙間をあけた城壁］の装飾がしつらえられている」ことだとしている。そしてアン王女がツゲをひどく嫌っていたことについては触れていないが、「［これらの形状は］乾燥した小枝を束にしたものと、前述した常緑の生け垣の灌木、あるいはローズマリーだけを使う場合もあるが、どれも本物そっくりで、見る者が楽しめるようにきわめて巧みに織りまぜられ、それらの植物が一体になって成長し、さらにトリミングやアレンジがくわえられ、まるで絵画を見ているようで、これらに匹敵するものはほかにはないだろう」と記している。

刈りこみばさみの用途は、低木を刈りこんで整形するだけではない。1706年に出版されたフランソワ・ジョンティとルイ・リジェの『孤独の庭師（Le Jardinier Solitaire）』のなかの「ガーデニングに必要な道具」という節で、ある特定用途の刈りこみばさみについて、「放っておけば葉を全部食いつくしてしまう毛虫を駆除する道具」と説明されている。その刈りこみばさみは「柄の長さが3メートルあり…樹冠の上までとどく。毛虫がうじゃうじゃと集まっている枝をつけ根から切り落とす」のである。

それからほぼ1世紀がすぎると、アレグザンダー・ポープが「緑の彫刻」(verdant sculpture)にかんするみずからのエセーで、トピアリーを制作する庭師とその刈りこみばさみを揶揄し、これら想像のなせる装飾を「いつまでも完成しないバベルの塔」、あるいは「雨降りのなか1週間も放っておけば、成長の早いブタなら次々と若枝を出してヤマアラシになる」と罵倒した。しかし、時代の変化はすぐそこまで来ていた。風景庭園運動（the Landscape Movement）に

刈りこみばさみを使う

垣根用の刈りこみばさみなら、衝撃を吸収するつくり（ショックアブソーバーつき）の、軽量モデルを選ぶこと。定期的に金属たわしでブレードの手入れをし、仕上げにオイルの染みこんだぼろきれで拭きとる。直線的な刃のついた刈りこみばさみは、刃を研いで手入れをするのが容易だ。鋸歯状の刃がついたものは、太い幹の植物を刈りこむのに適している。

いずれにせよ、刈りこみばさみは、原則として直径10ミリ以下の生木を切るためのものだ。これより太い枝や硬い枝、あるいは乾燥しきった枝だと、かしめ部分に負担がかかり、ブレードの刃が切れなくなる。

刈りこみばさみ

握り部分とブレードがクランク状になっている草刈りばさみ（左）や、握りばさみ型の刈りこみばさみは、つねに刃を研いでおけば、芝生だけでなく生け垣の軽い刈りこみにも使えた。

より、整形式装飾庭園はすたれ、低木を刈りこみ形を生み出す過剰な情熱は鎮められた。当時のイギリスの庭師は、進展する産業革命に対応しつつも、新鮮な空気と運動、ウォーキング、そして会話の楽しみを欲していた。最先端の技術により、庭師の道具も鋼と合金で製造されるようになり、そのことは道具が軽量化し、高品質でしかも耐久性が非常によくなることを意味した。

皮肉なことだが、オーク製の取っ手と刃に鎬をつけた錬鉄［炭素分の少ない鉄］製のブレードという、新たに改良された刈りこみばさみのおかげで、19世紀にトピアリーの流行の復活がうながされることになった。そうした状況に刺激されたジェーン・ラウドンは、ポープが「緑の彫刻」とよんだトピアリーについて論評し、「常緑のセイヨウイボタノキも、緑の建築と緑の彫刻には最適な植物。樹形がコンパクトで、葉は深い緑色、刈りこみに強く、セイヨウヒイラギやゲッケイジュのように葉が小さいので、刈りこんでも全体の形がくずれにくいからだ」とトピアリーを擁護した。

1900年代のはじめにはロンドンの園芸展示会で、枝ぶりを整えた鉢植えがみられるようになった。鉢植えで育てる木本植物は観賞できるようになるまで何年もかかるため、鉢植えが徐々に流行してくると、名は体を表すというがウィリアム・カットブッシュ・アンド・サンという業者がオランダから鉢植え植物の輸入をはじめた。南ホラント州ボスコープという小さな町は、鉢植えの主要生産地として群を抜いていた。

当時のヨーロッパ庭師のなかには、低木と高木をモクモクと雲がわくように剪定する「玉散らし仕立て」、つまり日本式の庭木剪定技法を試みはじめる者もあった。するとまもなく、日本でよく使われる刈りこみばさみに目がつけられた。それは小ぶりで、確たる簡潔さをそなえたきわめて精緻なハサミだった。アメリカの作家にして数学者、実業家にして天文学者であったパーシヴァル・ローウェルは（1894年にアリゾナ州フラグスタッフにローウェル天文台を創設）ほうぼうを旅し、日本にも長期にわたって滞在した。著書『極東の魂』（1888年）［邦訳は川西瑛子訳、公論社］で、「生け垣や低木の植えこみがとてつもなく奇怪な形状に刈りこまれ、庭師の望みが植木自身の気まぐれそのものであるかのように、植木は刈りこみばさみに身をゆだねる」と述べている。

刈りこみばさみに打ちよせる技術進歩の最後の波によって、庭師は動力ヘッジトリマーを手にし、トピアリーの芸術はさらに後押しされることになった。1980年代の初頭からサウスカロライナ州ビショップヴィルで、小作農の息子パール・フライヤーは独学のトピアリストとしてその道一本で活動していた。地元の育苗園でおはらい箱になった植物を救出し、まず自然で有機的かつ抽象的な整形をはじめた。夜間に照明の下で作業することも多かった。かつてはトウモロコシ畑だった1.2ヘクタールのフライヤーの庭園は、徐々に300種以上の植物で埋めつくされ、ある評論家が「ドクター・スースとサルヴァドール・ダリが出会った」ような場所と表現した、現実離れした雰囲気の景観となった。情熱と形を見きわめる目、そして1丁の刈りこみばさみでどんなことができるのか、この庭園を見ればよくわかる。

草取りフォーク

芝生にヒナギクが入りこんであばた模様になっているのを見つけると、庭師はあわてて草取り道具をとりに行く。スウェーデン製のブローランプ「ブロースランパン」［小型バーナーで草を焼く］が導入されると、ケープコッドやシスラーといったほかの草取り器とともに、草取りフォーク（daisy grubber）の人気は落ちた。しかし、復活するのもまもなくのことだった。

定義
雑草を根ごと引き抜く道具。

起源
草取りフォークは、芝生などの整形式の庭がとりいれられるとともに発達した。

草取りフォーク

手間のかからない庭園などありえない。太陽電池で駆動する草刈りロボットや農薬と仲よくしているとしても、ガーデニングには重要な要素があり、それをないがしろにするわけにはいかない。要するに汗を流すということだ。芝生をきれいに保とうとするなら、庭師は草刈り人夫の背後について毎年何キロも歩き、さらに草取りフォーク（daisy grubber）で武装して芝生全体を歩きまわり、たえず芝の状態に注意をはらっていなければならない。

ムギセンノウとノハラガラシ

草取りフォークは最初は簡単な道具として登場したが、歳月をへるにつれ複雑化した。中世の草取りフォークは、先端が二股になった棒きれと1丁の鋭利なブレードにすぎなかった。庭師は問題の雑草をこの棒きれで押さえつけ、イングランドの学者アンソニー・フィッツハーバートが1534年に「wedynge-hoke」と記した「草取りフック」で、*coup de grâce* つまり最後の一撃を浴びせる。この方法で、中世時代によく見られた雑草、ギシギシ *Rumex* やカミツレモドキ *Anthemis cotula*、ヤエムグラ *Galium aparine L.*、アザミ *Cirsium*、ナップウィード *Centaurea maculosa*、ムギセンノウ *Agrostemma*、ヤグルマギク *Centaurea cyanus*、ノハラガラシ *Sinapis arvensis* をひと株ごとに除草した。

しかし19世紀に、郊外住宅で芝生を張ることがはやり出すと、一国一城の庭師は芝生を傷つけずにタンポポやヒナギクを刈りとれる、もっと便利な道具を物色した。市販されている最適の道具が「草取りフォーク」（daisy grubber）だっ

草取りフォークには長い柄と円環がついていて、梃子の効果を高めている。

た。そのもっとも基本的な形は、金属性の2本歯のフォークを木製の柄につけたもので、柄は長いものもあれば短いものもあり、問題の雑草の根を切り、梃子の作用を使って芝生から抜きとる。そのうちフォークの根もとに金属製の小さなボウルがつき、その後は小さな金属製円環に代わり、そこを梃子の支点にして使うようになった。3本歯の草取りフォークやデイジー・レーキ（daisy rake）というものもあり、「芝生掃除にも草取りにも使え、歯のあいだの隙間が広いため、楽に掃除ができるという長所もある」と、頼りになるジョン・クローディアス・ラウドンが『園芸百科（An Encyclopædia of Gardening）』で説明している。

ヒナギク *Bellis Perennis* は、人によって芝生の一大事とみる者もあれば、つつましい喜びと受けとめる者もあった。

芝生の除草

　30分間手作業で芝生の除草をすれば、スポーツジムのローイングマシンで同じ時間汗を流したのと同等の運動量になる。生育期には草取りフォークを使い、梃子の作用でヒナギクやキンポウゲを土から抜きとる。雑草は集めて堆肥の山に運ぶ。

　コケは生育期に芝生をかいて除去する（p.78参照）。しかし、コケが生えるということはほかの問題が生じている可能性がある。排水不良や酸性土壌、あるいは日照が少ないことが考えられる。解決策のひとつとしては、芝生にフォークをつき刺すかわりに、ホロー・タイン（hollow tine）［ローラーに中空の歯がついていて、芝生に栓状の穴を空けていく道具］をかけて、小さな栓の形状で土を抜きとる。空いた穴に細目砂をつめておけば、排水が改善される。

　ラウドンはあわれな雑草をひとつきできそうな長い柄の「デイジー・ナイフ」の説明もしている（実際にはブレードを芝生の表面に沿って左右に動かし、作業者は鎌で刈りとるように前進しながら作業する）。一方、長い柄の草取りフォークには、ターフ・プラガー（p.17参照）のような作りのものがあり、こちらは草を抜きとる道具だ（エキストラクター）。土の塊ごと雑草を抜きとるようにして使う。抜きとった土の塊は、上下逆さにして空いた穴に戻す。こうした遠くまでとどく柄の長い道具は、第2次世界大戦まで長らく人気があったが、除草剤の登場によって一度影をひそめ（p.129参照）、ふたたび復活する。「ツイスター」や「グラバー」、「エキストラクター」などさまざまなものが登場し、「おじいちゃんの草取り器、草の根を切って掘り上げるまで、足だけで操作できる草取り器」と宣伝されたものは、運動障害があっても芝生のヒナギクを抜きとることができた。

　ヒナギク *Bellis perennis* と人との長いつきあいを考えてみれば、こうした終わりのない戦いは不可解である。英語で「ヒナギクを数える」（push up daisies）とは死の婉曲な言いまわしで、墓地に生えるヒナギクと関係している。たとえばイギリスの詩人ジョン・キーツは、「わたしの上に冷たい土があるのがわかる。ヒナギクがわたしの上で育っている」と、1821年に友人へ宛てた書簡に書いている。また可憐なヒナギクは、「フロリオグラフィー」という花を使った言いまわしで「無邪気」の象徴とされている。フロリオグラフィーとは花を介して物事を象徴的に語る技法だ。とくに流行するようになったのは1800年代のことで、［この言葉を使うことで］質素で小さな花束の贈り物に、他人にはわかりにくい内緒のメッセージを託すことができた。受け手はフロリオグラフィーの辞典をめくり、その花に秘められたほんとうのメッセージを理解した。日本にも「花言葉」という似たような技法があり、ヒナギクは「純潔」を意味する。しかし芝生に生えてきたとなると、17世紀の劇作家が「においはなくとも、もっとも異様な」ヒナギクと表現したほどで、それは「除草」の対象となったのである。

　芝生に不法侵入するスイバやタンポポ、そして地衣類やコケ植物もヒナギクと同じ運命にあった。たまに大発生するミズゴケは、湿潤な地方では芝生に侵入しやすいのだが、すくなくとも第1次世界大戦中は歓迎された。ミズゴケに治癒効果があるという伝承にならい（あるド

草取りフォーク

雑草のない芝生を維持する庭師の助っ人として、じつにさまざまな草取りフォークが製造された。

イツの木こりは斧で重傷を負ったが、ミズゴケによる手当で治癒したといわれていた)、スコットランドの外科医チャールズ・キャッチカート中佐は、前線の兵士のためにミズゴケを供給するよう、スコッツマン紙のコラムで訴えた。中佐はかつて衛生兵として従軍していたときに、ミズゴケによる毛細管作用が傷口にとくによく効き、脱脂綿より格段にすぐれていることを発見していたのである。評判は広がり、愛国心のある婦人や子どもが何時間もかけてミズゴケをひろい集め、洗浄して乾燥させてから塩化第二水銀溶液で処理し、包帯として前線へ送られた。

ガートルード・ジーキルが「草取りフォーク」を手に入れたころには(噂によるとジーキルお気に入りの道具のひとつだったらしい)、あるスウェーデンの実業家が将来「草取りフォーク」の代替となる道具、ウィード・ガン(weed gun)の開発に取り組んでいた。1880年代にカール・ニーベリが製造していたのは、塗装工用のブローランプつまりブロートーチ［小型バーナーのこと］の試作品だった。その特許をとったのはニーベリではなく友人の企業家マックス・ジーヴェルトで、ふたりはある物産展で知りあった(ブロースランパンは金物店でヒット商品となり、ちょうどそのころ、もうひとりのスウェーデンの発明家フランス・ヴィルヘルム・リンドクヴィストが、「プリムス」(Primus)という商標で調理用灯油レンジの特許をとっている)。しかし、火炎による「熱殺菌」で土壌を消毒し、作物生産を改善し、さらに時間と労力を節約するといった誇大宣伝とともに園芸用の火炎除草器が登場するのは、それからまだ70年ほど先のことだった。「マカラン社の火炎除草という方法は、1時間に灯油1ガロンと費用はわずかにかかるが、春に1時間火炎除草しておけば、その後は、手間がかかり高価な手作業での除草など、ほかの方法で要する多くの時間を節約できる」と、この道具の支持者は力説した。

火炎除草器は、通路やテラスに雑草をよせつけないようにするため幅広く利用されていたが、そのうちに芝生のヒナギクが生えている部分だけを除去するには、勘が頼りで信頼性が低い道具であることがわかってきた。そのころ新たな驚くべき道具として市場に投入されようとしていたのが、噴霧除草剤だった。もちろん除草剤にも問題があった…。

除草剤

19世紀が鉄の時代とすれば、20世紀は化学の時代を迎えた。植物原料の製品にかわって化学素材による代替品が園芸に大きな恩恵をもたらし、庭師もまもなく、除草剤の入った雑草駆除剤で雑草に立ち向かうようになる。しかし除草剤の使用は、信頼の置けない手法であることが判明した。

定義
嫌われ者の植物に、ふつうはポンプ式の霧吹きで噴霧する化学除草剤のこと。

起源
温室で除草剤を使用するために噴霧器を利用する方法は、第2次世界大戦中に化学兵器の試験をした後に採用された。

除草剤

芝生に生えたコケを、なんとしてでも除去すべき見苦しい存在と考えてはいけない。これはすくなくとも、園芸コラムニスト、ジョン・オデルが示した温厚な見解で、1909年1月にザ・カントリー・ホーム・マガジン誌のコラムでそう書いている。「コケが生じては都合が悪く嫌がられる」ような場所で、オデルが推奨したのは、芝生の手入れにかんする穏やかな管理方法だった。生育期のはじまりに硬いカバノキの箒で芝生を掃いて、地表に残ったミミズの糞を散らし、続いて木灰をまき、「目の細かいふるいでふるった土を軽くほどこす」。

自然に芝が成長する条件と、完璧な芝生という庭師の欲望を穏やかに折衷させるこの方法では、化学除草剤を売る50年後の過激な宣伝文句を沈黙させるわけにはいかなかった。たとえば北アメリカの「エンドウィード」(End-o-Weed)は、「芝生から雑草を一掃する簡単な方法」とうたった。この即効性の農薬は、簡単に使えるスプレー容器入りのものや、缶入りの原液も販売され、「繁殖した芝生の雑草を一掃」できると宣伝した。一方、スコッツ社によると同社のクラウト(Clout)[「一撃」の意味]なら、「芝生上でのメヒシバの暴政を打ちのめします。驚くでしょうが、クラウトは不要な雑草、たとえばメヒシバ *Digitaria ciliaris*、スズメノテッポウ *Alopecurus aequalis*、スズメノヒエやダリス・グラス *Paspalum* だけを選択的に一掃するのです。大切な芝生に被害はありま

アメリカ非常時緊急対策局による第2次世界大戦中のポスターは、庭師に迷惑な害虫を作物から撲滅するよう指導している。

せん!」。第2次世界大戦から数年後、この労力をはぶけるすばらしい化学薬品の市場は急成長した。

園芸用除草剤は第2次世界大戦中に開発されていた。除草剤を開発した研究者のひとりが、イギリス出身のジュダ・「ハリー」・クワストルだ。クワストルは1941年当時、ハートフォードシャーのロザムステッド農事試験場(Rothamsted Experimental Station)に生化学者として勤務していた。

自然は機敏で、決然とし、疲れを知らない。自然が勢いよく自由に植物をつき上げるようすに、わたしは感服する。価値のない植物であればあるほど、その成長は早くあっぱれだ。自然は朝から晩まで、そして一晩中、たえず働いている。

チャールズ・ダドリー・ワーナー『ある庭園での夏(My Summer in a Garden)』(1871年)

生きている土

　土壌に肥料をあたえれば植物の成長がうながされ、肥料がなくなれば収穫できなくなるという考えが、ハリー・クワストルには理解できなかった。クワストルにとって土壌はひとつの動的システムで、人間の肝臓のように［自律的に］化学物質を吸収し、放出する能力があると考えていたのである。この「肝臓」というのはうまいたとえで、肝臓が体内の毒素などの物質を処理するように、土壌中の微生物の存在によって土壌も同じ機能をはたしていると、ハリーは確信していた。そこで、さまざまな化学物質に対して微生物がどう反応するかについての検証に取り組んだのだが、その過程で、世界でもっとも幅広く利用されるようになった除草剤、2,4-D（2,4-ジクロロフェノキシ酢酸）の発見に手をかすことになった。

　ロザムステッド農事試験場の塀の外では、ハリーやその同僚の研究について知るものはだれもいなかった。その研究には農業を改善する目的もあったが、同時に軍事的もくろみもあった。大西洋上を航行し、イギリスへ食糧を輸送している輸送船団がUボートに攻撃された場合にそなえ、対策を準備していたのである。2,4-Dは同時にアメリカでも発見されるのだが、こうした研究は、ジュネーヴ議定書で使用が禁止されていたはずの化学兵器の研究にあたった。しかしこの研究は化学兵器ではなく、農業の研究だと説明された。同様の隠蔽工作は、ドイツでフリッツ・ハーバーによる研究の本来の意味を隠蔽するときにも利用された。ハーバーはチクロンBという「殺虫剤」を開発したとされた。ところがチクロンBは、その後ナチ政権のもとで何百万もの人々を毒殺したいわゆるホロコーストで毒ガスとして使用されたのである。皮肉なことだが、ハーバーの親類の多くはユダヤ人

除草剤を使わない除草

　農薬の除草剤を使う必要はない。一生懸命汗を流して雑草を抑制すればいいだけだ。雑草は機械的な方法でも対応できるし（鍬で耕したり、レーキをかけたり、フォークで土を返す）、マルチをほどこして抑制することもできる（作物のある畝を堆肥や腐葉土、刈りとった草でおおう）。芝生の雑草は芝生をかきほぐすか、草取りフォークを利用することできれいに保つことができる。

　長く利用しているキッチン・ガーデンなどが雑草ですっかりおおわれてしまった場合は、ある種の除草剤を噴霧することもできるが、そのかわりに少しずつ手で除草することもでき、一年生雑草の古い根は、堆肥の山へ放り投げておけばその分腐植が増える。古いカーペットやビニールマルチを雑草のはびこる場所にかけておき、生育期のあいだ中そのままにしておく。生育期がすぎれば、手作業で除草できる。

　最後に雑草に対してもっと寛容になることを学ぶことだ。雑草を敵とみなすのではなく、昆虫にとって有益な食糧源と考えればいい。わたしたちも鳥類も、そうした昆虫に依存しているのだから。

であったため、そのほとんどがこの「殺虫剤」の犠牲になっていた。

軍拡競争

1970年代はじめに市販されるようになったグリフォサートは、なにより化学産業と種苗産業が結託し、強力な除草剤と耐性処理をほどこした種子がセットで売り出されるようになってからは、農民にとって確かな福音となった。耕耘機がそうだったように、除草剤も同じことで、農村で大規模に利用されていたものが、まもなく家庭レベルでも使われるようになる。

除草剤は原液として販売されていたため、植物に使用する前に水で希釈する必要があった。噴霧する道具は手軽なスプレー容器だ。まず製造企業は、昔ながらの真鍮製噴霧器と注入器に目をつけた。温室やコンサバトリー内で植物に水を霧吹きするために使われていたものだが、これを化学薬品を噴霧する道具に採用した。最終的にはベークライト（p.184参照）のハンドルつきの注入器は、再利用できるねじこみ式容器がついたブリキとアルミ製の噴霧器にとって代わられた。しかし、背負い式噴霧器や使いすてのプラスチック製霧吹きが使われるようになると、こうした道具も、ヴィンテージものガーデニング古道具として収集の対象となる運命にあった。

雑草を撲滅するとくりかえされる宣伝に庭師が呼応することで、除草剤の売り上げはうなぎ登りとなった。しかし問題もあった。キャリーオーバー汚染である。除草剤が土壌を通して流出し、地下水に流れこむ問題だ。生化学者は、作物を雑草から守るため除草剤の施用回数を増やすよう庭師に勧めつつ、残留性の低い除草剤の製造に取り組んでいた。

こうした化学的な「道具」にジキルとハイドの側面があるという事実は、新しいことではなかった。第2次世界大戦中、そして戦後もずっと、庭師はDDT（ジクロロジフェニルトリクロロエタン）という殺虫剤を使うよう勧められてきた。スイスの科学者ポール・ミュラーはDDTの殺虫能力を発見したことで、1948年にノーベル賞を受賞している。DDTは、マラリアを媒介するカを撃退するために湿地帯に噴霧したり、ノミ（チフスを媒介する）を駆除するために人間にも噴霧したりしたが、さらに住宅や庭まわりにまで噴霧した。

「この驚異の殺虫剤で害虫はゼロ」とキリング・ソルト・ケミカル社は力説し、庭師には「立派なリンゴやジューシーな果物に目ざわりな毛虫がまったくつかない…そんな恩恵がDDTの粉剤とスプレーで得られます」と断言していた。世界保健機関（WHO）の推定によると、DDTの使用により世界中で2500万の人命が救えた。しかし、この解決策が予期せぬ結果にいたること

雑草を一撃で枯らす。しかし庭師のなかには、除草剤の使用を懸念する者もいた。

を、環境学者は徐々に気づくようになっていた。DDTの導入期には安全性が断言されていたにもかかわらず、ある昆虫はDDTに対する耐性を獲得しはじめ、魚類にきわめて高い毒性があることが明らかにされた。さらに衝撃的だったのは、DDTが鳥類やほ乳類の体脂肪に残留し、蓄積されることがわかったことだ。こうした懸念が、園芸界における「生物戦争」の大義を失墜させる一因となった。除草剤と殺虫剤はどちらも野生生物を汚染すると糾弾され、アメリカの作家レイチェル・カーソンは、当局が農薬の野放図な使用にもっと注意をはらわないかぎり、鳥も鳴かない沈黙の春になると警告した。カーソンの『沈黙の春』（1962年）［邦訳は青樹簗一訳、新潮社など］は1970年代にアメリカでのDDT禁止へとつながった。それから40年たっても、南極に生息するペンギンの体脂肪からDDTが検出されている。

化学農薬のしのびよる危機感から、有機ガーデニングへの関心が高まり、庭師を有機へと向かわせる新たなキャンペーンが展開された。1980年代には、イギリスのプリンス・オヴ・ウェールズ、チャールズ皇太子もコッツウォルドにある庭園ハイグローヴで有機栽培をはじめた。

当時庭師は、除草剤と殺虫剤の使用によってがんとパーキンソン病のリスクが増加していたこと、さらにDDTを使用していなくても、ほ

DDTの使用は社会にとって大きな便益をもたらしたが、その後、予想だにしなかった環境問題をもたらした。

かの薬剤類により鳥類やハチなどの野生集団を傷つけていたことに頭を悩ませていた。生化学産業の擁護者らは、そのような主張は科学的証拠による裏づけがなく、鳥類の個体数の激減などの環境問題は農法の変化に起因する生息地の消失と、それまであった食料源の消失が原因だと反論した（ある特定の除草剤は食卓塩よりも安全だとする主張もあったが、ゆがんだ説明だと抗議されて取り下げられた）。

庭師は困惑した。効きめが弱いわりに高価だったが、スパイスや酢、柑橘油、塩など天然素材を原料とする有機除草剤もいろいろあった。また、蒸気除草器や火炎除草器など物理的な除草法も数多く存在した。

しかし結局、農薬の使用に終わりはなかった。除草剤2,4-Dはヨーロッパや北アメリカ、オーストラリアの庭園や果樹園で使われつづけ、昆虫と鳥類の個体数は減りつづけた。すでに除草剤という雑草撲滅農薬を放棄したチャールズ皇太子が、2011年の『食糧の未来(On the Future of Food)』についての講演で述べている。「資本主義は資本に依存しますが、わたしたちの資本は究極的には、自然資本の健全性に依存しているのです」

肥料

施肥機は芝生に化学肥料をまく、たんなる機械的手段にすぎない。台所にある使い古しのメジャーカップでも十分代用になる。庭園の奇跡的な変貌を約束してくれるのは、肥料そのものだ。

定義
　土壌の肥沃度を改善する物質。

起源
　「肥料」を意味する英語の「fertiliser」はラテン語で「子を産むことができる、あるいは生産できる」ことを意味する *fertilis* に由来する。

「奇跡」という言葉はふつうなら庭師の作業とはなんの関係もない。庭園にはスコットランドのリトル・スパルタのように刺激的なものもあれば、フランスのヴェルサイユ宮殿のようにみごとで、オランダのキューケンホフのようにユニークな場合もある。ところが化学肥料散布機の出現により、どんな庭園にも奇跡的な効果が現れることが約束された。

肥料は手でまくこともできるのだが、機械メーカーは農場向けの機械を土台に、ペレット状の肥料をまく手押し車や施肥機、ディスペンサーといったさまざまな道具を開発した。それはそうとして、話題にしたいのは化学肥料そのものである。

ジョン・ベネット・ローズはヴィクトリア朝時代の立派な紳士だった。いちばんいい学校に通いもっともすぐれた大学で学び、セント・オールバンス近くのロザムステッド・マナーというまんざらでもない不動産を相続したローズは、農家や庭師の土地をより肥沃にすることにつくした。そのうえで多少の骨は折っても、少しは利益を上げることも考えていた。そしてローズはそれを実現する。ローズ自身は1900年に他界するのだが、その後も実験が継続できるように利益のかなりの部分を残していた。

骨と硫黄

ローズの興味を引いたのは、ロンドンタイムズが伝えるところによれば、「骨に土壌の肥やしとなる効果がある」ことだった。1830年代の後半から、ローズは鉢植えの植物で実験し、それらにリン酸塩をあたえてみた。リン酸塩は骨粉や骨灰から抽出し、硫酸で処理した。硫酸は古くは「緑礬油」（oil of vitriol）として知られ、かつては英語で「biblical brimstone」（聖書に出てくる燃える石）ともよばれる、黄色い

農作物に硫酸アンモニウムをほどこすことで、肥料の効用が得られることを説明するフランスの漫画。

火山性鉱物の硫黄と水分子をふくむ緑礬を乾留して得ていた。硫黄はガーデニングではよく知られた農薬で、殺菌剤としてしばしば利用されていた。バーミンガムの実業家ジョン・ローバックが、鉛製のタンク（鉛室）を利用した硫酸の工業的製造法を発明すると、すぐに硫酸が容易に供給されるようになった。そしてあとはリン酸塩を探すことになる。

リン酸塩は骨、石灰岩や泥灰岩などリン酸塩をふくむ岩石など、多くの資源から抽出できた。石灰そのものも、土壌にふくまれる植物の栄養素を引き出す鍵となる物質で、重粘土質の土壌を改善し、酸性土壌のpH値を上げ（p.33 参照）、庭師のかねてからの宿敵にも対処できる物質だった。ウィリアム・コベットが説明しているように、「ナメクジの被害を受ける可能性があるなら、できればトウモロコシが芽を出す前に駆除しておきたい。いちばんいい駆除法は、少量の生石灰を袋に入れ…畝の肩にふりまく」のである。昔から石工とレンガ職人がモルタルを作るのに使っていた石灰は、ライムキルン（石灰炉）で石灰岩を燃焼して抽出した。蜂の巣のような形をしたライムキルンはよく港の埠頭近

くに建っていた。袋づめした石灰は、荷馬車で輸送するより船で輸送したほうが安上がりだったからだ。石灰岩を小石程度の大きさになるまで手で砕き、次に焚きつけか石炭と砕いた石灰岩を交互に層状にしてキルンにおさめ、火をつける。ゆっくりと3日ほどかけて燃焼した後、粉状になった石灰をレーキでかき出し、農地を肥沃にする資材として出荷していた。石炭が産業規模で採掘されはじめると、生石灰の生産量も上昇し、農家も収穫の増大に感謝した。もちろん庭師にとっても福音だった。

しかし1840年にユストゥス・フォン・リービッヒ（p.93参照）が、動物の骨にふくまれる石灰のリン酸塩を硫酸で処理すると、植物の肥料としてもっと容易に吸収できるようになることを明らかにした。そのころローズは、同じ過程をリン鉱石に応用し、重過リン酸石灰を生産できることを発見していた。化学肥料が登場するのも、もうまもなくのことだった。

ローズはハートフォードシャーのロザムステッドの納屋で重過リン酸石灰の製造を開始し、従業員に動物の骨を石臼ですりつぶさせ、大きな瓶から硫酸をそそぎ、防護のためその原料の上を藁でおおった。すると化学反応によってこの混合物は固化しはじめる。これをふたたび石臼に戻して小さい粒子になるまですりつぶした。こうして世界ではじめて化学肥料が大量生産されることになった。

新婚旅行をキャンセルして（ノーフォーク出身の女性と結婚したばかりだった）ローズはみずからの肥料製造法の特許をとり、デプト

1882年版ヴァニティ・フェアに掲載された、ジョン・ベネット・ローズの肖像画。

フォードのテムズ河畔に工場敷地を求めるため、新婦とともに旅立った。その事業は大規模なものだった。1849年には北アメリカのボルティモアで混合肥料の特許が取得されたが、ローズは化学肥料のイギリス市場を支配しつづけた。何度かの裁判でも妥協を許さず、みずからの特許を守って硫酸法の独占権を確保し、それによって競合他社から特許権使用料を徴収できた。さらにジョーゼフ・ギルバート博士（ユストゥス・フォン・リービッヒのもとで研究していた）とパートナーを組むことで、ローズの事業は大きく発展した。

動物の骨の需要に対して供給が追いつかなくなると、ローズとギルバートはこんどは糞石に目をつけた。糞石（corpolite）は動物の糞が化石化したもので、リン酸塩が豊富にふくまれていた（英語の「corpolite」は「石の糞」を意味するギリシア語に由来する）。1842年、ケンブリッジ大学教授のジョン・ヘンズロー師はサフォーク州で糞石の団塊を発見し、糞石にふくまれるリン酸塩成分を抽出する手法の特許も取得した。これによって糞石は産業規模で掘削され、リン酸塩の需要をまかなった。

デプトフォードの肥料工場では大量の硫酸が使用されたため、土地が汚染され、多くの労働者に健康被害が生じたが、農場と庭園のために何百万トンもの化学肥料の生産は続いた。海外のグアノ資源がしだいに枯渇し（p.90参照）、馬に代わり蒸気機関車と鉄道の時代となって馬糞の供給が急速に減少している状況では、しか

たがなかった。推定によると20世紀中ごろには、地球の全人口のほぼ半数の食が化学肥料によってまかなわれていたのである。

しかし農場では、なにもかもがうまくいったわけではなかった。除草剤の場合と同じように、肥料から栄養素、とくに硝酸塩が流出し、環境問題を起こしていた。園芸分野の範囲ではこの問題はたいしたことはなかったが、世界の農業のレベルになると、耕作に必要な化学肥料の利用と農機具の燃料となる化石燃料の利用は、持続可能とはいえなかった。庭師によっては、自分の区画では「天然肥料」あるいは「有機肥料」だけを利用するようにしている者もある。しかし、ある意味で化学肥料メーカーが使う成分も自然の大地から生まれた製品であることにかわりはなく、逆に天然肥料とはいっても、動物福祉の観点からみて疑問視されるような農業慣行に由来するものもある。

ローズは1872年にみずからの事業を30万ポンドで売却し、その3分の1をロザムステッドでの将来の実験研究の支援にあてた。1900年に赤痢で死去したとき、タイムズ紙はローズを、「偉大な慈善家であり、世界史上もっとも偉大な慈善家であろう」とたたえた。

天然肥料の作り方

イラクサ液肥のレシピは簡単でしかも安あがりだ。用意するのは蓋つきのバケツ、バケツにつめこむイラクサや、刈りとったばかりの雑草、そして水。バケツいっぱいのイラクサや雑草を手で押しつぶし（手袋をはめて）、水を入れる。蓋をしてこの混合物を天候によって3、4週間漬けこむ。気候が暖かければ植物は早く分解する。バケツを温室内に置けばこの過程を短縮できる。

イラクサの抽出液はおおよそ抽出液1に対して水10の割合で希釈する。紅茶色の混合液が目安だ。この希釈液を植物やその周囲にまく。混合する雑草の量を増やして、バケツいっぱいになるまで水を入れれば、シーズン終わりまで使える。雑草の残りかすはいやな臭いがするが、堆肥の山へくわえておけばいい。

巻き尺

自然が無秩序へと向かう傾向があるなかで、庭園をきれいに整えるには、時間と忍耐、そして測量道具が必要になる。土地をもたない庭師のために荒れ地を割りあてるには、正確な測量がいっそう重要になった。

定義
柔軟なリボン状のひもに目盛りが印刷されたもので、庭まわりでさまざまな用途がある。

起源
英語で巻き尺は「テープ・メジャー」（tape measure）というが、テープ（tape）とはもとは編み上げた長い平ひも［さなだひも］のことだった。現代の巻き尺はバネ鋼製のものが一般的だ。

芝生をきちんと一直線に切りとったり、整然とした畝に野菜の定植溝を一直線に掘ることができれば、かなりの満足感が得られる。庭師に一直線の辺を引かせてくれるいちばんの道具がひもだ。ひもはきちんとした長方形の芝生を作ったり、まっすぐに植えつけ穴を空けたいときや、畝幅やボーダーの長さの距離を測りたいとき、またアロットメントの面積を測るのにも使える。

庭園区画が何ヤードあるのか、何チェーン、何ロッドなのかという測定単位そのものは、すべて身体部位の長さが基本になっている。ちょうど馬の高さを手で測り、種はつまんでまいたように、もともと「イギリス標準」ヤードはイングランド王ヘンリー1世の「手」にもとづく単位で、もう少し詳しくいえば、王の鼻先から腕を伸ばした親指の先までの長さを意味した。1135年にヘンリーが死去するまでは、「Iron Yard of Our Lord King」(国王の鉄のヤード)の精巧な複製が王国中にくまなく送りとどけられ、一定の標準化がもたらされた。

さらに時代をさかのぼり2000年前の中国では、「尺」(チー)という単位がおよそ231〜243ミリにあたり、足の長さを意味している、あるいは親指のつけ根から肘までの長さであるといったさまざまな説がある。さらに古くは、ナイルデルタ地帯沿いの牧草地と野菜畑のあいだの境界が、肥沃な土を運ぶ季節ごとの洪水で流されてしまった場合、100キュビットのロープで測量しなおした。「キュビット」は肘から中指の先端までの長さのことで、「ロイヤルキュビット」として正式な基準器に記され、21世紀になっても生け垣職人 (hedge layer) はいまだにピラミッドの建築士が使っていたのと同じキュビットを用いて仕事をしている。ギリシア人はエジプトのキュビットという言葉を借

巻き尺を使えば、ジャガイモを定植するときに正確な株間がとれ、畑がきれいに整う。

用し、足の長さあるいは指16本分の長さを自国の標準とした。ローマでも同じ単位が使われたが、さらに12分の1に分割した単位を「ウンシア」 unciae とした。

棒、竿、標尺

ローマ文明が崩壊してだいぶたっても、中世の庭園の測量は依然としてローマ時代のフィートとインチが使われていた。標準的な区画は長さ28フィート (8.53メートル) 幅21フィート (6.4メートル) で、3:4:5の直角三角形 (p.141のコラム参照) を使って簡単にはかり出すことができた。さらに大きな敷地の場合は「エーカー」という単位で測った。エーカーはひとりの農夫が役牛を使って1日で耕せる土地の面積を意味した [約0.4ヘクタール]。さらに細かい単位が「パーチ」[1エーカー=160パーチ] で、ラテン語で竿や棒を意味する pertica に由来する。パーチは曖昧だがよく使われた単位で、射手が射た矢がとどく距離の10分の1か、日曜の朝、教会のポーチを通る教会区民のうち最初から16人目までの列の長さとされた [パーチは長さの単位でもある]。信頼性の高い単位としてはヨーロッパ「ロッド」があり (ドイツでは「Ruthe」[ルーテ]、イタリア語とスペ

巻き尺

写真はアメリカのボストン市街地にある市民農園だが、こうした都会の畑では、境界を引くのに正確な測量道具が欠かせない。

イン語では「canna」［カンナ］）、およそ5.5ヤード（5.02メートル）の長さだった。ソローも1850年代にマサチューセッツ州のウォールデン池に滞在しているあいだ、ロッドの単位を使っていた。斧で池の氷を割ると、その音が「ドラの音のように周囲に何ロッドも反響した」と記している。

北アメリカのあらゆる地域を測量するのに「4ロッド＝1測量チェーン」となる「チェーン」という単位が採用されてからかなりたっても、ヨーロッパとアメリカの庭師のあいだではイギリス標準ヤードとロッドが使われつづけた。「チェーン」という単位は、16世紀に数学者エドマンド・ガンターが導入したものだ。この単位に競争相手が現れるのは、フランス革命以降のことだった。

革命後のパリでは、新しい体制の威信を示すためにも、当然のごとく平等主義的な単位が模索され、1799年には十進化したメートル法が制定された。フランスの庭師は文句を言いながらもメートル法を受け入れたが、新しい単位の1メートルは赤道と北極のあいだの距離の1000万分の1になるという説明には肩をすくめた（赤道と北極のあいだの距離は、当面のあいだ、ダンケルクとバルセロナのあいだの距離をもとに計算された）。「ロイヤルキュビット」と「鉄のヤード」のフランス版が、正確に1メートルの長さの合金の延べ棒で、パリ郊外のセーヴル［の国際度量衡局］に保管され、その複製が市庁舎に展示されている。

ガーデニングでは正確な測量が極端に走りすぎる場合がある。軍に入隊した夫が第2次世界大戦にイギリス陸軍として派兵されたある主婦は、前庭の芝生を「ヴィクトリー・ガーデン」に代えた。「前庭の芝生を掘り返し、お隣から野菜の育て方を教わりました。第1次世界大戦の退役軍人で、かならず巻き尺を使って畝間も、株間も計りました」。園芸作家のE・S・ボウルズはこういう過度な正確さを嫌悪し、「ヤードでもポールでもファーロングでもなんでもいいが、測るのは大嫌いだ。わたしは断固として測らない」と『夏の庭（My Garden in Summer）』（1914年）で宣言している。

アロットメント

測量器具がとくに重要となったガーデニングの形態が、アロットメントだった。1800年代から1900年代はじめにかけて市街地が拡大し、労働者とその家族が定住生活の伝統的恩恵を受けられなくなった。食糧や花を育てる小さな畑を利用できなくなったのである。フランス人が

頼りにしていたのは「ルパン・ド・テール」 lopin de terre つまり「都会の小さな畑」で、それがない場合は郊外に集められた「ジャルダン・オヴリーエ」 jardins ouvriers （労働者の菜園）で、ポタジ potager （キッチン・ガーデン）のスペースをさがした。一方ドイツの家庭が頼りにしていたのがクラインガルテン Kleingarten で、これは農地を菜園の集合体に転換したもので、個々の菜園には小さな家とガーデンベンチがしつらえられていた。アメリカのコミュニティ・ガーデン（市民農園）は（イギリスの市民農園や都市農園とは違い、集団で耕作されていた）、両大戦中に家庭用の作物を得るために耕作したヴィクトリー・ガーデンから生まれた。

　古フランス語で「分配」を意味するイギリスの「アロットメント」（allotment）は、16世紀と17世紀の「囲いこみ」（enclosures）に端を発していた。囲いこみは、［貧農が］放牧や草地として利用していた共有地に垣根をめぐらせて［貧農を］排除する施策だった。そして土地をもたない労働者には、耕地として荒れ地にある小さな区画が分配された。当初からアロットメントは1エーカーの4分の1、つまり0.1ヘクタール以下になるように測量することになっていた。アロットメントは労働者が「支払いを受ける通常の労働」をなおざりにしない程度に小さくとどめておくべきだと、議会が正式に要請していたからだ。

　アロットメント運動によって新規の庭師の参入が続いたが、イギリスではこの時代になっても畑の大きさは依然として、中世の測量単位で測られていた。1922年のアロットメント法でも、アロットメントの敷地は「その広さが40ポール（1011平方メートル）を超えてはならない」とされていたし、ほかの地方行政当局より多くのアロットメントを提供していたバーミンガムでは、イギリス国内でメートル法が採用されて数十年たっても、アロットメントに「平方ヤード」の単位を使いつづけていた。

角を直角にする

　新しい芝生や長方形の花壇の角を直角にする簡単な方法は、3：4：5の原理を使うことだ。巻き尺と曲尺で使い古しの木材や垂木を3：4：5の長さに切って三角形を作れば、初等幾何学の教えのとおり、ひとつの角が90度になる。

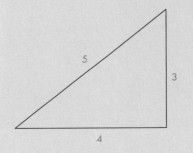

第4章
果樹園

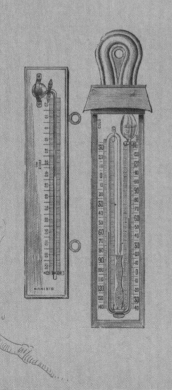

生育期のあいだ、果樹園は魅力的な場であり、静穏に思索をめぐらすことのできる聖域となる。しかしひとたび果実が熟せば、物置小屋をひっかきまわして、去年どこかにしまったきわめて重要な収穫用のための道具を探すことになる。

果樹用梯子

　ふつうは果樹用梯子の存在など忘れ去っているものだが、年に一度のきわめて重要な瞬間が訪れると物置の奥から引っぱり出して、果樹の植えてある場所へ運ぶ。木製の梯子はほとんどアルミ製の製品に代わったが、昔ながらの果樹用梯子はいまだに健在だ。

定義
　丈が高く上に行くほど細くなっている梯子で、果樹から果実を収穫するために使う。

起源
　梯子の起源は何千年も前になるだろう。木製の梯子をみれば、その村の大工の技量がよくわかった。

第4章　果樹園

器用な職人の手によって、果樹の収穫を支援するさまざまな道具が開発されてきた。リンゴ用収穫かごや伸縮式オレンジ摘みとり器、ペカンナッツ収穫器、木になった果実をすべてふり落とす、かぎ爪のついた油圧式機械まである。また、摘みとり台、脚立、いちばん高い木にもとどき、上へ行くほど細くなるアルミ製の梯子もある。じつに多くの補助道具があるわけだが、つい最近まで果実はすべて手作業で摘みとられていたことは意外に知られていない。

フランシス・ローデンはイングランドの果物産地ヴェイル・オヴ・イーヴシャムで育った。1930年代ローデンが14歳のとき、農作業での初任給は週給わずか2シリング6ペンスだった。2シリングは宿泊と食事代で消えてしまうため、果樹園で働き、収入を補った。「朝4時半に起き、果樹園まで自転車で通い、学校へ行くまでの2時間で、ウォータールーやアーリーブラック、エルトン、そしてビガローといった品種のサクランボを何かご分も収穫した。ひとかごで1シリングになった」。それは危険な作業でも

［果樹は］地球上における有用性と美のもっとも完全なる統一である。柔らかい青葉に包まれた木々、春の美とともにほころぶ花、そして最後に成熟し、芳醇で心和む甘美な果実となる。これらすべてが果樹園の宝物である。

アンドルー・ジャクソン・ダウニング、チャールズ・ダウニング『アメリカの果実と果樹（Fruits and Fruit Trees of America）』（1865年）

多くの職人が楽にやってのけている。しかし、丈の高い梯子の上でのサクランボの摘みとりは、臆病者には向かない。

あった。木製のサクランボ用梯子は丈が高く10メートルにもなり、重量もかなりある。したがってこの梯子を木にかけるのは二人がかりで、果樹園にブタが歩きまわっている場合は、「梯子の下でブタが鼻をブイブイいわせているのが聞こえたら危ない」。梯子は木の中心に設置して、「枝が折れても、すくなくとも梯子は木にかかって倒れない」ようにした。

木目に沿って割る

地下貯蔵庫や屋根裏部屋にかける梯子は、2本の平行な材の内側に横木をわたしたものだが、果樹を収穫するための梯子は、安定性を確保するためにふつうは下のほうが広がっていて、頂上の方は木にうまくかかるように幅が狭くなっている。

ヨーロッパ北部で梯子の横木に最適なのはオークの心材だが、北アメリカではヒッコリーの横木がよく使われた。横木は伝統的に鋸びきではなく、くさびでなどで割って作られる。そのほうが木目を切らずに材がとれるからだ。鋸

びきした材の場合は部分的に木目を切ることになるので材の強度が落ち、降雨によって傷みやすかった。

オーク材を割る前に、村の大工はまず樹木を伐採し、横木よりもわずかに長めにバックソーを使って玉切りにした。この玉切りにした丸太をこんどは半分に割り、さらに4分の1にし、最後に横木を割りとり、工作用のウマ（作業者がまたがる特製のベンチ）にまたがり、引き削り刀や南京鉋（なんきんかんな）で形状を整える。横木の断面は、木材にとってもっとも自然で強度の出る楕円形にして、両端はわずかに細くしておく。梯子の2本の縦木（柱）にあたる材は、トネリコやモミ、ツガ、シュージャ（thuja ベイスギ）など、木目がまっすぐな木材が使われた。大工は木工用のキリなどを使い、横木を通すほぞ穴を空け、横木がぎゅっと固定されるように穴にやすりをかけ楕円形にする。こうして、果実を摘みとる者が命をあずける梯子ができる。

横木と2本の縦木を組みあわせるには、まず一方の縦木をねかせて横木を一本ずつほぞ穴に差しこんでゆき、つぎにならんで立った横木の上にもう1本の縦木をのせる。最初の横木を、のせてある縦木の対応するほぞ穴に差しこみ、両方の縦木をロープで軽く結束してずれないようにしてから、ほかの横木を1本ずつほぞ穴におさめていく。すべての横木をしっかり差しこんだら、さらに木槌でたたきこみ、さらに万全を期して、

果樹園は安全第一

どんな梯子も使用前にかならずチェックすることが大事だ。長期間使っていなければなおさらだ。極端な熱にさらされたアルミ製の梯子、たとえば火事になった小屋からひっぱり出した梯子などは、問題ないように見えても、壊れやすくなっている可能性がある。そういった梯子は新しいものに代えるべきだ。木製の梯子は古いものほどがたがきやすい。カミキリムシが入って木が弱っている場合もあれば、接合部が壊れかけていることもある。長く使っていると耐久性が低下しやすい。かならず横木の接合部を確認し、がたつくようなら修理するか、買い換える。

果樹園で梯子を使う場合には、梯子の角度を75度以上には立てないこと。果樹用梯子はかならず果樹の中央にかけ、丈の高い梯子の場合は、梯子の中ほどから果樹の幹にロープをかけて、倒れないようにする。

両端にネジ山を切った錬鉄製の軸を3本使い、いちばん上、中央、いちばん下の横木の下にそえる。そして軸の端を2本の柱を通過させワッシャーとナットで固定する。

昔ながらの果樹の品種は高木になるのがふつうだったので、非常に丈の高い果樹用梯子が必要で、村の大工は果樹収穫労働者のために腕をふるった。

接ぎ木ナイフ

物置小屋に常備する道具としてもっとも異論が多いのが、接ぎ木ナイフだ。庭師が航空会社職員に愛用の接ぎ木ナイフをとりあげられて気を悪くしても我慢はできようが、地上で接ぎ木ナイフをとりあげられれば万事休すだ。

定義
接ぎ木や剪定などの目的に利用する、鋭利な刃のついたナイフ。

起源
接ぎ木ナイフは英語で「grafting knife」。「grafting」はフランス語で接ぎ木に使う「接ぎ穂」を意味する greffe に由来する。さらに greffe は、ラテン語で「とがった針」を意味する graphium から。

そもそもは筆記具の羽根ペンを削る道具の小刀や、軍隊標準仕様の折りたたみナイフなど、庭師は昔から慣例的に自分愛用のポケットナイフを携帯していて、接ぎ木もふくめさまざまな作業に利用していた。しかし「接ぎ木ナイフ」あるいは「芽接ぎナイフ」は、一般的にポケットナイフより小さく、ブレードは非常に薄く鋭い。このブレードはふつうは片刃で、右きき用として作られている。

現代の庭師はじつに多様なナイフを手に入れることができる。取っ手だけでも水牛の角製、クルミ、ブナ、ゴム、ナイロン、またポリプロピレン製のものもある。ナイフによっては、真鍮製の口金に固定式あるいは折りたたみ式のステンレス製ブレードを組みこんだものもある。さらに親指があたる部分にサムレストがついたり、磨き上げられたバディング・ティップや鋭い樹皮とりへらがブレードの峰側についていたり、真鍮製のへらがナイフの胴に折りたためるようになっているものもある。ときたま、左きき用の接ぎ木ナイフを見かけることもある。

100年前、どの庭師のポケットにもナイフが納まっていた。

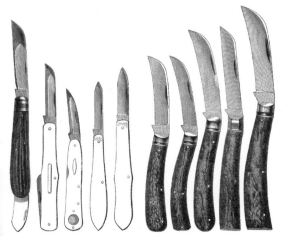

ピカソのペンナイフ

接ぎ木ナイフや剪定ナイフの多くは、現在ではイタリアやドイツ、スイスで製造され、世界中に輸出されている。しかしフランスの庭師の場合は、シンプルな「オピネル」がお気に入りだ。ジョゼフ・オピネルはフランスのサヴォワ地方の出身で、1890年にはじめて木製の柄の自家製ポケットナイフを製作した。焼き入れ鋼を使ったブレードに、手のひらにおさまりのいい形状の木製取っ手を可撓性の鋼製リングで接合した。大きさも12種類そろえ、それぞれトレードマークである「王冠を戴く手」が刻印されている。オピネルを所有する者は、たいてい自分で取っ手部分に穴を空け、そこにひもを通してベルトからつるせるようにしている。画家のパブロ・ピカソもオピネルでマケット［彫刻のひな形］を彫り、登山家のピエール・パケにとってはオピネル・ナイフは命の恩人となった。1959年に雪崩にまきこまれたパケは、オピネルを使って雪の墓場から脱出したのである。フランスの庭師ならたいていオピネルを使って熱心にタマネギをスライスしたり、インゲンマメの筋とりをしたり、ラフィアヤシの繊維を切ったりするものだ。

オピネル・ナイフの1年後に登場したシュヴァイツァー・オフィツィエルズメッサー *Schweizer Offiziersmesser*（アメリカの陸軍兵士は、ドイツ語の発音がむずかしいので「スイス・アーミー・ナイフ」とよんだ）を大いに信頼する者もいる。スイス陸軍に支給されたこのナイフで缶づめを開けたり、標準仕様の軍用ライフルを分解したりできた。庭師はまもなくこのナイフをガーデニングに利用するようになり、多目的に使用できるそのすぐれたデザインを評価した。ほかのメーカーはさまざまなガーデニング専用ナイフを開発した。たとえば1800年

上手な接ぎ木

　接ぎ木をするには、ナイフの切れ味がもっとも重要になる。定期的にブレードを研ぎオイルで磨く手入れを忘れず、木の枝をつぶさずに、すぱっと切れるようにしておくこと。

　接ぎ木にはさまざまな方法があり、休眠中の芽を台木の幹に差しこむ方法や、若枝を古い台木に接ぐ方法もあるが、詳しい説明については本書の領域外だ。しかし原則として接ぎ木を成功させるポイントは、成長する組織、つまり台木と穂木の「維管束形成層」を密着させ、接いだ部分が活着するまで植物を保護することだ。通常、数週間程度かかる。

代にサットンズ社が顧客に自信をもって勧めていたのが36本のガーデニング用ペンナイフで、そのなかには、アスパラガス専用のナイフ、植物用ルーペと2枚のブレードのついたナイフ、さらに「女性用芽接ぎナイフ」というものまであった。

　接ぎ木ナイフは形状や機能の点で、これまでにも本書に登場したナイフ（pp.23、72、117を参照）のように曲線状のブレードの内側に刃をつけたカーヴド・ナイフの仲間だ。こうした道具で彷彿とされるのが、ローマ時代からブドウやイチジクの接ぎ木で使われてきた鉄製の小さな鎌「ファルクス」*falx*（ラテン語で「小鎌」のこと）だ。接ぎ木とは、ある植物の若枝や新芽をほかの植物の台木に差してひとつの植物として育てる技法で、非常に古くからある園芸技法のひとつである。

　大鎌と同じように、接ぎ木ナイフにも象徴的で不思議な言外の意味がある。『ハロウィーンの歴史（The Book of Hallowe'en）』（1919年）で、アメリカの作家で図書館司書だったルース・エドナ・ケリーは、「ポモナ」（*pomorum patrona*「果実の世話をする女性」という意味）は両腕に果物をかかえ、手には剪定ナイフをもつ乙女と説明している。そしてこのローマ神話に登場する果樹園や果樹、庭園の女神にとって、ナイフは権力と復活を象徴していたのである（ローマ時代の詩人オウィディウスによれば、ポモナは「多くの果樹園の神に言いよられたが、未婚のままでいることを選んだ」と述べている）。

　接ぎ木ナイフについて言及した古い書籍のひとつに、ウィリアム・ローソンの『新しい果樹園と庭園——最適な栽培と接ぎ木によりどんな土地でも豊かな果樹園にする方法（A New Orchard and Garden: or The best way for planting, grafting and to make any ground

接ぎ木と芽接ぎは…ふたつの植物が合体して新たな複合体を形成するように、1本の木に別の木の枝や芽を差しこむことにほかならない。庭作りに関心がある者なら、だれでもうまくできる。

アンドルー・ジャクソン・ダウニング、チャールズ・ダウニング『アメリカの果実と果樹（Fruits and Fruit Trees of America）』（1865年）

接ぎ木ナイフ

フランソワ・ジョンティは接ぎ木ナイフについて、「庭師ならつねにポケットに1本は携帯しておくべきだ」と述べている。

good for a rich Orchard)』(1626年)がある。ローソンは、「すぐれた柄のついた研ぎ澄まされたナイフあるいはホイットル(whittle)[イギリス英語で大型のナイフのこと]」は「小さな木を扱う場合にもっとも必要とされる道具」と助言している。フランソワ・ジョンティも『孤独の庭師 (Le Jardinier Solitaire)』で同じように、この道具について力説した。1706年の英訳版では、接ぎ木ナイフについて、「必携道具であるから、庭師はかならず自分用のナイフをポケットに入れておくべきで、ガーデニングの作業中にこのナイフを使う機会はひんぱんにある」と述べている。たとえば、「地植えの植物の根を切る」ときや「立木や低木」を刈るのにも使った。

ヴィニュロン vigneron つまりブドウ栽培兼醸造農家にとって、接ぎ木ナイフは剪定作業に欠かせない道具だった(「剪定」を意味する英語の「pruning」は、古仏語で「ブドウを切りもどす」ことを意味する proignier に由来する。

中世のイングランドの鷹狩り用語で、「羽根づくろい」つまり「くちばしで羽根の手入れをすること」を意味する proinen との関連もある)。そしてフランス語の greffe が14世紀のイングラドで graff となり、15世紀には別の植物への接ぎ木を意味する graft へと変化した。

ジョージ・ワシントンがマウント・バーノンで接ぎ木に熱中していたころ、19世紀の北アメリカでは、出稼ぎの接ぎ木労働者が果樹園をめぐっては果樹の世話をしていた。

実つきが悪くなった果樹を復活させる手段のひとつに、「環状剥皮」がある。枝や幹の樹皮を環状にはぎとる方法だ。「環状剥皮」で樹液の流れが止められると、果樹は実を多くつけるようになる。また果実の大きさも大きくなり、収穫時期も早くなった。ガードリング・ナイフ (girdling knife) は環状剥皮をするために、樹皮組織を切除しやすいように設計されていた。この園芸技術は、南アフリカやイスラエル、カリフォルニアのネクタリンやモモの果樹園で大規模に利用されている。

環状剥皮にしても、剪定や接ぎ木にしても、庭師に求められたのは自分のナイフを使い、樹木の実りを多くすることだった。まだイギリスが世界の4分の1を支配していたころ、「イギリス帝国のすべてのリンゴの木がその本分をつくせば」と仮定したうえで、ジェームズ・シャーリー・ヒバードは「収穫できるリンゴの総額は…国家負債を支払えるだけの価値になる」と述べている。しかし「実がつきすぎていれば、ナイフで摘果する必要があるだろう」から、ヒバードは実用本位にこう断言する。「標準的な果樹については、守っておくといいきわめつけの黄金律がある…要するに、放っておけばいいのである」

剪定のこぎり

中世時代の「グラフィング・ソー」（graffynge-sawe）は、果樹園とオリーヴの森の秩序を維持し、樹木が健やかに育つのを助けた。今日でも「剪定のこぎり」には多くの用途があり、現代的なチェーンソーよりたいてい安全だ。

定義
後ろ向きに歯を立てた［引き切りする］のこぎりで、強剪定や大枝を落とすのに使う。

起源
木を切る道具である英語の「saw」は古英語の *sagu* に由来し、さらにさかのぼると、ラテン語で「切る」を意味する *secare* に由来。

剪定のこぎり

剪定のこぎりは、「のこぎり」のなかでももっとも初期の系統に属する。現代的なのこぎりならたいてい人間工学的に設計されていて、柄の部分は曲線を描き、使用時にてこの作用が効果的に発揮できるようになっている（さらに手の疲労を軽減する役割もになっている）。またブレードに両刃をつけているものもあり、高い木にもとどくように長い柄のものもある。ふつう剪定のこぎりは、のこぎりを引くときに切れるように作られていて、固定式か折りたたみ式のブレードは伝統的に曲線を描く形になっている。もっとも切れ味が鋭いのは三角形をした「レイザー・ティース」（「鋭い歯」の意味）をつけたブレードで、従来の炭素鋼ブレードで使われている形の歯と比較すると、2倍から3倍も速く切れるといわれている。

驚いたことに、同じような形状ののこぎりがすでに紀元前3000年ころの古代エジプトで作られていた。古代エジプトの道具はまず第1にブレードはたたき締めた銅製で（のちに青銅製になる）あること。そして曲線状のブレードは先端が丸めてありピストル型の木製の柄がついていた。現代ののこぎりの歯は（ブレード面から外側に曲げられ）向きが交互に変わる「あさり」がつけられているが、古代の道具に「あさり」はなかった。そしてブレードが柔らかいため、ひんぱんに研ぐ必要があった。

のこぎり歯のついた草

のこぎりの神話的な起源は、中国の周王朝時代の伝説によると、中国の古代思想が生まれたころのことだったという。紀元前770年から470年ころ、魯班という大工が木材を切り出すために山に入った。途中で魯班は足を滑らせたが、あわてて草をつかみ転落をまぬがれた。命を救った草をよく見てみると、その葉の縁がのこぎり状になっていた。この経験がきっかとなって草の葉の形状を応用した道具を作り、自分の木こり道具に追加した。この魯班が発明した道具がのこぎりだったというわけだ。

ヨーロッパでのこぎりが再発明されることになるきっかけは、ローマ時代の詩人オウィディウスが西暦8年ごろ『変身物語』で著しているところによれば、植物ではなく魚だった。のこぎりのブレードのアイデアを思いついたのは、「精神が知識を受け入れる準備ができていた」ダイダロスの12歳になる甥タロスで、「その子は魚の背骨を研究し、その骨を模範として鋭利な金属から一連の歯を切り出し、のこぎりを利用することを発明した」。オウィディウスの時代の剪定のこぎりは鉄製で「セッルーラ・マヌブリアータ」serrula manubriata とよばれ、「あさりつき」ブレードをそなえ（歯先がブレードの外側へ交互に曲がっている）狭い場所でも利用できた。『農業論（Opus agriculturae）』を著したパッラディウスによると、のこぎりの歯

中国の伝説によると、のこぎりのギザギザの歯は、草の葉の縁の形状から着想を得たとされる。

第4章　果樹園

がオオカミの牙によく似ていたため、方言では「ルプス」lupus（「オオカミ」の意味）という言い方もあったという。

ラチェット・ロッパー（ratcheted lopper）〔ラチェット機構つき大枝切りばさみ〕や高枝切りばさみ、軽量チェーンソー、矮性台木の果樹が利用できる現代では、携帯用剪定のこぎりはかつてほど使われなくなっている。しかし地中海沿岸の庭師は、オリーヴ畑での剪定と接ぎ木の作業に使う「剪定のこぎり」（pruning saw）、フランス語なら「シー・デラガージュ」scie d'élagage イタリア語なら「セガ・ポタトゥーラ」sega potatura なしでは、2000年以上もやってこれなかっただろう。

オリーヴオイルは中世ヨーロッパの重要な輸出品目のひとつで、夜間に使うランプの燃料として、またウールを処理したり、石鹸や絵の具の原料としても重要だった。オリーヴオイルは非常に価値のある商品だったので、1570年代にスペインが供給先を西インド諸島へ切り替えると、ヨーロッパにオイル危機が起きるきっかけとなり、北方のライバル商品であるナタネ油の開発を刺激した。オリーヴの木は伝統的に挿し木苗を使って栽培していたが、発根しにくいことが知られていた特定の品種については、成熟した木の若枝か、ほふく枝に接ぎ木していた。割り接ぎの場合、剪定のこぎりで台木になる木の上部を切り、その切り口に割りこみを作り、新しい穂木をそこに差しこむ。

16世紀のイングランドでは、剪定のこぎりはとくに果樹の接ぎ木に便利だった。ハンプトン・コート宮殿の1533年の勘定書には、「王の新しい庭園用の鉄製レーキ、1本6ペンスのもの3本で18ペンス、接ぎ木用のこぎり1丁4ペンス」とある。1年後、法律家で農学者のアンソニー・フィッツハーバートは、手軽な「グ

矮性果樹が登場して、伝統的な果樹の摘みとり道具や剪定道具は利用されなくなっていった。

剪定のこぎりを使う

枝のあいだを通したり、やっかいな角度でも作業できるように、手ごろな大きさののこぎりを選ぶこと（のこぎりによってはブレードをゆるめて回転させ、切りにくい場所でも対応できるようにしたものもある）。

目の細かい歯ののこぎりで直径60ミリまでの枝を剪定する。十分枝に接近できない場合は、このタイプののこぎりできれいに切ることができる。75ミリ以上の枝になると粗い目ののこぎりのほうがいい。

使用後はすぐにブレードについた切りくずや樹液、水分を拭きとり、できれば軽くオイルを染みこませたぼろきれで拭くのが理想だ。そうすることでサビの発生を抑え、ブレードの切れ味を維持できる。

剪定のこぎり

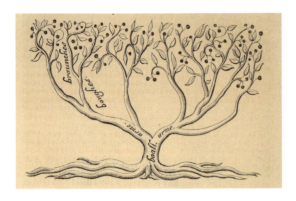

ローソンの『新しい果樹園と庭園』の挿絵で、果樹を剪定する際に目標とする樹形が示されている。

ラフィング・ソー」(graffynge-sawe) を称賛し、「非常に薄く、びっしりならんだ歯」と説明している。さらに北方ではヨークシャー、オームズビーの博識で熱心な教区牧師ウィリアム・ローソンが1618年に『新しい果樹園と庭園（A New Orchard and Garden）』を出版した。同書は、剪定のこぎりの用途について簡明かつ実践的に解説している。「以下のように作業する。目が細かくて、薄く、たわみにくい鋭利なのこぎりで、剪定の目的で作られたものを使い、株の根もとから30センチあたりで切り…台木とする」。ローソンはさらに念を入れて、庭師は「足で踏んばりしっかりかまえる（台木が曲がるかもしれないため）」よう注意もしている。

のこぎりは17世紀中ごろ、とりわけオランダとイングランドのシェフィールドで大幅に改良されることになるのだが、これは鋼鉄の圧延工程により、のこぎり用の金属の質が大きく改善されたことによる。1706年に出版された『フローリスト大全（The Complete Florist）』でルイ・リジェは、歯が波形のパンナイフとはわけが違う、おそろしくなるようなブレードののこぎりについて解説している。「なにより必要な道具だ。ナイフでは歯がたたない枝を切るのに使う。庭師がのこぎりで切れば、枝を切り落とした切り口はつねに非常にきれいだ」

のこぎりの製造はたいてい家内工業で、すくなくとも19世紀中ごろまでは存続していた。のこぎりの歯は1本ずつ手作業でやすりをかけ、小さな金床の上で金槌でたたき、歯の反り具合を調整しなければならず、骨の折れる仕事だった。しかし20世紀に入って、硬化プラスチックや炭素鋼が導入されて大量生産がはじまってからも、中世からの伝統を誇りとするのこぎり製造所も残っていた。そうしたのこぎり製造業者のなかには、先祖が武士の刀を作る刀鍛冶だった日本の刃物職人もいた。刀鍛冶は焼き入れという金属を硬化させる技術を使い、かつて製造されていたものよりひっぱり強度が強いブレードを製造できた。

しかし結局のところ、剪定の善し悪しは、のこぎりを使う庭師しだいということになる。M・C・ブリットが1912年にニューヨークで出版した『リンゴ栽培（Apple Growing）』で述べているとおりで、「明確に目的を意識せず、無計画に刈りこんだり枝を落としたりするなら、まったく剪定しないほうがましだ」。

鋼鉄の圧延技術は、のこぎり製造にとって大きな前進を意味した。

果実樽

今日では、古い木製の樽は縦に半分に割って、プランターとして利用されている。電力や冷蔵保存がまだないころは、果物を貯蔵するには樽が欠かせなかった。冬の足音が聞こえてくると、腐ったリンゴが1個でもあると樽全部がだめになるという心配が、現実のものとなった。

定義
かつては果実を貯蔵する容器だったが、現在はガーデニング用のコンテナとして利用されることが多い。

起源
木製の樽はすくなくともローマ時代から利用されている。

果実樽

アメリカの園芸家A・J・ダウニングと兄のチャールズ・ダウニングは19世紀の庭師に、秋の収穫物の貯蔵法について正確な助言をしていた。「多くの果樹栽培者が実践し、もっともうまくいった方法は、木から収穫したらできるだけ早く、底のしっかりした新しい樽によい果実だけをそのままていねいにおさめていくことです」。

アンドルーとチャールズ・ダウニングは、ニューヨーク州ニューバーグの苗木栽培業者の息子だった。アンドルーは、まもなく有名になるニューヨークの建築家アレグザンダー・デイヴィスとともに、素朴なカーペンター・ゴシック様式運動を擁護した『コテージ・レジデンス(Cottage Residences)』(1842年)を出版し、すでに有名になっていた。

アンドルーが果実の貯蔵にかんして助言したのは1845年に出版された『アメリカの果実と果樹(The Fruits and Fruit Trees of America)』であり、それこそ樽単位で売れた参考書で、ほとんどの小自作農がキッチンの棚にならべていた。リンゴの樽をやさしくゆすりながらつめてゆき、蓋をして日陰の涼しいポーチに置き、保護用の板材でおおっておく。2週間ほどして「寒さが厳しくなったら」、涼しく乾燥している地下貯蔵庫に運び、樽を横にして寝かせる。「天気がいい日には」ときどき空気を入れ換える。このことを小自作農が学んだのは、このダウニング兄弟の著書からだった。

かならずしも最善の方法ではないとアンドルー・ダウニングは考えていたが、果実を地下貯蔵庫に山積みして藁でおおっておくというイングランドの慣習や、怠け者の農民が地面に穴を掘って藁でおおいジャガイモと同じように保存する方法よりはましだった。「人によっては、次にあげる方法のほうがすぐれているという者もある」。果実を晩秋の乾燥した時期に収穫し、蓋のない容器に入れて30〜40センチの深さに1週間埋めておく。それから果実についた「水滴」をひとつひとつ拭きとり、きれいなライ麦の藁と交互に層をなすように樽につめる。「リンゴを輸出するときには」(おそらくは地下室でリンゴの山が腐っているイギリス向けに輸出したのだろう)、「リンゴをひとつずつ清潔な柔らかい紙で包み、樽は乾燥して通気性のいいデッキとデッキのあいだに置くこと」。

ダウニングの詳しい記述により、秋に収穫できる果物の旬の香りと魅力的な特徴が伝わり、摘みとったばかりのおいしさをそのまま春の食卓に届けることができた。リンゴの歴史の旅はまさに特異である。カザフスタンの自然林にはじまり、シルクロードに沿って西へ向かい、

オーク樽で育てる

オーク樽をのこぎりで半分に切り、ガーデニング用のプランターとして利用することは、樽産業がはじまって以来続いている。また、庭園の池や噴水など水を演出する場で利用しても体裁がいいし、レイズド・ベッドとしても利用できる。また、樽に保温フレームを設置しておけば、サラダ菜やラディッシュ、早採りのニンジン、葉ネギなど、夏野菜の成長が早くなる。展示会向けの野菜作りにも、樽は最良の生育環境になる。レンガを土台にしてその上に樽をのせれば、樽の底が腐りにくい。

樽づめした果実を樽ごと転がして倉庫へ運ぶ。1948年、ケント州のある農園で。

ローマ人とともに、そしておそらくはケルト人とともに北へと移動し、ついに17世紀の植民地開拓者とともに北アメリカに到着する。オーストラリアではあの有名なリンゴ、グラニー・スミスが、1870年に「スミス家の苗木」としてカースル・ヒル農業展示会にはじめて出品され、北アメリカではその数年前に、ジェシー・ハイアットというクエーカー教徒の農民が、とあるリンゴの台木から出ていた脇芽を試しに育て、ホークアイと名づけていた。のちにデリシャスという新しい名で発売され、世界でもっとも幅広く栽培されるリンゴとなった。冷蔵保存が登場するまでは、ほかのすべてのリンゴと同じく、デリシャスもリンゴ樽で貯蔵されていた。

絶滅寸前の技術

20世紀がはじまるまでには、樽（英語で「barrel」または「cask」）の技術は消えつつあった。ダウニングの時代は、実質的にあらゆるものが樽につめて運搬されていた。樽製造は樽の種類によって作り手が異なり、ビールやウィスキーなど水をもらさない樽を製造する液体系の樽製造職人が「ウェット・クーパー」（wet cooper）で、小麦粉など粉を運ぶ樽を製作する職人が「ドライ＝タイト・クーパー」（dry-tight cooper）、水もれしないバケツと牛乳樽を作るのが「ホワイト・クーパー」（white cooper）、そして「ドライ・クーパー」（dry cooper）あるいは「スラック・クーパー」（slack cooper）はナシやザクロなどを乾燥させた商品を出荷するための樽を製造していた。高い技術が求められる樽の製造は、見習い職人として4年間きつい仕事に耐えてようやくクーパー（樽職人）の資格を得ることができた（新しい樽職人には「樽に裸で乗って転がす」という儀式が待っていて、恥ずかしくないように松ヤニで体に鳥の羽をつけていた）。

ドライ・クーパーは安価な材を使えたが、液体用の樽を製造するウェット・クーパーは、樽

なんとすばらしい暮らしだろう！
熟れたリンゴが頭のそばを落ち、
甘美なブドウの房が
口の上でそのワインをしぼり出す。

アンドルー・マーヴェル『庭園（The Garden）』（1681年）

果実樽

ケンブリッジ・ボーイスカウトたちが、編みかごで収穫したプラムを貯蔵用の樽に移している。1940年代。

の側板には最高級の材だけを使い（理想は樹齢100年以上のフレンチ・オーク）、丸太から板材をへぎ、バッキング・ナイフ（backing knife）で側板の外側の角度をつけていく。側板がそろうと樽職人は側板を立てて加熱しながら木製のたがをはめ、それから側板の底部をすぼめ、最後に鉄製のたがで締めつける。縁を斜めに切った蓋がぴしっとおさまり、完成した樽はじつに美しい。ウエット・クーパーが作るこうした樽は高価だったため、倹約家の庭師なら、安価なスラック樽の製造業者から果物樽を注文した。こうした安価な樽の側板は、安あがりなハシバミやヤナギ製のたがをひねって樽に巻きつけ、釘でとめていた。

樽製造業者の技術は何世紀も代々受け継がれ（西暦79年に死去した大プリニウスは、フランスの樽製造業者の熟練技術について記している）、そのことはクーパー（Cooper）、カイパー（Kuiper）、ブトゥナル（Butnaru）、トヌリエ（Tonnelier）、クベーロ（Cubero）といったヨーロッパに古くからある姓にも見ることができる［すべて「樽職人」という意味がある］。樽職人の仕事の大半は、とくにヨーロッパでは、修理と再利用にあったが、かつてアメリカではバーボンは新しい樽で熟成しなければならないという法律が施行された（バーボンは熟成するときに木材にふくまれる天然の酸を利用する）。この法律のおかげで、アメリカでは中古の樽がとつぜん供給過剰となり、樽は側板とたがに分解されてヨーロッパへ向かう船にのせられ、ヨーロッパの樽職人の手によってふたたび組み立てられた。

収穫時期になって果実樽が準備されると、小自作農はそれに刺激されて作業を開始し、道具小屋へ急行する。そしてこぎれいで小さなベリー用バッグ、ワイヤーバスケット、樽かご、ブリキのバケツやリンゴ袋など、さまざまな運搬道具をあさる。リンゴ袋というのはじつは木製の箱で、底をはずして使い古しの麻袋で張り替え、肩にかけて使った。しかし世紀の変わり目になると、木製リンゴ樽の将来はしだいに怪しくなっていた。新たな刺激が勢いを増してきたからだ。メッキ加工は、鉄製の樽を溶けた亜鉛の槽につけて錆びにくくする技術だが、その技術の起源はイタリアのルイージ・ガルヴァーニの研究に負っている。ガルヴァーニはカエルの脚に電流を流すとぴくっと動く実験で有名だ。このメッキ樽が木製樽にとって代わると、古い果実樽は実用的な園芸道具というより、装飾的な要素が強くなっていった。

ラベル

庭の果樹の名を確認したり、果物倉庫をわかりやすく整理できる、昔から使われている簡単なラベルは、庭師の親友のような存在である。庭師はじつにさまざまなラベルを使うものだが、庭のなかでかならずひとつは、ラベルをつけ忘れている植物がでてくるのも事実だ。

定義
ラベルによって、果樹などの植物を、苗の段階から貯蔵段階まで同定することができる。

起源
英語の「レイベル」（label）は「リボン」や「ふさ飾り」を意味する古仏語 la(m)bel に由来する。園芸用ラベルは人間の読み書き能力と同じくらい古くからあるのかもしれない。

庭師はさまざまな方法でラベルづけを工夫している。のんきな庭師なら古いラベルを探し出し、ざっと拭いてから次のシーズンに再利用する。一方、非常に几帳面な庭師は古いラベルはすて、毎年新品のラベルに買い換え耐水性のペンで書く。いずれにせよ、かならずラベルをつけ忘れる植物がでてくるもので、アレグザンダー・ポープも『ガーディアン(The Guardian)』（1713年）で、どうしてこうも「最新のガーデニングの作業は簡便性に反するのか」と不満そうに述べている。

18世紀の庭師があつかう新しい樹木や草本はおびただしい数になっていた。コレクションの植物を育てるため、植物栽培の達人たちは植物カタログにある詳細な記載をメモし、植物ごとにローマ数字やアラビア数字をふり、庭園の植物のラベルにも対応する番号をふって、相互に参照できるようにした。フランスの庭師は1700年代までに、メモを記録すると同時に、対応する数字を彫りこんだ独特な長い木製の札を使うようになっていた（不思議なことだが、1543年ころに設立されたピサの植物園や、1545年に開園したパドヴァの植物園など初期の植物園では、屋外で体系的にラベルを使った考古学的証拠はみつかっていない）。

植物の名前ではなく数字をふって記録する習慣は、木製や銅製、鉄製、石材、そしてレンガなどでつくられたラベルをつける習慣とともに続いた。ラウドンは当然この問題について触れている。「樹木にラベルをつるす場合は、耐久性のあるひもがなかなか見つからない。なめしていない皮のひもやガットが望ましい。鉛のワイヤーや、とくに大切な植物には銀のワイヤーを使ってもいい」。ラウドンの妻ジェーンは銀のワイヤーを使うアイディアには否定的で、ジェーンの読者には、果樹園のような環境では鋳鉄製のラベルを使うよう勧めている。

当時の植物学者はさらに巧みな方法を採用していた。グラスゴー植物園の庭師は金属製の大くぎの上部に小さな中空の箱をのせたラベルを工夫した。植物の名を紙片に書いてその箱に表

ラベルの物語

空になった種の袋を野菜をまいた畝の標識がわりにする急場しのぎの方法は、失敗の憂き目にあう。それより、古いプラスチック製ラベルを再利用するか（以前に書いた文字はサンドペーパーで軽く削り落とせばいい）、フランス式の長さ23センチの木製ラベルを切って色を塗るのもいい（やりくりのうまい菜園の庭師は、古くなったベネチアン・ブラインドの薄板をラベル代わりに使っている）。低木や高木には長くラベルをつけておく必要がある。この場合は磨きあげた亜鉛製のラベルを使い、鉛筆で情報を記すか（金属たわしで拭けばきれいに消せる）、破損した屋根材のスレートを弓のこで切って薄片を作り、ドリルで2カ所につるし穴を空け、幹か枝に針金を輪にしてゆるめに固定する。大人だけでなく子どもにもガーデニングを楽しんでもらおう。子どもたちの花壇や菜園用に、絵つきのラベルを作ればずっと楽しくなる。自分で絵を描いたりガーデニング・カタログから切りぬいたりして絵つきのラベルを作り、ラミネート加工してからキャンディー棒につけるといいだろう。

第4章 果樹園

金属製の植物ラベルのおかげで、新しい果樹の名がわからなくなってしまうこともなくなった（写真にあるのはハイブリッド・ティー・ローズのラベル）。

を上にして入れておくのである。パテ止めしたガラス窓で紙片は風雨から守られた。一方、フィレンツェの広大なピッティ宮殿では、イタリアの庭師が紙のラベルを特製ガラス瓶に入れて密封したものを植物の脇に置いていた。その方法はラウドンにはぴんとこなかったようで、「複雑なやりかたで、うまくいくのはイタリアのような気候にかぎられる」と記している。

耐久性があり、かつ経済的なラベルづけの方法は、1800年代をとおして模索された。「ロンドンのオールド・ケント・ロードの園芸専門店」ウィリアム・クーパー社は、ヴィクトリア朝時代に金属ラベルを供給していた業者のひとつで、このラベルは植物の名をすぐにスタンプで押せ、しかも付録として便利な「植物園用案内書き」がいろいろついていて、「芝生立ち入り禁止」や「コンサバトリーはこちら」といった案内標識としても使えた。テップス社という競合相手が発売した「記載用ラベルセット」は、「どんな温度の」水にも溶けず、ふつうのインクで書きこめた。「書いた文字は何年雨ざらしにした後でも、完璧に判読でき」、しかも「特別なインク」はいっさい必要ないとテップス社

は顧客にうけあった。

園芸市場にはスズや亜鉛、そして安価だが割れやすいセラミック製のラベルが、スレートや鉛のラベルとともにあふれ返り、鉛の製品は薄い短冊状にカットして、ネコの首輪のように植物の幹のまわりにまいて使うこともあった。

ラベルに書きこまれる情報は庭師の好みによる。メリウェザー・ルイスが1805年に、ノースダコタからトマス・ジェファーソン宛てに60の植物の標本を送ったときには（ジェファーソンは厳密にラベルづけをした）、ルイスは大統領に、「［植物には］それぞれの採集した日付、発見した場所、既知の場合はその効能と特性もあわせて表記したラベルをつけてあります」と伝えている。ガートルード・ジーキルは植物の脇にさっと挿せる三角形の簡単なラベルが好みで、記載も簡潔だった。ジーキルの使ったラベ

写真はバーミンガムで製造された亜鉛性植物ラベルで、プラスティック製ラベルが登場するまで庭師の役に立っていた。

161

ルで残されているもののひとつ、銅製のねじれたプレートには、簡潔に *Dianthus gallicus* とだけ記されている。

将来を見すえて

　果樹園の果実に正確なラベルをつけておくことはとても重要だった。品種によってはほかのものより長もちするので、自宅所有者なら、品種別に名前をつけて果物倉庫に保存しておくのが大切で、果物箱の側面にチョークで走り書きしておくだけでもよかった。「アイスハウス」で保存する場合にも同じような注意がはらわれた。アイスハウスというのは、倉庫に断熱をほどこし河川や湖の氷をつめこんだ場所で、庭園での収穫物を一年中低温で保存できた。この「氷と雪のコンサバトリー」についてはじめて言及した人物のひとりがジョン・イーヴリンで、1693年のことだった。表現は大げさだが機知に富んだ19世紀の作家ウィリアム・コベットは、アイスハウスの価値をそれほど評価していなかった。「ヴァージニアの人は、棒と藁を使い、10ドルでアイスハウスのようなものをこしらえている」ことをとりあげ、「このアイスハウスの作り方では、完璧にうまくいくことは保証できないし、まったく役に立たないかもしれない」と述べている（コベット自身はアイスハウスを作ったことがないことを認めたうえで、アイスハウスは不必要だが「豚小屋」としては役に立つかもしれないと考えていた）。

　ジョージ・ワシントンはアメリカ大統領の任期がはじまる前、1800年ごろまでフィラデルフィアにあった元大統領官邸にロバート・モリスが建てたアイスハウスの詳細を記した書簡を受けとっていた。それは一定の温度に保たれた地下室で、モリスは、「氷は10月か11月まではもち、この地下室をさらに大きくして氷の量を増やせば、クリスマスまでもつのではないかと考えています」と書いていた。ワシントンはのちにモリスのモデルにもとづいて、マウントヴァーノンにアイスハウスを建設している。

　しかしこのアイスハウスや果実貯蔵庫も、クレアレンス・「ボブ」・バーズアイにより急速冷凍庫が発明されると、時代遅れとなった。ボブ・バーズアイはラブラドール地方で毛皮猟師をしていたころ、カナダ先住民から見よう見まねで、獲物と野菜を急速冷凍する技術を身に着けた。1916年のはじめには、急速冷凍庫の実証機の諸々の技術を開発し、畑で収穫した作物をただちに急速冷凍できるように実証機の1台をトラックにのせた。ところが、このベンチャー事業に投資してくれる後援者さがしにいきづまった。そんな最中、ある食品加工会社の裕福な女性後継者が、マサチューセッツの沿岸を自分のヨットでセーリング中、たまたまバー

1658年8月18日。アンブローズ・ブラウン卿はブレッチウォース・カースルで大嵐にあっていた。嵐は一晩中、さらに翌日の午後3時まで続き、南西部では冬の果物が全滅した。

ジョン・イーヴリン『ジョン・イーヴリンの日記（The diary of Joh Evelyn）』（1901年）

第 4 章　果樹園

冷凍庫がまだないころ、瓶づめと缶づめは、菜園で収穫できた余分な果実や野菜を貯蔵するもっともよい方法だった。

ズアイの冷凍ガチョウを試食した。この食品加工会社はその後ボブの事業を買収し、ブランドネームも（わずかに）変えてボブ・バーズアイの「Birdseye」を「Birds Eye」とし、数十年がかりで小売店主や家庭の主婦に冷凍庫を購入するよううながした。

収穫物を透明のポリ袋に入れてラベルをつけ家庭用の冷凍庫に保存するほうが、家庭で瓶づめを作るより失敗が少なかった。瓶づめ保存の場合は、蓋を開けてみるまで結果がわからないからだ。農作物を家庭で瓶づめに加工する技術は、菓子職人ニコラ・アペールが古いシャンパンのボトルで食品を保存する実験をした1780年代にまでさかのぼれる。アペールは世界初の〔瓶づめによる〕保存食品工場をパリのマシーに設立した。このとき驚くほどの数の瓶が爆発したため、その後はていねいにラベルをつけたキャンバス製の袋に瓶を1本ずつ入れるようにして、工場で働く40名の女性労働者を保護し

た。この瓶保存食製造業者を支援したのがグリモ・ドゥ・ラ・レニエールというレストラン支配人で、ムッシュ・アペールのおかげで、まもなく顧客が真冬でも5月の味覚を味わえるようになると、レニエールは誇らしげに語っていた。フランス政府はアペールの発明の実用性に気づくと（瓶づめ保存食を供給できれば、海軍艦艇は海洋を長期間航海することができ、水兵の食事も改善される）、アペールにその技法のすべてを『あらゆる動物性食品、植物性食品を長期間保存する技術（L'art de conserver, pendant plusieurs années, toutes les substances animales et végétales）』として公表するよう求めた。同書が出版されたのは1810年で、まさにその年に、ロンドンのピーター・デュラントがこの技術の特許を取得し、アペールの方法を「缶づめ」に応用して食品の保存を開始していた（アペール本人の事業は失敗に終わり、保存技術の発明者は困窮のうちに他界する。しかしフランスでは瓶づめ野菜を見すてず、現在でもフランス食料品店の定番商品になっている）。それから約100年して、アメリカの庭師のもとにもこの食品貯蔵（および公正なラベルづけ）技術が届くが、それはちょうどドイツ皇帝ヴィルヘルム2世が第1次世界大戦に参戦したころと重なった。「庭はすべて軍需工場」のスローガンのもと、アメリカの「全米戦争菜園委員会」（National War Garden Commission）は、野菜の貯蔵と乾燥法にかんする助言を無料で提供した。「野菜と果物を瓶づめに、ドイツ皇帝も瓶づめだ」

163

温度計

「果物倉庫は暑すぎるだろうか？」「凍るような寒さでリンゴはだいなしだろうか？」。庭師にとってつねに気になるのが気温で、手ごろで信頼できる温度計の登場に期待をふくらませた。

定義
古くから使われている温度計は、細いガラス管に水銀を満たしたもので、空気や土壌、堆肥の温度を測定する。

起源
フランス語の *thermomètre* から。1620年代にジャン・ルレションが使った言葉で、ギリシア語で「熱」を意味する *thermos* と「測定」を意味する *metron* に由来する。

温度計の歴史は複雑に入り組んでいて、しかも関係する個人を集めてみれば、エジプト、ペルシア、イタリア、オランダ、スウェーデン、デンマーク、ポーランド、そしてイギリスと、驚くほどの国際的な広がりがある。つまり温度計は決して単一の個人による発明ではなく、つねに発展途上であり常時研究が続けられきた道具で、哲学者や博識家、さらにひとにぎりのエンジニアや数学者、物理学者、医師、天文学者たち、そしてひとりの生理学者、そしてひとりの大公も温度計の研究にたずさわっていた。

ローマ帝国の絶頂期にエジプトを拠点に活躍したユダヤ人哲学者フィロンは、はじめて温度計というものを形にした人物として知られる。フィロンは瓶いっぱいの水と、一端に中空の球体をつけた管［の他端を水に漬けた］装置を用い、暖かさによって空気が変化する［膨張する］ようすを観察した。球体が太陽によって暖められると空気が膨張し、水中［の管の口］から泡が出てきた。同じころ、アレキサンドリアの数学者で工学者のヘロンも温度の影響について研究し、医療に利用できる道具を考案していた。アブー・アリー・イブン・スィーナーはヨーロッパではアヴィケンナ Avicenna として知られ、11世紀のペルシアにおける博学者で、イスラム黄金時代においてもっとも影響力があり、もっとも著名で多分野で活躍した知識人だった。医学、哲学、神学、物理学、そして詩学に精通し、いくつかの資料によって、温度の上がり下がりを示す空気温度計を発明した人物ともされる。

しかし空気温度計の発明者は、イタリアの物理学者ガリレオ・ガリレイともいわれる。ガリレイは1593年に温度変化を記録するため「テ

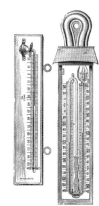

左が最低度計。右が「シックス最高・最低温度計」で、名称はジェームズ・シックスの名に由来する。

ルモスコーピオ」*termoscopio*［温度の変化がわかるだけなので日本語では「測温器」といわれる］を考案したが、ガリレイが実際に測定したわけではかった。ガリレイと同時代のイタリアの教授で、生理学者であり医師でもあったサントーリオ・サントーリオは、巨大な天秤につるした体重計測用の椅子にゆられつつ、30年間地道に自身の体重と食事、飲み物、尿、糞便の重さを量りつづけた人物だ。このまめな医学研究によってサントーリオの名はヨーロッパ中に知られることになったが、なんとしてでも数字で現象を説明しようとするこのサントーリオの執念は、温度計の発達にも大きな影響をあたえることになる。温度計に数値的な目盛りをつけた最初の人物が、このサントーリオ・サントーリオであることはほぼまちがいない。1612年のことだった。

温度が問題だ

サントーリオのおかげでテルモスコーピオに測定の目盛りがついた。しかし残念ながらまだ精度が不正確だった。オカルト哲学にかんする作品群を脇に置くとすれば、イギリスの物理学者にして神秘主義者のロバート・フラッドは、1638年に目盛りつき温度計の開発に成功したが、まだ気圧の変化によって測定が大きく影響された。ヨーロッパでの温度計開発は、この技術にこだわりをみせたトスカーナ大公フェルディナンド2世・デ・メディチによってさらに継続された。そしてトスカーナ大公は1654年、世界ではじめてアルコールを使い、ガラスに液

体を封入した温度計を発明した。

しかし、ポーランド生まれの物理学者ダニエル・ガブリエル・ファーレンハイトと熟練した職人もまた、もっとも初期のアルコールを使った温度計を発明したとされている。1709年の酷く寒い冬、その温度計でファーレンハイトは温度が「0度」になったことを観察した。1714年にはガラス管に水銀を封入することにし、はじめて水銀を使った温度計を利用したことが記録され、さらに1724年モデルで採用した温度目盛りにより、ファーレンハイトの温度計は最初の近代的温度計として認められることになった。しかし、これより前、デンマークの宮廷数学者オーレ・クリステンセン・レーマーが赤ワインを満たした温度計を使った温度目盛りを開発していて、ファーレンハイト温度目盛りはこのレーマーの研究を土台にしていた。

ファーレンハイト温度目盛りにもとづくファーレンハイト度（カ氏温度）は1960年代まで、ほとんどの英語圏諸国での標準規格となり、北アメリカの庭師にとってはいまだに温度目盛りの基準となっている。一方、スウェーデンの天文学者アンデルス・セルシウスは研究をはじめたころから共通の温度目盛りを使用する必要性を痛感していた。細心の注意をはらった実験の後、セルシウスはウプサラの王立科学協会へみずからの温度目盛りにかんする論文を提出した（セルシウスは最初、この温度目盛りにラテン語で「100段階」を意味するセンティグレードと名称をあたえていた）。これが1742年のことで、これにもとづくのがセルシウス度（セ氏温度）である。その後セルシウスが結核で死去した翌年の1745年、生物の世界を分類することに全力を傾けていたあのカロルス・リンナエウスが（p.96参照）、セルシウスの目盛りを逆転させて（もともとの目盛りは沸点を0度としていた）、温室用温度計に利用する特許を取得した。

1782年には、イギリスの科学者ジェームズ・シックスが最高最低温度計を発明している。この温度計は一定期間における最高および最低温

適切な温度計を選ぶ

取り扱いに不便がない適度な大きさの温度計で、明瞭で読みやすい目盛りのついているものを選ぶこと。土壌温度計のさらに実用的なタイプでは、ガラスの目盛りが金属製のケースで保護されていて、石混じりで硬い土壌でも偶発的な損傷を防げるようになっている。

室内と室外両方の温度をデジタル表示できる温度計なら、温室内の温度と外気の温度が同時にわかり、最低・最高温度の記憶機能も標準装備されている。こうした温度計は、暖房をつけた育苗箱で箱内と外気の温度差を検出するにも便利だ。温度計の種類によってはアラームが付属していて、設定温度より上昇したり下降したりすると、警告音を出すようになっているものもある。

スウェーデンの天文学者
アンデルス・セルシウス

土壌温度を正確に測定すれば、種まきの適期を知るのに役立つ。

度を記録する装置で、いまでも「シックスの温度計」とよばれている。『気象入門全書（The Complete Weather Guide）』（1816年）の著者で万全を期するタイプのジョーゼフ・テイラーが、このシックスの水銀温度計を所有していたことはほぼまちがいない。テイラーは庭師が温度の低下に無頓着であればどんなことになるかを、図をまじえて解説した。「冬の寒さの度あいを正確に知ることは、農民にとってきわめて重要だ。身を切るような厳寒の状況になり温度計がファーレンハイト度で14度にまで下がると、キャベツあるいはケールの仲間やターニップなど、水分の多い野菜はほとんどがだめになることが観察されているからだ。野菜の水分が凍って膨張し、植物の導管をばらばらに引き裂いてしまい、ふたたび氷が解けると、たとえばターニップやリンゴは全体が悪臭を放つようになる」

ヴィクトリア朝時代の著名な作家だったラウドン夫人は、1841年に、「アマチュアは温度計も準備しないで、温室で植物を栽培するべきではないし、温床を使うべきでもない」と忠告している。夫人によれば、温度計は「非常に精巧に作られたもので、タン皮などを使った温床の温度を確かめるため…土壌に差しこむ長い管がついている」必要があった。そんなラウドン夫人がその年の『ガーデナーズ・クロニクル』で、プリチャーズ社製ガーデンフレーム温度計［ガーデンフレームは、防寒用の冷床のこと］の宣伝を依頼されていたのも当然のことだ。この温度計は「じょうぶなガラスケースに封入され、しかも真鍮でおおわれているので、安全に地中に差しこむことができる。マッシュルームの畝にとって大きな価値があることがわかるだろう。

扱いのむずかしい花卉類を園芸用温室で育てる場合には、とくに役立つ」。このガーデンフレーム用温度計の価格はわずか16シリング、しかも「小冊子」のおまけつきだった。

土壌に差しこむ長い管は200年近くたった今でも健在だが、現在の装置は小型デジタル・プローブとワイヤレスの堆肥監視システムからなり、サーモスタットと湿度センサー、管理装置に24時間接続され、自動制御されている。

1960年の歴史的な映画フィルムがある。ブリティッシュ・パテ社向けにミドルセックス州のノーウッドホール園芸教育専門学校（Norwood Hall Institute of Horticultural Education）で撮影された映像で、エプロンを着けた庭師が、めずらしい亜熱帯植物でいっぱいの温室に入る。近くの壁面にはU字型の最高・最低温度計が映っている。ノーウッドホールは第2次世界大戦後の食糧不足に取り組む政策の一環で、この温度計は庭師が適切な温度を維持するのに、きわめて重要な役割を果たした。その重要性が証明されたのは、この映像が撮影された年のことだった。ノーウッドホールの温室で250本ものバナナが収穫できたのである。

スケアクロウ（かかし）

有害生物防除と人形という特異な結びつきを見せているのが、スケアクロウ、日本でいうかかしである。藁をつめた悪霊が腕を広げ、古い上着をまとい、おばあちゃんの縁なし帽をかぶり、ハトにとっては都合のよい止まり木のようなものだが、果樹園で彼あるいは彼女がいなくては、間が抜けてしまう。

定義
英語で「スケアクロウ」（scarecrow）、ドイツ語で「フォーゲルショイヒェ」*Vogelscheuche* という「かかし」は、庭園に鳥をよせつけないためのもの。

起源
かつては女性や子どもが雇われて鳥を追いはらっていたが、スケアクロウがその代わりをするようになった。

第4章 果樹園

「ガの幼虫が食い残したものをイナゴが食い、イナゴが食い残したものをシャクトリムシが食い、シャクトリムシが食い残したものを毛虫が食う」という古い話がある。これはヨエル書の一節だが、キッチン・ガーデンや果樹園の果実を守る厳しい戦いは、聖書の時代から続いていることがわかる。

どこの庭園でも鳥たちの存在がつねに問題になっていて、ドイツの「フォーゲルショイヒェ」Vogelsheuche、デンマークの「フーグレスクラムセル」fugleskræmsel、フランスの「エプヴォンタイユ」épouvantail あるいはスコットランドのジャガイモの守り神「タティ・ボグル」tattie bogle は、すべて鳥を追いはらうためにある。「スケアクロウ」は不吉な人形で、風に吹かれてばたばたすればなおさらだ。日本にも「かかし」があるが、かかしにはさらに鳥を嫌がらせる要素がくわえられていた。「いやな臭い」である。竹の棒にぼろ布を着せ、あわせて焼いた動物の内臓もつるした。焼くときには田んぼ一帯にひどい臭いが立ちこめた。

ローマ時代の作家コルメッラにとって鳥害対策の手立てとは、「乳離れしていないオオカミの子の血液と内臓」やアルカディアのロバの皮をはいだ頭、「夜行性の鳥を磔にしたもの」といった生け贄を捧げて、鳥たちをなだめることだった。しかしコルメッラの周囲の人々は、人形を使って鳥を追いはらった。その人形は豊穣の象徴であるプリアーポス神の全裸の姿で、片手には大鎌を持っていた。それから数百年がたっても、この人形の末裔たちは、鳥おどしの棒に天日にさらした動物の頭蓋骨をのせて、やっかいな地中海の鳥たちを追いはらっていた。このスケアクロウをさらに不気味な姿にしたのがドクター・シンというキャラクターで、イングランドの女優シビル・ソーンダイクの弟、作

「トウモロコシ畑を守る（Guarding the Corn Fields）」と題された版画には、アメリカ先住民の女性が棒で鍋をたたいて、トウモロコシ畑から鳥を追いはらっているようすが描かれている。

家のラッセル・ソーンダイクが生み出した想像上の存在だ。ソーンダイクが1915年に発表した小説『ドクター・シン（Doctor Syn）』は（1963年、ウォルト・ディズニーにより『ロムニーマーシュのスケアクロウ（The Scarecrow of Romney Marsh）』としてリメイクされた）、学者から密輸業者に転身した気味の悪い姿をしたクリストファー・シンが主人公で、スケアクロウの姿に変身してイングランド南東部のうらぶれた湿地帯を放浪した。

スケアクロウ（かかし）を使って鳥を追いはらうやり方には欠点があった。イナゴやシャクトリムシ、毛虫、さらに庭師にとって最大の敵であるナメクジとカタツムリが増殖したのである。ナチュラリストのギルバート・ホワイトは1759年の日誌にすこし厳しい調子で、「インゲン豆がカタツムリに喰われたので、空いた場所に1パイント［約0.57リットル］以上もインゲン豆をまいた」と書いている。このカタツムリ被害に対処す

る工夫は多数存在する。たとえば、あるアラビアの庭師は「公衆浴場から出る」灰をまくことを勧めた。コルメッラは、ヤネバンダイソウ Sempervivum tectorum かニガハッカ Marrubium vulgare の汁を抽出し、それに種子や植物を浸す方法を述べ、一方16世紀のイングランドの作家レナード・マスコールは、害虫を灰と生石灰の有毒液に落とすことを助言している。ほかにもクルミの葉、成熟したクルミの殻、すりつぶしたタバコの葉、酢または石灰水などを煮出した汁を使う方法があり、ある作家によれば「ナメクジが気分を害する」ことはまちがいないということだ。また、アンソニー・ハクスリーは『図説 ガーデンニング史（Illustrated History of Gardening）』で、18世紀のあるロンドン市民は「キッチン・ガーデンを襲うこの小さな悪党」対策として、4羽のカモメをペットとして飼っていたと述べている。

ビール臭い死

ほかにもナメクジの防御法として、植物を亜鉛か銅の輪で囲んでおく方法や、ナメクジに塩をまいたり、チクチクするオオムギの藁の先で防御壁を作ったり、もっと単純にナメクジを捕まえて畑から放り出す方法もある（しかし、カタツムリの殻にマニキュアで印をつけて追跡したアマチュアの実験によると、この軟体動物には顕著な帰巣本能があることが示されている）。有機農法を実践する庭師ローレンス・ヒルズが推奨したのは、ビールを使ったナメクジ・トラップ［わな］だ。「広くて浅いごくふつうのスープ皿を縁が地面と同じ高さになるように土に埋め、ビールと水を1対2の割合で混ぜ、さらに甘味づけに黒砂糖を混合液1に対してデザートスプーン1杯分入れる［ママ］」

化学薬品としてはメタアルデヒドを使ったナメクジ駆除剤があり、ペレット状に成形されたものをナメクジの被害を受けやすい植物のまわりにまくのだが、世界保健機関（WHO）はこの薬品を「中程度の危険性がある」殺虫剤に分類し、野生生物やペットが二次的な影響を受ける可能性があるとしているため、多くの庭師がこの薬剤に対して懐疑的だ。

庭園の敵はナメクジやカタツムリだけではなく、ネズミやハツカネズミ、さらにはシカやゾウなどの動物に対しても、園芸家は多くのトラップや檻、バリケードを考案してきた。チリペパーの匂いはゾウに有効だとされ、オーストラリアのノーザンテリトリーでのワラビーによる被害や、イングランドのフォレスト・オブ・ディーンで芝生を根こそぎにしてしまう野生イノシシ、あるいはアラスカでライラックのつぼみを食べつくしてしまうムースなどの対策には、電気柵と忌避スプレーが使われている（効果は限定的）。しかしニューハンプシャー州のある投書者は、「ムースには何をしてもむだだ、まったく効き目がない」と悲嘆の声を上げる。

もっともやっかいな相手は、不注意であれ意識的にであれ、新たな生息地に導入された外来生物だ。オーストラリアのウサギ（1788年にファースト・フリート［オーストラリアに囚人を輸送したイギリスの艦隊］が食糧源としてもちこんだ）、ニュージーランドのフクロギツネ（1837年に毛皮をとるための動物としてオーストラリアから移入）、そしてそのほかに、愛嬌のあるハリネズミが、1970年代にかつては生息して

庭師にとっての宿敵、ナメクジとカタツムリを駆除する多くの対策が工夫されてきた。

第4章　果樹園

鳥たちを励ます10の方法

1. バードフィーダーをつるす。
2. ネコが手を伸ばせないところに鳥の水浴び用水盤を設置する。
3. 庭に小さな池を作る。
4. 前面を開放した箱に小さな木片をつめて「昆虫ホテル」とし、棒の先にのせて立てる。
5. 小さな丸太を積み上げて、昆虫の繁殖をうながす。
6. 水ゴケと土で浅い池を作り、簡単な湿地庭園にする。
7. ハチやチョウが好む植物を植える。
8. 一角を草を刈らないままにしておき、昆虫と野生の花が生息できるようにする。
9. 止まり木にもなり餌にもなる果樹を植える。
10. 鳥が羽を休める場にしかならないとしても、スケアクロウを立てる。

他の昆虫〔引用文ママ〕は、見つけたらただちにすべてを手で集め捕る」ことを庭師に強く勧めた。中世時代に「ミミズは…わたしのハーブをだいなしにするから、投げつけて殺す」と強く主張した匿名作家がいたが、その見当違いの見解をラウドンはくりかえしたのである。

ラウドンはまた「温室の物置小屋にネコを数匹住まわせておけば、一般的に塀で囲まれた庭のなかにネズミはいなくなる」と助言している。しかしこの計画そのものに欠陥があった。ヘンリク・ファン・オーステンが『オランダの庭師、あるいは完全なるフローリスト（Der Niederländische Garten）』（1703年）で説明しているように、「ネコは汚物をあたりにまき散らし、それをおおうために土をかき飛ばしてしまう」からだ。

過剰殺戮

要するに、庭師の自然界との戦いには副作用がある。ハチや鳥類、チョウや花粉媒介昆虫などの野生生物の個体数が激減したことで、現代の庭師と19世紀、そして20世紀初頭の庭師のあいだには、大きな考え方の違いが生じた。過去の庭師があらゆる手段を使って庭園から野生生物を駆除しようとしたのに対して、その子孫はあらゆる手をつくして野生生物を保護するようになってきているのだ。カエルが生息しやすい池にしたり、丸太で昆虫の避難場所を確保したり、ハチの「ホテル」やバードフィーダーを設置している。結局、庭園の作物を保護するには、あのスケアクロウこそがなにより非暴力的で、しかも環境にもっともやさしいのである。

いなかったアウター・ヘブリディーズ［スコットランド西岸沖の島嶼地域］に浅はかにも害虫駆除の目的で放たれた（この針山のような動物は、地上に巣を作る鳥類の卵を食べるようになった）。

しかしハリネズミはミミズを好んで食べるので、ジョン・クローディアス・ラウドンには好感をいだかれた。この園芸作家はミミズをナメクジやカタツムリに匹敵する脅威ととらえ、「ミミズ、カタツムリ、ナメクジ、そしてその

第5章
建物とその他の道具

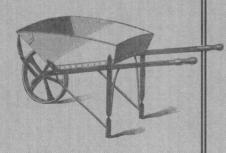

庭園という空間にさまざまな小道具を配置しようとすれば、そのアイディアにはかぎりがない。しかし、クローシュから壮大な温室まで、さらに質素な物置小屋から素敵なテラコッタ製プランターにいたるまで、ガーデニング用の道具それぞれには、たいてい実用的な目的がある。

物置小屋

　ガーデニング道具や作付け計画、種子カタログを各種そろえてある基地である物置小屋は、降雨時の待避所として、また休憩とリクリエーションの場にもなる。おもに19世紀のガーデニング・ブームの産物だが、こうしたガーデニング用の物置小屋は、家庭で2番目に危険な場所でもある。

定義
　庭やアロットメントに建つ小さな建物で、庭道具を収納したり手入れをしたりする。

起源
　「ポティング・シェッド」"potting shed"（物置小屋）は古英語で「円筒形の容器」を意味する *pott* と「小屋」を意味する *shadde* に由来し、1481年にウィリアム・カクストンがはじめて出版物で使用した言葉。

第5章　建物とその他の道具

物置小屋は、準備や資料調べ、熟考、休息、そして待避の場であり、ここからガーデニングのすべてがはじまると同時に、昨年から今年、今年から来年へとつながるガーデニングの連続性が生まれる。熱心に裏庭作りに励む素人からプロの庭園芸術家まで、あらゆる多様な創造力を受けとめる。だからこそ、この小屋で多様なアイディアが発展する、いわばパラレルワールドが展開されてきたのである。発明家トレヴァー・ベイリスの頭にゼンマイ式ラジオがひらめいたのは、とある物置小屋であったし、マーク・トウェイン、ヴァージニア・ウルフ、アガサ・クリスティ、アーサー・ミラー、ディラン・トマス、ジャネット・ウィンターソン、そしてルイ・ド・ベルニエールも、みな物置小屋で仕事をした。アイルランドの劇作家ジョージ・バーナード・ショーと、庭をこよなく愛した彫刻家バーバラ・ヘップワースは、どちらもサマセットにあるティンテスフィールド・ハウス［ネオ・ゴシック建築の邸宅］の19世紀の庭師たちのように、物置小屋にソファーをもちこんでいた。19世紀の庭師たちは作業台の上に設置した寝台で寝ていたのである。

驚異の整理術

1843年11月版の『ガーデナーズ・クロニクル』には、「アイズルワースのベック氏が所有する、最高に便利な物置小屋」の内部が掲載されている。「整理整頓と配置の仕方は驚異的で、アマチュアが望める最高の利便性がそなわり、どんな要望にもこたえてくれる」。この物置小屋の実用的な設備には、鉢植えをしたりディスプレイをする頑丈な作業台、「キャスターつきの大きな水槽を、その作業台の下へしまいこめる」ようになっている。さらにスティーヴンソン社製の円錐形ボイラー、果物用の屋根裏倉庫、

1843年版『ガーデナーズ・クロニクル』によれば、ベック氏の物置小屋は形式と機能を追求した偉業だ。

ピートや砂、陶器類を入れておくコンテナ、ペンキポットや道具類をおさめる戸棚などがある。作業の段取りと整理に重点が置かれ、容器のならべ方にも気を配り、庭師は「コンポストと鉢植え用土がはっきりと区別でき、納屋はつねに臨戦態勢にあり、あれやこれやを探しまわって時間をむだにすることがなく、この場にはちらかす理由が存在しない」。

19世紀には大きい庭園であれ小さな庭であれ、こうした環境に囲まれて、見習いを従えた庭師や単独で仕事をする庭師が、季節ごとの作業を進めていたのである。種まき、育成、間引き、定植、さらに挿し穂を作り、多年草の株分け、堆肥を混ぜ、道具の修理まで、物置小屋はかつてもそしてこれからも、まさにガーデニング作業の核心部なのである。

かつてアメリカのガートルード・ジーキルといわれたヘレナ・ラザフォード・エリーは、一般向けの著書『女性の庭造り奮闘記（Woman's Hardy Garden）』（1903年）で、道具室の実用的な配置について説明している。エリーは一般向けのガーデニング書籍を執筆するかたわら、

物置小屋

庭の物置小屋の歴史をたどれば、古代ローマの大プリニウスにまでさかのぼる。

ニュージャージーに所有する142ヘクタールのメドウバーン農場に2ヘクタールの庭園を造り、みずからのガーデニング道具の整理整頓にも心を配っていた。「わたしの道具室にある棚の決まった場所に自分専用の移植ごてと花切りばさみが置いてあるけれど、他人は触るべからず！と注意する意味で、それらには赤いリボンがつけてある」とエリーは説明している。

エリーが意気投合したのがオーストラリアの庭園デザイナー、エドナ・ウォーリングで、ウォーリングは顧客に多くの庭園プランを提供していた。しかしどんなに豪勢な環境でも、ウォーリングはかならず敷地のどこかに物置小屋を置いた。ウォーリングもまたエリーと同じように、大切にしていたフォークをある友人に貸してからというもの、自分専用の庭道具を貸すことに慎重になった。そのフォークを返してもらうと歯が1本なくなっていて、ウォーリングは「口には出さなかったけれど『二度と貸すものか』と誓った」。

物置小屋の起源について正確に指摘するのはむずかしい。古代ローマの作家大プリニウスは、著作の大部分はある庭園の環境のなかで執筆したと告白しているが、おそらく、みずからの考えを記録するために庭園に隠遁することにしたのだろう。イングランド南部にあるフィッシュボーン・ローマン・パレスは豪華な大邸宅で、イギリスでもっとも初期のものとされる庭園に囲まれていた。この大邸宅を再建するときに、ローマ式物置小屋も合わせて再生された。排水路、低木、果樹とともに根気よく手入れされた菜園を格式高く整えるため、この物置小屋には作業台、棚、かご、陶器の鉢、そしてさまざまなローマ時代の庭道具が用意されていた。

ヴィクトリア朝時代の大きな塀で囲まれた庭園では、納屋や物置の数は2桁にのぼることも

物置小屋計画

庭に新しい物置小屋を建てる場合、土地が水平な場所を選び、その区画いっぱいに建つ大きさの小屋を選ぶこと。電気の壁つきコンセントをとりつける場合はかならずブレーカーを設置し、工事は資格のある電気工事士に依頼すること。

小屋内部に水道と流しを設置するのはとてもいいアイディアで、それに付随して床にはビニール製の防水カバーなどを敷く。種子は、古くてもかまわないがまだ動く冷蔵庫で保存する。切削道具は手入れをした後、錆びないように油と砂を混ぜて入れたバケツに刺しておく。いろいろなものがちらかって乱雑な状態になる植物の成長期がすぎてから、春の大掃除のシーズンに新しい小屋を建ててしまうこと。

あり、物置小屋のほかに庭園事務所や種子貯蔵庫、給水係の小屋、道具倉庫、馬小屋、そして根菜類貯蔵庫などがあった。こうした建物のひとつが、コーンウォール州ヘリガンにあるヴィクトリアン・プロダクティヴ・ガーデンズ（Victorian Productive Gardens）に再建された。その物置小屋は第1次世界大戦前、ヘリガンのメロン・ヤードにあったもので、長い鉢植え作業台があり、窓から光が入るようになっていて、作業台の下にはさまざまな培養土がおさめられていた。反対側の壁には、庭師の使うレーキや鍬などの道具の高さに合わせてフックがさまざまな高さでならび、その脇にある作りつけの巨大な棚には、何列も素焼き鉢がならび、サイズごとに重ねておさめられていた。

物置小屋はガーデン・カタログの定番商品でもあり、1800年代中ごろから物置小屋をはじめ、フォリー［西洋式庭園に設置される装飾用の建物］、温室、そして質素なサマーハウス［簡単なつくりの小屋のこと］などが、別荘の庭師向けのカタログ上で宣伝されていた。たとえば庭師は1860年代の有益な土曜の午後をあてて、「ふたりいれば1時間で簡単に組み立てられる」とうたわれた小型の六角形サマーハウス（価格22ポンド）を組み立てていた。ほとんどの市民のように土地を借りている場合には、ウィリアム・クーパー社の「テナンツ・フィクスチャー」［借地で使える非固定式建物］を選択することもできた。これは、いくつかの部分を組み立ててできる小屋で、「組み立ても、分解・撤収も簡単」だった。

小屋づくりやこぎれいなサマーハウスづくりは、アロットメントでその絶頂に達した。そうした小屋は、不幸な結婚にとらわれた夫や妻が家庭から離れるための隠れ家として機能する場

申し分のない機能をもちあわせた物置小屋で、平均的なイギリスの庭師は一生のうちの5カ月をすごす。

合もあれば、生と死を迎える場となることさえあった。デイヴィッド・クラウチとコリン・ワードは著書『アロットメント（Allotment）』（1988）で、ノッティンガムでいちばん古いアロットメントのようすを記録している。そのアロットメントはハンガー・ヒルズにあり、レンガ造りのサマーハウスが点々と建ち、1900年代はじめの腹を空かせていた時代には、多くの人々がそこで生活していた。ひとりの女性はそのアロットメントで生まれ、8人家族を養った。

1920年代以降、物置小屋はしだいに現在あるような形態に発展し、くつろげる私的な空間のようなものになった。イギリスでは毎年「今年の物置小屋」コンテストが開催され、計算によると平均的なイギリス市民は、生涯のうちまるまる5カ月を物置小屋ですごしていることになる。また全男性のほぼ20パーセントが、なんらかの事故に遭遇する環境でもある。

温室

　温室は、何世紀ものあいだ大金持ちか悪名高い輩の領分だった。19世紀から20世紀にかけての革新的な技術進歩によって、ついに温室は万人のためのガーデニング道具となり、園芸のもっとも輝かしい成果のひとつ、温室でキュウリがたわわになる光景がみられるようになった。

定義
　伝統的な形態は、屋根と側面が枠におさめられたガラスでできていて、植物を保護的な環境で栽培するための建物。

起源
　英語の「glasshouse」という言葉は1660年代にはじめて登場した。

嫌われ者のローマ皇帝ティベリウスは、貪欲なまでに放蕩に明けくれたといわれるが、じつはキュウリにも目がなかった。大プリニウスとコルメッラが言及しているその「キュウリ」なるものは、おそらく「スネーク・メロン」という当時のローマで評判になっていて甘いフルーツのことで、今日ではアメリカン・キューカンバー *Cucumis melo* var. *flexuosus* あるいは「ファカス」*faqous* として知られるものだろう。

病に伏し疲弊したティベリウスは、おかかえの医師団から毎日「キュウリ」を食べるように指導された。そのキュウリの供給を維持するため、ティベリウスが西暦30年ころに建設したのが、油漬けした布で屋根を葺いた植物栽培専用の「スペキュラリウム」という建物だ。油漬けの布のかわりに、ケイ酸塩鉱物の雲母が使われることもあった。雲母は薄い透明な薄片にはがれやすい結晶構造をしている。プリニウスは、植物は「鏡石で輝くフレームの保護のもとに置かれた」と記しているが、この「鏡石」というのは雲母を意味する方言だ。冬になると、この建物の石壁の外側で火を燃やしつづけて暖房し、さらに高温を維持するには厩肥を使った温床（p.89参照）が使われた。

ジャルディーニ・ボタニチ

ローマの庭師たちはスペキュラリウムの設計の改良を続け、バラやブドウもこのなかで栽培したが、現代のわたしたちがそれとわかるような温室をイタリア人が開発するのは、13世紀まで待たなければならなかった。帝国建設者が新たな土地を探検し、地中海諸国にもち帰った新たな植物を栽培するため、最初の温室が建設され、当時はこれらを、ジャルディーニ・ボタニチ *giardini botanici* つまり植物庭園とよんで

温室を実際に使ってみる

温室は屋根材によって温室内へとりこめる自然光の量が決まる。伝統的にはガラスが使われ、プラスティックよりも熱を保持する能力が高い。透明ガラスのかわりに曇りガラスを使えば、温室内に光を一様に分散できる。しかしプラスティック代替素材も多く、たいてい耐破砕性があり、夏の暑い時期には伝統的なガラス張りの温室ほど高温にならないという利点もある。

ビニールハウスは一般向けで実用的な選択肢のひとつだ。プラスティック製フィルム・カバーはガラスよりも安価で、3年から5年あるいはそれ以上使うことができ、内部が結露しないようにコーティングされたものも市販されている。

いた（ヴァティカンが最初の温室を建てている）。この温室の技術は新しい植物とともに最初はオランダへ、その後イングランド、そしてとりわけフランスへと広がった。しかし温室の温度を維持するにはまだ問題が残されていた。

15世紀にはヴェネツィア近郊、ムラーノのガラス製造業者が無色透明のガラスを生産していて、それが現在でいうなら温室あるいはコンサバトリー（「コンサバトリー」は、その内部で、コンテナではなく畝や花壇で植物を育てる建物をさす言葉として使われる）に使われるようになった。

温室

17世紀のイギリスの温室（右）と、1764年に建設されたアメリカ初の温室と説明のある建物。

1599年、フランスの植物学者ジュール・シャルルはオランダのライデンに一棟の温室を設計、建設して、熱帯植物を医療目的で育て、同時に熱帯の柑橘系果物を栽培するのにも利用した。こうした熱帯の果物に対する好みと流行がオランジェリー［オレンジ栽培用温室］を生み、さらに独創的なデザインの発達をうながした。1619年には、ドイツのハイデルベルク城の庭園計画に従事したフランスの意欲的なエンジニア、ユグノ・サルモン・ド・クーが、外来植物用の温室の側面を、とりはずし可能な木製のはめ戸にした。

16世紀の温室は、当時すでに多くの場合、越冬用の放熱管が設置されていたが、夏期には温室内の植物の大半は屋外に移されたので、温室はもてなしの場として利用された。こうして温室はステータス・シンボルとなったのである。

アメリカでの温室の発達は、奴隷貿易と分かちがたく結びついていた。アンドルー・ファニュエルは、当時の表現で言えば貿易商ということになるが、現在の視点からは、経済的に裕福なボストンの一企業家というだけでは言葉がたりない人物で、その財産のほとんどはアフリカの人々を西インド諸島へ売りさばくことで築き上げたものだった。そしてこのファニュエルがアメリカ初の温室所有者となり、1737年にはその温室で果物を育てたことで有名になった。この温室はかなり前に姿を消し、18世紀の温室で現存するのは1785年に建設されたワイ・オランジェリーで、メリーランド州東岸のプランテーションの一部だった。アフリカ系アメリカ人政治家フレデリック・ダグラスが、子どものころ一時期奴隷としてすごしたプランテーションだ。いくつかの事例では、奴隷は温室を管理し、温室内で暮らしていることもあった。

イギリスで温室の建設が活発になりつつあった。とくに1845年に評判の悪かったガラス課税が廃止になると、それが一因となってガラス製造と温室建設の一大ブームとなった。採光をよくするため、それまでの木製枠に代わって、当時すでに利用できるようになっていた細い錬鉄製の桟で窓ガラスを支持するようにした。さらに構造は比較的軽量ではあったが、いわゆる「アーチ原理」を応用し、梁は巨大なアーチ状に鋳造された。1840年、デヴォンシャー公爵の大邸宅、ダーヴィーシャー州のチャッツワース・ハウスで、庭師の棟梁ジョーゼフ・パクストンはこの原理を使って（木材を使っていたが）温室を建設し、ヴィクトリア朝時代特有の誇張表現で「グレート・コンサバトリー」（Great Conservatory）と命名された。たしかに「荘厳」ではあり、建築面積は0.5ヘクタールで十分な温水パイプを敷設して暖房がほどこされ、その総延長は隣町ベイクウェルまで往復するほど（9.5キロ）にもなった。入り口は非常に広く、ヴィクトリア女王が1843年に訪問した際には、馬車に乗ったまま温室内に入ることができた。

ヴィクトリア女王により、王室の財政支援は、公共スペースを目的とした最初の温室であるキュー・ガーデンの「パーム・ハウス」（Palm House）にもほどこされた。この温室は1844年から1848年にかけて建設され、造船業界の知識を援用し、60本の錬鉄製のリブを使ったフレームを構造体とすることで、邪魔になる支持柱が必要なくなった。ジョーゼフ・パクスト

ンが、さらに巨大で歴史上もっとも印象に残る温室をはじめて描いたのは、吸いとり紙の上だった。パンチ誌が「クリスタル・パレス」とよんだこの温室は、1851年のロンドン万国博覧会に向けて建設された。長さはセント・ポール大聖堂の3倍あり、8万3613平方メートルものガラスがはめこまれ、ハイドパークでいちばん背の高い楡の木もおさまるほど、巨大な建造物だった。

まさに巨大コンサバトリーの時代だった。ベルリン＝ダーレム植物園には「パーム・ハウス」があり、ベルギー国王レオポルド2世のために「王立ラーケン温室」が建設され、ニューヨーク州バッファローには210メートルのブドウ温室があり、200本以上のブドウが植えられていた。こうした巨大で優美な構造体は、新しい鉄道ターミナル駅のガラス張りホールにも反映され、さらに私的で個人宅向けの「グラスハウス・ルーム」も登場した。「この偉業というべき驚異的宮殿は」と、1876年のイリュストラシオン誌（L'Illustration）は熱っぽく語りながら、あるパリジャン資本家の大邸宅を取材し、「疑うべきもない『冬園』である。上流階級の淑女たちは、人混みを嫌ってここに避難する。しかし、こんなぜいたくな環境にあえて身を置こうとするのは、一国の王か銀行家くらいのものだろう」

イースト・ミッドランドのチャッツワース・ハウスでは、1905年までに0.8ヘクタールもの面積の温室を所有していた。しかし温室の実用性、費用効果のよさが証明され、妥当な価格になるのは、第1次世界大戦後のことだった。21世紀までには、繊維ガラス、アクリル樹脂、ポリカーボネイト、アルミニウム、ポリエチレン、そして塩化ビニルなどの建材が開発され、温室はもはやエリートの御用達という存在ではなくなった。現在なら、ジェームズ・シャーリー・ヒバードがかつて「園芸のもっとも輝かしい成果のひとつ、温室でキュウリがたわわになる光景」と表現したぜいたくを、自宅で手に入れることができる。

当時最大の温室だったロンドンのクリスタル・パレスは、長さがセント・ポール大聖堂の3倍もあった。

クローシュ

　鉄とガラスでできた古めかしい「ハンドライト」(hand-light) あるいは「ハンドグラス」(hand-glass) が、オーナメントとして復活している。このガラス製クローシュは植物を保護する実用的な道具だったが、その素材がガラスからプラスティックへと変化したことは、ガーデニングにとって好都合だった。

定義
植物にかぶせるガラス製のおおいで、冷気から植物を保護する。単独のクローシュや小屋型のクローシュによって、生育期間を1週間から2週間延ばすことができる。

起源
クローシュ (cloche) は「鐘」を意味するフランス語で、もともとは吹きガラスで作られていた。

第5章 建物とその他の道具

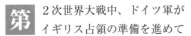

　第2次世界大戦中、ドイツ軍がイギリス占領の準備を進めていたころ、ガラス製のクローシュを使ってその侵攻阻止を支援しようとした人物がいた。いみじくもその名はチャールズ・ワイズ＝ガードナー。ワイズ＝ガードナーは「あたりまえのことなのです」と小冊子『クローシュ対ヒトラー（Cloches Versus Hitler）』（1941年）で述べ、「大西洋の戦いは海上や空中で戦うだけでなく、陸上でもこの国のあらゆる庭園とアロットメントで戦っているのですから」と書いている。

　アメリカからイギリスへ食糧を輸送していたリバティー船が兵隊と武器の輸送にかり出され、できるかぎり多くの野菜を育てることがすべての市民の義務となっていた。「クローシュはぜいたく品ではなく、種子や厩肥、さまざまな園芸道具とならび、1年をとおして野菜を育てるのに必要な道具のひとつです」

　生長しはじめたばかりの植物や、要するにまだ成熟していない植物は寒さに弱い。クローシュやトンネル・クローシュは生長期間を長くとることができ、植物にとって適度に温暖な微気候を生み出してくれる。害虫や降雪の被害からも作物を保護してくれるクローシュは、現在ではつり鐘型や、ハンドライト、ランタン・フレーム（正方形または八角形の蓋がついていて、日中暑いときにははずすことができる）といった19世紀のデザインを復元したものから、ワイヤーフレームにプラスティックのカバーをつけたタイプ、さらにプラスティック製のビール瓶の底をカットしただけのものまである。トンネルクローシュにもさまざまなものがあり、ワイヤーフレームに板ガラスをはめこんだテント状のものから、

　左のようなつり鐘型クローシュ、そしてトンネルクローシュは、第2次世界大戦中のイギリスの秘密兵器のひとつといわれた。

ワイヤー製の輪をならべて透明なプラスティック製シートでおおったものもあり、半硬質プラスティック製フレームは軽量で、キッチン・ガーデンでの移動が簡単だ（嵐の夜には吹き飛ばされる）。

　クローシュは作物の生育期間を長くとれるとともに、植物を徐々に外部の冷気に慣れさせたり、タマネギやニンニク、ジャガイモを収穫して貯蔵するまえに完全に乾燥するために利用したり、エンダイヴやセロリ、ルバーブなどを軟化栽培するのにも利用できる。軟化栽培（薄暗いなかで作物を栽培し光合成速度を抑えて、白色の柔らかい野菜にする）するには、作物を遮光できるクローシュでおおうか（たとえば、黒色プラスティック製か、色を塗った半透明ガラス製のクローシュ）、軟化栽培用テラコッタ製ポットを利用する。

　ヨーロッパ北部の菜園ではもっとも早く収穫できる果物であるルバーブの軟化栽培は［ルバーブはアメリカでは「果物」に分類されている］、ウェスト・ヨークシャー「ルバーブ・トライアングル」の特産品で、おもにロンドン市場向けに栽培されていた。最初は軟化栽培用ポットで栽培されていたが、その後薄暗い小屋で石炭で暖房しながら栽培されるようになった。つり鐘状のガラス製クローシュもいくつかのガーデン・カタログに掲載され、「庭園にふさわしい緑色のガラスが、レタスを日焼けから防ぎ、とう立ちも遅くしてくれます」とうたわれて販売されていた。

　現代のクローシュで使われているもっとも一般的な素材はプラスティックだが、そのプ

183

伝統的なつり鐘型のガラス製クローシュは、植物を日焼けから保護できるとされていた。

プラスティックの起源は［ベルギーから］ニューヨークに移住したレオ・ベークランドの発明にさかのぼる。1900年代のはじめ、ベークランドは「ポリマー」（ギリシア語で「多くの」を意味する polus と「部分」を意味する meros から）の研究をしていた。ポリマーというのは同じ分子［モノマー］が鎖状に多数つながった分子構造をもつ化学物質で、モノマーそのものも小さな鎖状の分子からなる。ベークランドの研究は、広く使われているニスや、東南アジアに生息するカイガラムシの分泌物から精製されるシェラックの合成代替物を発見することにあった。そして発見したのが硬くて黒っぽいプラスティック（ギリシャ語で「成形できる、型取りできる」を意味する「プラスティコス」plastikos に由来）で、ベークランドはベークライト（Bakelite）と命名した（20世紀のはじめ、スコットランドの工学者ジェームズ・スウィンバーンも、独自に開発したダマーダ・ラッカー〔Damarda Lacquer 「ものすごく硬い damn hard」から〕の特許を申請したが、ベークランドのほうが一日早く特許を取得していた）。1924年にタイム誌はつぎのように予測していた。「数年のうちに［ベークライトは］現代文明のあらゆる製品に浸透することになるだろう。朝ベークライト製の柄のついた歯ブラシで歯を磨き、夜ベークライトのベッドの上に横になるまで、人が触ったり、見たり、使ったりするものすべてが、無数の用途をもつこの素材で作られることになるだろう」

ベークライトは庭道具、なかでも道具の柄の部分にそこそこの影響をあたえたが、この「現代プラスティックの父」が死去するころには（強迫観念にとりつかれ、缶づめ食品しか口にせず隠遁生活を送っていたが、1944年ニューヨークの療養院で死去）、第2次世界大戦の影

クローシュを使う

種子が異なれば発芽温度も異なるが、菜園にまく場合、たいていの種子には、せっかちな庭師が考えるよりも高い地温が必要になる。たとえばニンジンの種に必要な地温はおよそ8℃で、インゲン豆ならさらに高い12℃の地温が必要だ。

そこで土を暖めるためにクローシュをすくなくとも2週間土にかぶせておき、それから種をまくようにする。こうすることで土壌を乾燥させる副次効果もあるが（湿った土では種子が腐る場合がある）雑草の発芽もうながされる。しかし雑草は種をまく前に鍬でかきとっておけばいい。ハトやウサギによる被害が問題になっているところでは、クローシュ・トンネルを使えば脆弱な苗の段階の作物を保護できる。クローシュは雪害からも植物を守ってくれる。

第5章　建物とその他の道具

響で熱可塑性物質の研究が加速していた。そしてその新たな物質が、園芸用クローシュを変貌させることになった。

ベークライトとは違い、熱可塑性物質は熱すると柔らかくなるので、簡単に成形することができた。まもなくして、ポリウレタンやポリスチレン、そしてパースペックスが新たな奇跡の素材としてお目見えすることになった。庭師の視点からは、プラスチック製クローシュやポリエチレン製トンネルだけでなく、ポリプロピレン製の水道管やポリエステル製貯水タンク、塩ビ製の温室、そして包装と断熱に使えるポリスチレンも登場した。さらにプラスチック製の花や、プラスチック製の芝生まであった。一方で、不要になった塩ビ製のドアや窓は、小自作農やアロットメント所有者、そしてほとんどを家庭用品のリサイクルでまかなっているとされる庭師たちが、おんぼろとはいえ利用可能な小屋や温室、冷床の急場しのぎとして利用した。

そもそも自然に近い場にいることから、庭師は環境意識が高い傾向がある。食料はみずから栽培し、食品のフードマイレージを小さくすることが、道徳的にすばらしいことであると当然のように感じていたり、化石燃料で駆動する道具より、同じ作業をこなせる手動の道具を選ぶ庭師が多い。しかし、クローシュやプラスチック製プランターなど、園芸用のプラスチック製品に代わる、適切で持続可能な代替品を探すとなると、これが難題だ。イギリスの庭師だけでも毎年約500万個ものプラスチック製の鉢を使い、しかも使いすてるように使うため、庭に止まる時間はごく短く、その後このプラスチックはごみのスープのように

なって、危険なほど長いあいだ世界中の海を漂流する。こうしたプラスチック廃棄物が問題となり、ガーデニング業界に対して廃棄物をリサイクルするようくりかえし要請されるようになり、代替原料の研究もうながされている。

しかし、第2次世界大戦のあいだ、チャールズ・ワイズ＝ガードナーの信奉者に利用可能な材料はガラスだけだった。ワイズ＝ガードナーの「クローシュ対ヒトラー」キャンペーンは、イギリスの主要クローシュ・メーカーのひとつであるチェイス社の後援を受けていた。「戦時下にあって結果がきわめて重要なときに、10万以上の庭師が…チェイス社のコンティニュアス・クローシュを利用している」とチェイス社は公表し、同社の製品はもち運びに便利なだけでなく「爆風にも耐える」ことを保証した。そしてもっとも長もちした戦時中の「勝利のために耕せ」というスローガンがみずからの功績であることを強調したのも、このチェイス社だった。

17世紀のキッチン・ガーデンでは、クローシュや温床さらに保護用のレンガ壁を使うことで、早い時期に収穫する作物と遅い時期の作物を供給することができた。

ウォーディアン・ケース

ヴィクトリア朝時代の庭師にとって、シダ植物が入ったウォーディアン・ケースは魅力的な装飾アイテムだった。しかし、このガラスと真鍮、そして木材によるナサニエル・ウォード博士の発明は、実用面でも裏庭ガーデニングを変貌させ、このケースのおかげでそれまで長い航海に耐えきれなかった数多くの新植物を導入できるようになった。

定義
輸送中の植物に、自律的な生息環境を提供する密閉容器。

起源
1820年代に、ロンドンのイーストエンドで仕事をしていた医師によって開発された。

第5章　建物とその他の道具

　早起きをし、マグカップのコーヒーをちびちび飲みながら、自分の園芸の成果をじっくりと観察し、庭園を歩きまわる人なら、そのケースで育っている「外来植物」の数に感動しないわけがない。

　オーストラリア原産のユーカリ Eucalyptus をニューイングランドへ、ヨーロッパ原産のエリカ Erica をニューサウスウェールズへ、トルコ原産のチューリップをニューファンドランドへともたらした植物の輸送は、1500年代中ごろに本格的に開始され、中東産の新しい植物もあった。1620年からヨーロッパへの植物の流れは北アメリカ、なかでもヴァージニア州とカナダへと移り、こうした植物の移入の多くは、ジョン・トラデスカント（1570-1638）とその同名の息子ジョン（1608-1662）など、名高いプラント・ハンター（植物収集家）によるものだった。

　植物貿易は儲かる商売になった。フクシア Fuchsia がはじめてカリブ海で生息しているのが発見されたのは1690年代のことで、それから1世紀後には目ききの苗木栽培業者が、とある船長のロンドンにある庭園でそのフクシアを見つけ、80ポンドを用意した（当時、商船の甲板長の年収が約20ポンドだった）。この苗木栽培業者はすぐにフクシアの挿し木苗を作り、1株最高20ポンドの値をつけて売り出した。

　フクシアもそうだが、植物の発見とその導入のあいだには大きな違いがあった。新植物の発見でもっとも劇的な事件が起きたのは、完全装備のイギリス海軍バーク船エンデヴァー号がジェームズ・クック船長のもとで、プリマスからオーストラリアとニュージーランドへ向けて航海したときのことだった。1770年4月、一行がのちのシドニーの郊外にあたる現在のカーネル近くに上陸すると、乗船していたふたりの植物学者ジョーゼフ・バンクスとダニエル・ソランダーは、8日間にわたって狂ったように植物を集めまわっておよそ1万の標本を収集し、そのなかには当時の園芸科学では知られていなかった1500近い植物がふくまれていたのである。

ボタニー湾（植物学の港）

　エンデヴァー号は悪戦苦闘のすえ帰還するが、イギリスへ到着したのは、バンクスとソランダーが植物標本集に発見した植物を記録してからほぼ1年がたっていた。クックはその後、バンクスとソランダーが残した記録に敬意を表して、上陸地をボタニー湾（Botany Bay）と命名しなおしている。その記録のひとつが、メルボルンの王立植物園にあるヴィクトリア国立植物標本館に収蔵されていて、それには次のように記されている。「Banksia serrata L.f.　収集者：バンクスとソランダー、1770年。場所：ニューサウスウェールズ、ボタニー湾」。Banksia serrata L. f. はソー・バンクシアあるいはレッド・ハニーサックルのことである。

　しかしエンデヴァー号のような船での航海は、生きた植物にとっては危険きわまりないものだった。塩分をふ

フクシアの若木は、18世紀のロンドンで途方もない金額で売買されていた。

ウォーディアン・ケース

くんだ空気や海水、さらに新鮮な水の不足、これらすべてが原因となり生き残る植物の数は大きく減少した。しかしこうした状況もまもなく変化することになる。

1820年代のこと、ロンドンの医師ナサニエル・ウォードは仕事前の早朝散歩に出かけた。自然誌に深い関心をもっていたウォードは、いつも興味深いものを求めては丘や生け垣をあさり歩いていて、この朝はたまたまある蛹と遭遇し、それをガラス製の収集瓶にひとつまみの土とともに放りこんだ。気密栓を閉め、その標本を窓台に置いて羽化を観察しようとした。数日後、収集瓶のなかの土壌中にあった種子が、新鮮な空気がないにもかかわらず発芽し、成長していることに気づいた。瓶が密閉されているかぎり、内部での水分の蒸発と凝縮の程度が一定に保たれるため、植物は生存しつづけたのである。

ウォードはこの発見の重要性を正しく理解し、木とガラスと真鍮を使った大型標本箱の製作を、ハックニーの有名な苗木栽培業者ジョージ・ロッディジーズに依頼した。ロッディジーズ家は、1770年代からおもにオーストラリアからの商品の輸入を扱ってきた貿易商で、イギリスにルバーブ Rheum rhabarbarum とセイヨウシャクナゲ Rhododendron ponticum を導入したのもこのロッディジーズ家だった。ロッディジーズのケースに植物を植えてみると、やはり植物は生存できた。そこでウォードはシダを入れたふたつのケースを船に乗せてシドニーへ送り、ボタニー湾でケースを空にしてから、こん

ウォード医師のガラスと真鍮でできたケースに生まれる微気候のなかで、植物は何カ月も、さらに何年でも生存できる。

どはその同じケースにオーストラリアの固有種を入れてイギリスへ戻した。その結果、どちらの航海でも植物は生存できたのである。

このウォードの成果に、ロンドンの園芸サークルで興奮がさざめいた。口説き落とされたジョン・クローディアス・ラウドンはその医師のもとを訪ね、その報告を1834年3月のガーデナーズ・マガジン誌に掲載した。「ウォード氏の実験の成功は、ある国から別の国への植物の輸送、室内や市街地での植物の維持、景観が悪いかあるいはまったく景観が得られない場での代用景観としてのミニチュア・ガーデやコンサバトリーの構築など、幅広い分野に応用できる」

ウォーディアン・ケースはたしかに客間にシダ類を置いたり、その他の「ミニチュア・ガーデン」コレクションが流行するきっかけとなった。そしてある夫人はブリストルからウォードに宛てた書簡に、次のようにしたためている。「あなたがこの世界にどれほどの喜びをあたえてきたか、病気や仕事の関係で大都市の薄暗く煙ですすけた一画に閉じこめられているときに、かたわらの鮮やかな緑の植物を見ることでいくほどの悲しみが慰められたことか、そのことを思い大きな満足感を得られていることと思います」

しかし、ウォーディアン・ケースが現実的に途方もない影響をあたえたのは園芸と貿易の世界だった。19世紀のプラント・ハンターの活

動は、それまではガーデニング・サークルでの上品なお遊びにすぎなかったことに興奮の渦をまきおこした。ウォーディアン・ケースが登場したのは、ルピナス *Lupinus* やイワブクロ *Penstemon*、そしてダグラス・ファー *Pseudotsuga menziesii* を導入したデイヴィッド・ダグラスが1834年に死去した後のことだった（ダグラスは強盗にあい殺害された可能性もあったが、死因はハワイのウシ用のわな［落とし穴］への転落によるものとされた）。ダグラスの死から7年後、ジョーゼフ・フッカーがニュージーランドへの航海で収集した膨大な標本を本国へ送るときには、その大部分にウォーディアン・ケースを用意することができた。ウォーディアン・ケースの登場で恩恵を受けた園芸家には、ロバート・フォーチュンもいた。1843年、フォーチュンはあの格式高い組織、園芸協会（「園芸の発展」のため1804年に設立され、のちに王立園芸協会となる）の命により、ウォーディアン・ケースと拳銃をたずさえ、あらゆるものをできるかぎりかき集めてもち帰ることとする指示書とともに中国へ派遣された。そして大胆不敵な土産話とともに、その後の庭園の定番となるウツギの仲間 *Weigela rosea* やツシマヒョウタンボク *Lonicera fragrantissima*、そしてヒイラギナンテン *Mahonia japonica* をたずさえて帰還した。その後フォーチュンは2万株のチャの木をウォーディアン・ケースに入れて中国から密輸し、のちに巨大な紅茶プランテーションとなるインド北東部のアッサム地方へもちこんだ（1720年にさかのぼることになるが、フランスの海軍士官ガブリエル・デ・クリューが、1本のコーヒーの苗木をフランスからマルティニーク島までなんとか生かしたまま送り届けようとしたときには、凪で船が動かなくなると、そうでなくても不足している飲料水の自分の割りあて分を苗木に分けあたえたことで、同僚乗組員の怒りをかった。このときにはまだウォーディアン・ケースは発明されていなかった）。

ウォードは『密閉ガラス容器内における植物の成長について（On the growth of Plants in Closely-glazed Cases）』（1842年）でみずからの発見を発表し、次のように自慢したのも当然のことだった。「この地球上の文明化した場所であれば、多かれ少なかれこのケースの導入によって恩恵を受けている」

植物の移動

落葉樹を移動させるには活動休止期のあいだがいちばんいい。移動中の蒸散を抑えるために、弱めの剪定をしたり、枝を軽くよせあわせたり、根鉢がくずれないようにするといいだろう。

大きな植物や小さな木本の場合は、移動する前の成長期間中に、移植の準備として、根元まわりに溝を掘り［根回し］、溝は細目砂で埋めておく。こうすることで植物は細かい根を発生させる。移動に理想的な気象条件としては、風がない曇天の日だ。

小さい植物や挿し木用の挿し穂は、ウォーディアン・ケースをまねしてやれば移動中も保護できる。植物をポリ袋に入れるか、シードトレイにのせて透明の成長促進用キャップをかぶせておけばいい。多年生植物は、多くの場合もっと簡単に掘り上げて株分けすることができる。

プラント・コンテナ（プランター）

書籍やテレビ番組でしばしばコンテナ・ガーデニングの特集が組まれている。しかしローマで窓の外に置いてある植木箱やフランスの「ジャルディニエール」 *jardinière* など、コンテナ・ガーデニングはもっとも古くからある技術のひとつで、古代エジプトから古代中国まで世界中で丹精こめて植栽されていた。

定義
草花や樹木を栽培する容器。

起源
コンテナでの植物栽培の起源は3500年以上さかのぼり、英語の「containor」はラテン語に由来する。

第5章 建物とその他の道具

美しい顔立ちでカリスマ性にあふれしかもエレガントなハトシェプストは、古代エジプトで権力の座についた数少ない女性のひとりだが、男性ファラオの王位の象徴をすべてまとい、つけ髭までつけていた。今から3500年前の紀元前1500年、ハトシェプストの使節団が伝説の「プント国」への航海から帰還した。船に積まれていたのは、金、象牙、香料、コクタン、サル、そしてひょっとするともっと重要なのは31本のミルラを産する高木で、移動に耐えられるようにその根鉢は注意深くかごにおさめられていた。要するにこれが、樹木を輸送する際にコンテナが使われたことの、知られるかぎりではじめての事例ということになる。

ハトシェプストはその樹木を、ナイル河岸にあるみずからの葬祭殿の中庭に植えるよう命じた。この葬祭殿の驚くべき建築景観は、女王への敬意を表しているとともに、コンテナ・ガーデニングを王にふさわしい水準にまで高めることになった。考古学者は中庭の低くなった部分で「植えます」を発掘し、テラスは乳香を満たした砂岩の桶で装飾されていたらしい。香料と精油は、生者にとっても死者にとっても、エジプト文化では重要な要素だった。

古代ローマの庭師もまた、コンテナ・ガーデニングの技能を習得していたが、エジプトと比べればその規模は謙虚なものだった。ローマ人の大邸宅（ヴィラ）で大きな特徴となる庭園は、中庭「ペリスティリウム」*perystylium* に優美に配置され［そこにコンテナ・ガーデニングが用いられ］ていたのである。屋根つきの通路と舗装された通路で仕切られた中庭式の庭園は、等間隔にならんだ柱が模様を形成し、現代的な地中海の住宅を思い起こさせるようなつくりだった。プランターは隣どうしの家の仕切りとしても使われていた。ポンペイはナポリ近郊に

ナイル河岸のハトシェプスト女王の葬祭殿に移植するため、準備として根巻きされた樹木。

あった海辺の町で、西暦79年の噴火の際に火山灰で埋まった。その遺跡で発見された住宅では、植木箱に土が入れてあり、花とツル植物を植えて曲線的な仕切り塀を作っていたことがわかる。ペリスティリウムなど作る余裕がない住宅でも、主婦は裕福な隣人と張りあうかのように、アカシア *Acacia* やアカンサス *Acanthus*、アネモネ *Anemone coronaria*、そしておそらくは小ぶりなアプリコットの木 *Prunus armeniaca* もテラコッタの鉢に入れて、家のまわりにならべていたのだろう。鉢を置くような場所が見あたらないとしても、かならず窓はあった。大プリニウスは『博物誌（Naturalis Historiæ）』［邦訳は『プリニウスの博物誌』〈Ⅰ・Ⅱ・Ⅲ〉中野定雄ほか訳、雄山閣出版］で、貧乏人が田舎の風景を思い起こすために窓に植木箱を飾っているとして、そのようすを論評している。「かつてローマの下級階層は、窓辺で庭園のまねごとをし、来る日も来る日も見せかけだけの田舎の風景を作り出していた」

テラコッタの植木鉢はヨーロッパの中世期に

191

プラント・コンテナ（プランター）

も、とくにカーネーションを栽培する者に人気があった。カーネーションは当時の多くの絵画を見ればわかるように、専用の陶器の鉢や上部が細くなった水差し、壺やかめに植えて育てられていた。たとえばカルパッチョの絵画「聖ウルスラの夢 (Sogno di sant'Orsola)」(1495年) を見ると、窓辺にあるふたつの鉢植えが目立つが、一方の鉢の上にはレール状の枠が設けられ、内側で伸びるカーネーションを支えている。カルパッチョは戸主のこうした努力まで描き出していた。

盆の上の風景

日本画にも、コンテナを利用するようすを表現したものがあり、とくに鉢や盆でミニチュアの樹木を育てる芸術「盆栽」が描かれている。鉢植えで小さく作りこんだ樹木の初期のものとしては1195年に記録があるが、その後1309年の巻物には、皿と木の盆の上に表現されたミニチュア風景が、現代のベンチのようなものの上で展示されているようすが描かれている。こうした発想は、6世紀に中国から日本へ導入された。中国の庭師は屋敷内と屋敷の外の自然とをうまく接続させるために、古くから鉢植えの植物を利用してきた。後方でむき出しの岩がごつごつとした輪郭を見せている風景をやわらげ穏やかな景観にするため、植物を庭の縁まわりに配置したのである。

中国の庭師には、パゴダ（仏塔）の石の土台を使って鉢置き台にし、背の低い陶器の鉢に育てた小ぶりの樹木や灌木を装飾する習慣もあった。これが中国の芸術「盆景」(penjin) の例で、このミニチュアの岩石と樹木で構成された小さな風景が日本に渡り、「盆栽」の発展をうなが

1300年前の中国、唐朝の陵墓の壁画には、陶器製の皿にのったミニチュアの風景 [盆景] を運ぶ従者が描かれている。

した。1400年代中ごろから1800年ころまで、日本は釉薬をかけていない紫がかった茶色の中国製陶器盆栽皿を輸入していた。金のない人はそうした皿のかわりに、アワビの殻を用いるようになった。アワビは真珠がとれる食用の巻き貝である。

16世紀には、中国のヴェネツィアといわれる蘇州市で王献臣（ワンシャンチェン）が行政官 [御史] としての激動の職務を引退し、「拙政園」として知られるようになる庭園で盆景（コンテナ・ガーデニング）の芸術を世に広めた。ここでは鉢や皿（コンテナ）が池の象徴として機能し、釉薬のかかった大きなすばらしい鉢に香りのよいスイレンの花を浮かせていた。その後1850年代には、似たような容器を製造していた陶器つぼの製造業者らが、中国南部の汕頭（スワトウ）からマレーシア

中国蘇州市の虎丘にある雲岩寺塔の庭園には鉢で育てられた盆栽の森がある。

へ移住し、プランターの商売を根づかせ今日まで続いている。

イギリスでは 16 世紀までに徐々に庭園への関心が高まり、トマス・ヒルは『庭師の迷宮 (Gardener's Labyrinth)』の読者に古い鍋の再利用方法を指南していた。キュウリの種をまくコンテナを探しているなら、「古くて傷んだかごと底を抜いた土鍋に、土を細かいふるいにかけてから家畜の糞をくわえて入れ、そこに種をまいた後、水でいくらか土を湿らせる」。一方、イギリス海峡の対岸では、植物を大きなつぼに植えるのがフランスのルネサンス式庭園のトレードマークとなりつつあり、とくにレモンとオレンジの木を植木箱に植えてならべたりしていた。ヨーロッパ北部一帯では、ザクロ、ゲッケイジュ、それに傷みやすい多年草を桶などに植えて栽培していたが、冬期には屋内に入れた。また 19 世紀中ごろに、装飾的なコンテナや鉢置き台をさす言葉として「ジャルディニエール」 jardinière という用語を導入したのは、フランスの庭師たちだった。ガートルード・ジーキルは、花壇のなかで季節によって空く場所を、コンテナで栽培している植物で埋めあわせるのがお気に入りだったが、この言葉についてもう少しつけくわえて、次のように説明していた。「ジャルディニエール jardinière はあきらかに女性庭師の意味だが、一方で…鉢植え植物を入れる容器でもある」

では北アメリカではどうだったか？ 18 世紀にメリーランド州アナポリスの時計職人フィリアム・ファリスは、お気に入りのコンテナの詳細について日記に記録していた。そのコンテナは陶器製の鉢で、自慢のアイスプラント *Mesembryanthemum crystallinum* や ナス *Solanum melongen*、タマサンゴ *Solanum pseudo-capsicum* を栽培していた。ファリスは時計職人の正確さで律儀にメモをとっていた。「冬にそなえて鉢を地下室に移し」、定期的に「新しい土」を使って世話をした。ファリスはふつうの植木箱と塗装していない半割の樽も使っていて、そこにはゲッカコウ *Polianthes tuberosa* やニオイアラセイトウ *Erysimum cheiri*、インディアン・ピンク *Spigelia marilandica L.* そしてチューリップ *Tulipa* をならべて植えていた。

次に登場するのはグラント・ソーンバーン。1805 年にニューヨークで種子ビジネスを立ち上げて成功した人物で、新たなマーケティング戦略を手にした。「レンガの破片のような色より、女性の趣味に合うのではないかと思って、ごくふつうの鉢を緑色のニスで塗ってみることを思いついた」。その 2 年前には、メリーランド州リヴァースデイルのロザリー・スティア・カルヴァートがコンテナ栽培の利点について、「鉢植えのオレンジの木とゼラニウムをすべて屋敷の北側の壁に沿ってならべてみると、すばらしい結果となり、陰に入ったゼラニウムがたくさんの花をつけ、とても元気に生長するようになった」と述べている。コンテナー植物を住宅の近くに置いてこうした「すばらしい結果」を生み出す習慣は、「クラフツマンズ・ハウス」とよばれたアーツ・アンド・クラフツ様式の住宅とともに続いた。ニューヨーク図書館のコレクションにある 1904 年の住宅の写真から、そのエントランスに大きな灌木が鉢植えされて整然とならんでいるようすがはっきりわかる。

1880 年代にはイギリスの庭師が、「ロックベッド・アレンジメント」(rock-bed arrangement) というロックガーデンのように石を積み、そのなかに大きな鉢をかくしておく手法をとりいれはじめたが、本物のイタリア製の鉢にまさるものはなかった。カントリー・ホーム誌の記者が

プラント・コンテナ（プランター）

コンテナ栽培の植物は、パティオやテラスのように雨風をしのげる場所で生育し、単調な空間におもむきをあたえてくれる。

1908年にフランシス・ウールズリーの女性園芸学校を訪れたとき、その庭園が「テラコッタ製の鉢や油つぼ、箱」を配してイタリア的雰囲気が強調されていたことを報告している。コンテナのなかにはコンプトンのミセズ・ワッツ工芸ギルドの製品もあったが（p.199参照）、「レモン・ポットとアリババの油つぼは、直接イタリアで買いつけたものだった」。

コンテナ・ガーデニングの伝統は20世紀になっても根強く続いた。デンマークではコペンハーゲン市役所が1960年代後半まで、大きな桶に植えられた高さ3メートルにもなるゲッケイジュを暖かい地下室で越冬させていて、フランスのルネサンス時代を彷彿させた。クリスマスのコンテナ・ガーデニングとしてもっとも普及することになる「モミの木の飾りつけ」を導入したのは、ドイツのルネサンス期だった。この鉢植えの木を家のなかにもちこむ習慣は、1700年代後半からヨーロッパ、そして北アメリカ全体に広がった。しかし、高貴なる女王ハトシェプストの、鉢植えのミルラの木に匹敵するものはないだろう。

コンテナをうまく使う

窓際のコンテナの様式や大きさ、そして素材は、窓の空間や建築物と調和するようにする。背の高いコンテナなら、根系が長くなる植物でも高温でしおれてしまうことを防げる。大きな鉢になるほど、生長に適した空間になる。

異なる植物をそれぞれにあった培養土を使った個別のコンテナで育て、ならべておくこともできる。コンテナ栽培はすぐに結果がわかり、生育がかんばしくなかったり、病気になったり、枯れしまったものを簡単に別のものに代えることができるので、短期間でそこそこの結果が得られる。

素焼き鉢（テラコッタ製ポット）

実用性と美的な観点から、素朴な素焼鉢は数千年にわたってガーデニングの定番道具となっている。手工芸品のなかでは最初に大量生産に移行し、プラスティック製の鉢に脅かされつつも、この昔ながらの鉢は、今も庭に趣をあたえている。

定義
成形した粘土を焼いて作る素焼き（テラコッタ）の植物用容器で、釉薬をかけたものもあり、庭園で幅広く利用されている。

起源
素焼きを意味する「テラコッタ」 *terracotta* はイタリア語で「焼いた土」を意味する。

素焼き鉢（テラコッタ製ポット）

素焼き鉢が庭園で利用されるようになったのは庭園の誕生と同じくらい古く、すくなくとも4500年前から使われている。鉢の製造はもっとも古い手工芸のひとつで、紀元前400年ころ、最初にエジプトで大量生産されるようになった。素焼き鉢はあらゆる著名な庭園でも利用されてきた。メキシコにあるフリーダ・カーロのカーサ・アズールでは、カーロは巨大な鉢をアトリエの壁に造りつけていたし、ヴァージニア州シャーロッツヴィルにあるトマス・ジェファーソンのモンティチェロ、フランスではノルマンディのジヴェルニーにあるクロード・モネの庭、そしてイングランド、サリー州マンステッド・ウッドのガートルード・ジーキルの庭園でも、素焼き鉢が使われている。ジーキルにはひいきにしている鉢の製造元があり、アブサロム・ハリスの素焼き鉢を愛用していた（ハリスはヴィクトリア女王の王室庭園にも鉢を納めていたことから、かなりの名声を得ていた）。

文字どおり「焼いた土」を意味する「テラコッタ」は、花壇の縁どりやフランス式排水溝（石詰め暗渠）、物置小屋の屋根瓦、ルバーブ養生用のつり鐘型ポットなど、庭園のあらゆるところで使われたが、とりわけ植木鉢としてよく利用された。テラコッタは植物を栽培するのに理想的な素材で、焼いた粘土は半多孔性で断熱性がよく、極端な暑さや寒さから植物を保護してくれる。素焼き鉢は、プラスチック製品とは異なり、かならずリサイクルできる。割れた破片は別の鉢の鉢底石代わりにでき（p.104参照）、粒子状に粉砕して土に戻せば、排水を改善できる。

百万単位で生産される鉢

プラスチック製の鉢は、20世紀石油化学産業の副産物で、アメリカの巨大施設「ガーデン・センター」とともにはじめて登場した。この園芸用品の大型店舗は1950年代に営業をはじめると、それまで必要とも思われなかった商品を大量に提供して、ガーデニング愛好家をたちまち魅了した。しかしガーデン・センターでは、庭師が環境にやさしい園芸道具を求めるようになったことにもおされ、伝統的な素焼き鉢についても取り扱いを続けている。

素焼き鉢のメーカーは、かつては、労働集約的な地場企業だった。アブサロム・ハリスは、1872年にイングランド、サリー州で事業を立ち上げ、自社の粘土採掘場を開発し、4基の窯を常時稼働させ、30人の陶器職人を雇っていた。それに対して、ノッティンガムシャーの素焼き鉢職人リチャード・サンキーは、ブルウェルに工場を設立し、1900年代初めには1週間に50万個の鉢を生産していた。サンキーの窯は、12トン以上の石炭を投入して一度に5万個の鉢を焼くことができた。さらに自社の鉄道引きこみ線を所有していたので、まもなく鉄道網を利用して自社製品を港まで輸送し、そこからブリティッシュコロンビアやジャマイカ、ニュージーランドへと輸出した。

こうした素焼き鉢メーカーは、多少工業化されたとはいえ、基本的にはメソアメリ

ノッティンガムシャー州ブルウェルのサンキー社は、イギリスの鉢とレンガの製造会社。

第5章 建物とその他の道具

2000年前のマヤの3本足の素焼き鉢には、光沢仕上げがほどこされている。

カの陶工たちが4000年前に使っていた製法を利用していた。粘土を採掘して洗浄し、1、2カ月乾燥させてから、水をふくませて一様に柔らかくする。その後手で成形したり、ろくろにのせたり型に入れて成形し、天日で乾燥させるか窯で焼成する。

おもしろいのは、素焼き鉢がアメリカ大陸でもヨーロッパ大陸でもまったく同時にそのルネサンス期を迎えた、つまり復活したということだ。2000年前、マヤ文明でもローマ文明においても、素焼き鉢はさかんに利用されていた。マヤの陶工は地元の市場に卸していたが、地中海の陶工は素焼き鉢をヨーロッパ北部、果てはスコットランドの国境まで輸出していて、これらの素焼き鉢の遺物は、後年の考古学的発掘現場の理解と年代同定に重要な材料となった。陶芸技術は進歩しつづけ洗練された製法へと発展した一方で、とくにアジアでは、今日もかつての素朴な方法で園芸用の鉢が生産されている。

素焼き鉢の大きな利点は、一度型を作れば、実質的にどんな形のものでも大量に製造できることにある。19世紀にとくに流行したデザインは、タウンリー・ヴェイス（Townley Vase）とよばれた大理石製の花瓶がもとになっている。これはイギリスの収集家チャールズ・タウンリーが、その花瓶の発見者であるギャヴィン・ハミルトンから1774年に250ポンドで買い入れたものだ。ハミルトンは1773年に、ローマ南東の遺跡発掘現場でその花瓶を発掘した。その後この花瓶は大英博物館に収蔵された。

洗練されたタウンリー・ヴェイスのほかに、オックスフォード・ヴェイス（取っ手がおおげさな渦巻き型をしている古典的形状の花瓶）とよばれる花瓶、かつてのジョージ王朝時代の瓶の複製、そして渦巻き模様の鉢もあった。渦巻き模様の鉢はジーキルがよく庭園設計にとりいれていたこともあって、「ジーキル・ポット」ともよばれた。しかし、ジーキルは素焼き鉢の利点を擁護することはなかった。「わたしたちの庭園の彫像やオーナメントにもっともふさわしい素材は、ほぼまちがいなく鉛です」と『ガーデン・オーナメント（Garden Ornament）』（1918年）でジーキルは断言している。

ハリスやサンキーといった企業は、19世紀の素焼き鉢市場の急成長をすぐさま利用した。そのなかでも先頭を切ったのが、ジョン・マリオット・ブラッシュフィールドの会社だった。ブラッシュフィールドは企業の拠点をロンド

成長段階の異なる植物が、素焼き鉢と装飾的な素焼き鉢に植えられ、テラスにそって配置されている。

素焼き鉢（テラコッタ製ポット）

ンから、地元で良質の粘土を産出するリンカンシャー、スタンフォードのワーフ・ロードへと移した。1859年に最初の窯に火入れする際には、エクセター公爵夫人を招き儀式をつかさどってもらった（抜け目のないブラッシュフィールドは、窯にヴィクトリア女王の肖像もあしらっていて、のちにアルバート王配殿下が女王に紹介している）。ブラッシュフィールドは園芸用素焼き鉢を大きなショールームに展示していた（1400種にのぼる在庫品には「J. M. Blashfield, Stamford Pottery, Stamford」と刻印されているものが多く、チムニーポット〔煙突先端の煙出し用の陶器製の管〕や、バラスター〔手すり子〕、つぼなどがあった）。ブラッシュフィールドの製品は1851年のロンドン万国博覧会で賞を受賞し、1867年のパリ万国博覧会でも受賞している。しかし1870年代になって倒産し、ブラッシュフィールドの多くのアイディアは従業員を介してアメリカへと移転された（p.201参照）。

ファインアート・ポット（芸術性の高い鉢）

大量生産への移行をだれもが称賛したわけではなかった。アーツ・アンド・クラフツ運動の創始者で芸術家のウィリアム・モリスは、17歳のときにロンドン万博へつれていかれたとき、工業的な特徴をもった展示があまりに多かったため、その文明の殿堂に入るのをこばんだといわれている。それから30年後モリスは、次のように述べている。「使い道がわからないものや、美しいと思えないものを家にもちこんではいけない」。こうした感情と、産業革命にともなう過酷な貧困という状況から、労働者階級の「暮らしの改善」をめざす多くのプロジェクトが誕生した。

そうしたひとつがコンプトン・ポターズ・アーツ・ギルド（Compton Potter's Arts Guild）で、非常に有名になり、権威あるチェルシー・フラワー・ショーで賞を受賞し、エドウィン・ラッチェンスや、ノースウェールズに風変わりなイタリア風集落ポートメイリオンを設計したクロー・ウィリアムズ＝エリスといった建築家らから仕事を依頼された。このギルド

素焼き鉢の実用性

ヴィクトリア朝時代の庭園の序列関係で最下位に置かれたのがポット・ボーイとよばれる雑用係で、雇われ庭師のために鉢を掃除したり準備したりするのが仕事だった。ポット・ボーイは秋に鉢を殺菌し、冬のあいだ物置小屋へかたづける方法を教えられた。この昔からの技術が今でも使える。

素焼き鉢は白ワインヴィネガーで作った有機殺菌溶液でごしごし洗うか、さらし粉1に水10の割合の混合液に漬けて漂白する。それ以外にも、素焼き鉢は軽く焼くことができるので、100℃に予熱した低温のオーブンに1時間入れておけば、ほとんどの菌類は死ぬ。塩水や硬水による水垢は水に重曹入りの研磨剤を混ぜて洗えば落ちる。鉢は上下逆にしてしまうこと。重ねる場合はぼろきれをあいだに入れて緩衝材として使う。

第5章　建物とその他の道具

石膏の女性像の近くにある垣根の先に、丸太小屋のようなものが建っていた。そこはペキュシェが道具をしまっておく場所で、ペキュシェはそこで何時間も楽しそうに豆の殻をむいたり、ラベルを書いたり、小さな鉢を几帳面にならべたりしていた。ドアの前の箱に腰かけて休んでから、庭園の改良について考えた。

ギュスターヴ・フローベール『ブヴァールとペキュシェ』（1881 年）

はスコットランドの芸術家メアリ・シートン・ワッツがサリー州に創立したもので、画家で彫刻家でもあった亡き夫、ジョージ・フレデリック・ワッツへの追悼のためでもあった。メアリは 1890 年代に霊安堂を建設するため、コンプトンの村人に協力してもらった。ケルト様式の復活を支持する一方で（ケルト模様は素焼き鉢の装飾として好まれた）、メアリは有名なロンドンのリバティ百貨店からデザインの依頼も受けていた。その後 20 世紀の初めにリバティは、ポターズ・アーツ・ギルドにアーツ・アンド・クラフツ様式の素焼き鉢を生産依頼するようになった（ひいきにされたのはスネイク・ポット系）。

このころまでにあの高級ブランドのロイヤル・ダルトン社もふくめ、ほかの陶器会社は素焼き鉢の大量生産に移行しつつあった。しかし 1900 年代、ダルトン社の方針が、すでに熱く燃えていた園芸界での「素焼きガーデン・ノーム」［陶器製のノーム人形］をめぐる論争に、油をそそぐことになった。

ダルトン社などの陶器メーカーでは、17 世紀の版画家ジャック・カロの「醜い小びと」の細密画をもとにした一般向けの陶器製オーナメント生産しはじめていた。現在のパキスタンにあたるインダス渓谷で発見されて有名になった、数千年前の地母神の小立像のような素焼きの人形だった。一方、アメリカ、フランス、そしてほかのヨーロッパへとなだれこんだ人形はドイツのガルテンツヴェルク *Gartenzwerg*（「庭の小びと」）で、もとになるイメージはダルトン社のものよりずっと新しい。この人形をもっとも初期に導入したのはイングランドの貴族チャールズ・アイシャム卿で、1840 年代にドイツで購入したガーデン・ノームの一団を、ノーザンプトンの自宅別荘ランポート・ホールの庭園に配置した。このガーデン・ノームが大流行しガーデニング界を震撼させ、王立園芸協会は迅速な動きを見せた。恒例のチェルシー・フラワー・ショーで「派手な色使いの架空の生き物」を展示することを禁止したのである。しかし、この禁止規定は 2013 年賛否両論あるなかで解禁された。

ストーンウェア（炻器）のつぼ

　ストーンウェアが登場したことで、実用的なコンテナや装飾的な彫像、古典的なギリシア風のつぼなどに使える、実用的で十分風雨に耐えられる素材が手に入った。そして18世紀の古典的庭園に対する執着が、園芸用ストーンウェアの生産を爆発的に伸ばした。

定義
　花瓶型をした古典的な雰囲気のコンテナで、18世紀以降庭師によって豪勢なプランターとして利用される。

起源
　ストーンウェア（stoneware 炻器）は、粘土と粉砕した火打ち石、そしてガラスの混合物を型に入れて成形し、高温で焼いた陶磁器の一種。

第5章 建物とその他の道具

　現代の園芸道具のなかには、古代ギリシア時代や古代ローマ時代起源のものもある。ヴェスヴィオ山近くのヘルクラネウムで、火山灰に埋もれて完璧に保存された形でローマ時代の彫像が発見され、1748年にはポンペイでも発見されると、古典的な台座や新古典主義の彫像、古典的なつぼに対する貴族の欲望が刺激された（英語で「つぼ」を意味する「urn」はラテン語の urna に由来し、粘土を焼いて作ることから、「燃やす」を意味する urere と関係している）。本物の手彫りの石像ではほとんどの庭師には高価すぎて手が出ないが、だからといって古典古代作品の複製への需要が減るわけではなかった。抜け目のないロンドンの女性実業家が、その需要にこたえることになる。時は熟していた。

「たんなる代用品」

　18世紀後半に大西洋の両岸の製造業者はストーンウェアを使いはじめ、19世紀はじめには、ストーンウェアで古典的庭園を特徴づけるアイテムを複製していた。ストーンウェアの小鳥の水浴び用水盤と噴水、ケルビムと少女、井戸のくみ口やプランターへの関心が高まると、ダニエル・ピンコットは、ロンドンのランベスに人工石工場を設立し、この需要をとらえて利益をあげた。1769年にこの工場は、非凡なミセス・エレノア・コード［当時のビジネス界では未婚女性は名誉称号としてミセス「Mrs」をつけた］によって買収される。1784年ミセス・コードが51歳のときには、ドーセット州ライム・レジス、ベルモントの新たに彼女のものとなった田舎の別荘を莫大な費用をかけて改装するだけの経済的余裕ができていた。

　こうしてランベスの国会議事堂前にあるピンコットのストーンウェア工場を買収したミセス・コードは、人工石を使って装飾的かつ実用的な園芸用品を製造した。それでもミセス・コードは、性別にも景気にも不満だった。当時の女性はたいてい仕事の問題からは排除され、人工石の市場の先行きもはっきりしなかったからだ。

　まもなくするとコードの初期のカタログには、噴水や小立像、門柱、メディチ花瓶、人魚、スフィンクス、ニンフ、そしてライオンがのるようになった。さらにミセス・コードは当時の一流の造園家と一流建築家にストーンウェアを提供しはじめた。著名人としては、バッキンガム宮殿を再建したジョン・ナッシュ、設計士のロバート・アダムとジェームズ・アダム、そして建築家のジョン・ソーン卿らがいた。

　この「コード・ストーン」にはどんな成分が入っていたのか？　エレノアは、それは商売上の秘密で、製法は墓場までもって行くと断言し、リソディピラ lithodipyra という人工石でできていて、石の名はギリシア語の lithos（石）、di（2倍）そして pyra（火）に由来するとだけ説明した。

　実際にはリソディピラは、焼成前の粘土、砂、火打ち石、カレット（粉砕したガラス）の混合物にすぎなかった。混ぜあわせた混合物は、事前に成形したどんな鋳型にも流しこむことができ、それから高温の炉で焼成するとガラス化し、陶器のような風あいと石のような強度をもつ物

質になった。エレノア・コードは税金のがれのためにリソディピラの正体を隠していたのかもしれない。イギリス財務省は1784年からレンガ製造に課税していて、コード・ストーンは、粘土を基本にした製品だったので、課税される可能性があったからだ。

1821年にエレノアが死去した後、エレノア・コードの会社はヨーク公のために破産してしまう。ヨーク公は期日どおりに借金を払えない、悪名高い債務者だったのである。工場の鋳型の多くは、以前の従業員で、ストーンウェアの事業を続けていたマーク・ブランチャードに売却された。ブランチャードは1851年のロンドン万国博覧会に自分のストーンウェアの展示スペースを確保し、製陶所のオーナーであり芸術家のジョン・マリオット・ブラッシュフィールドら競合相手を刺激した。コード・ストーン、そしてブランチャードとブラッシュフィールドのストーンウェアは、のちに園芸骨董市場で破格の値がつくことになる。

ブラッシュフィールドがリンカンシャーで事業を立ち上げた後、養子のジョーゼフ・ジョイナーと親方のジェームズ・テイラーがアメリカに旅立った。ジョイナーはニューヨーク・アーキテクチュラル・テラコッタ社で働き、テイラーはロングアイランドのシカゴ・テラコッタ社の立ち上げにくわわった。「ロング・アイランド・シティでの仕事をとおして、アメリカの主要都市に散在する2000以上のビルの［テラコッタ装飾の］デザインを提供してきた」と、1892年のポピュラーサイエンス誌は報告している。テイラーはアメリカ・テラコッタの父として認められた。しかしそのテラコッタより、コードのストーンウェアははるかにすぐれていると評価された。

ストーンウェアの手入れ

大西洋両岸でのストーンウェアの人気により何十万もの製品が作られた（さらに、別の素材を使った何百万もの複製が生まれた）。本物のストーンウェアは霜にも耐えるが、物理的損傷や変色が生じやすい。ストーンウェアが風化した感じを好む庭師が多いが、ストーンウェアはごくふつうの温かい石けん液と柔らかいブラシで掃除できる。狭い角の内側や割れ目は使い古しの歯ブラシが便利だ。

コードやブランチャードあるいはブラッシュフィールドの工場で生産されたオリジナル製品には、底のどこかにひかえめな刻印がある。それらは貴重なものなので、プランターのような実用的な製品であっても、あくまでも装飾品としてしまっておくのがベストだ。

キュー・ガーデンにあるストーンウェア製のメディチ花瓶。18世紀のエレノア・コードのロンドン工場で生産された製品のひとつ。

手押し車

　花といっしょに、用もない手押し車を飾る。ガーデニングの定型表現のようなものだ。トマス・ジェファーソンは二輪の手押し車の利用を推奨したが、ほぼ2000年前に発明されて以来、ずば抜けてすぐれているのは一輪車だ。

定義
　ガーデニング関係の資材を運ぶための、一輪または二輪の人力荷車。

起源
　中国で発明された手押し車は、中世時代にヨーロッパへ導入された。

手押し車

ベルギーの画家クリーメンス・ファン・デン・ブルックは1843年に生まれ、はじめて発表した作品が「庭師の手押し車」で、傾斜した後ろ足のついた巨大な木製の手押し車に花をいっぱいに積んでいるようすを描いている。ハンドルは庭師の脚くらい長く、車輪には鉄輪がはめてある。しかし世界初の手押し車は、これとはかなり異なるものだった。

木牛

手押し車の起源は、1700年前ころの中国西部でのある戦争にまでさかのぼる。蜀漢の官吏（丞相）で卓越した戦略家の諸葛亮（しょかつりょう）（181-234）は、戦いの指導書「兵法二十四編」を執筆したとされている。臥龍（がりゅう）ともよばれた諸葛亮は、起伏が激しくぬかるんだ土地で労働力も不足している場合、軍にどう物資を供給するかという問題に取り組んだ。その解決策が「木牛」つまり手押し車だったのである。

諸葛亮の手押し車は直径が1メートルを超える大きな車輪がひとつついていて、それが荷台の中央からつき出ていた。積荷はつきだした車輪の周囲に置かれ、労働者は自分の体重を利用し、積荷のバランスをとりながら、後方から手押し車を押した。車輪が細いためナイフがバターを切るようにぬかるみも通り抜けることができた。一方、隠れた岩にあたると手押し車は積荷ごとひっくり返ってしまった。この設計上の欠陥はのちに改良され、荷車を押すのではなく、引く設計になった。

研究によると諸葛亮が「木牛」を発明したのは西暦231年ごろのようだが、これが世界初の発明なのだろうか？　おそらくそんなことはない。それ以前の証拠がないとはいえ、それは先人の工夫がなかったのではなく、記録に残されていないだけということなのだろう。

中世時代には、ヨーロッパでも労働者が手押し車を押していたことは確かだ。1222年に国王ヘンリー3世の家臣がドーヴァーの建築工事で手押し車を使い、フランスのシャルトル大聖堂のステンドグラスには1台の手押し車が描かれていて、これが1220年ごろのものだからだ（シャルトル大聖堂の柱にある彫刻は、「契約の箱」が手押し車のようなもので運ばれているようすを描いたものらしい）。

手押し車によって荷物運搬人の運搬能力が2倍になったため、このアイディアは急速に普及した。それほど一般的ではないが、1790年代に中国を訪れたあるオランダ系アメリカ人実業家が、帆を補助として使う手押し車について記録している。アンドレアス・エヴェラーダス・ファン・ブラーム・フックヘーストは、イギリスの貿易使節団が中国との交渉に失敗した後（p.23参照）、乾隆帝に謁見し、良好な関係を結ぶことができた人物だ。

中国を自由に旅行することを認められると、フックヘーストは奇妙な光景に出会った。「む

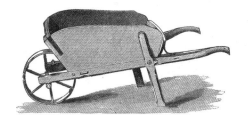

手押し車がはじめて使われたのは1700年ほど前で、庭師はそれまでの2倍の資材を運べるようになった。

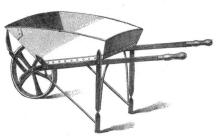

第5章　建物とその他の道具

重い荷物を積んだ手押し車を押す中国の運搬人は、帆を使って風の力を利用していた。

しろのものもあったが、たいていは布で作った帆を…中国の船のように立てて」手押し車の補助動力にしていたのである。

この中国の手押し車は、1736年から1795年にかけて現在の北京市北西部で「円明園」とよばれる離宮の庭園建設にあたって、それまでになく園芸的な作業に使われた。乾隆帝の命により、何十もの中国の景勝地を再現する設計で、湖や池、小川、そして異国風の建物や楼閣を配置する壮大な事業だった。この皇帝の離宮である円明園も1860年にイギリスとフランスの軍隊により略奪、破壊ののち焼き落とされ、フランスの作家ヴィクトル・ユゴーはこれを「強奪という野蛮行為」と批判した。

1700年代後半になって、アメリカ大統領トマス・ジェファーソンは、ヴァージニア州シャーロッツヴィル近郊の邸宅モンティチェロで、二輪の手押し車で一輪の4倍の荷、つまり「75個のレンガを古いモルタルがついたまま」運ぶ方法を記している。レンガ職人のユリウス・シャードがその積荷を手押し車にのせて27メートル運ぶ時間をジェファーソンが測定してみたところ、2分弱だった。おそらくジェ

ファーソン自身は手押し車を押す必要もなかったからだろうが、その二輪手押し車は人知れず歴史にゆだねられることになった。

木製の手押し車の進化は、錬鉄製の車輪と鋼鉄あるは亜鉛メッキの荷台が導入される産業革命、そして新たな金属時代が幕開けするまで続いた。荷台を「頑丈な鉄製車輪をつけた一体成形のじょうぶな鉄製フレームに搭載」と、19世紀のメーカーのカタログは宣伝していた。

そのころには、手押し車はそり職人や車大工など農村部の職人が製造するようになっていた。スレッド、スレッジ、スレイ、アルプスのリュージュ（数本の大型牛乳缶を丘から下ろすのに便利だった）といったそりは雪の多い地方ではおなじみだったが、小さなそりは果樹園や庭園などで軽量の荷物を運ぶのにも使われていた。村の大工に建築仕事が入ると、たいてい横材を梯子のようにならべ、そこに［そりのように］2本のレールをとりつけて、前後に麻ひもか取っ手をつけたものだった。こうしておくとそりを同時に押すことも引くこともできて建築作業で便利に使えたのである。さらに大工は手押し車の本体も作り、車大工が車輪を作っていた。

観察眼の鋭い家政評論家ミセス・ビートンは、この手押し車を「なによりまっさきにあげるべき重要な［道具］」と評価している。1861年の著書『庭園の管理（Garden Mangement）』の読者を前にした講演で、手押し車は「土や堆肥、雑草、ごみなどを、庭のあちらからこちらへ、厩舎や堆肥の山から庭へと運ぶ運搬手段」と述べた。そのころには、ブラックカントリー［かつてのイギリス重工業の中心地］の鋳物工場ではミセス・ビートンと同年輩の労働者がさまざまなタイプの手押し車を大量生産し、ガーデニン

205

手押し車

グ用、飼料用、さらにゴミや灰を運ぶものもあり（着脱できる蓋がついていて、枯れ葉集めやガーデニング用としても使える）、「商品番号4、頑丈なガーデニング用手押し車は、トネリコ製のフレームにモミ製の本体、錬鉄製車輪はペイントずみ。（枯れ葉運搬用の仕切り版は別売）」といった具合に販売されていた。

まもなくデザイン面で、錬鉄製の車輪に大きな変化が起きる。1875年にブラジル原産のゴムノキ、パラゴムノキ *Hevea brasiliensis* の種子がロンドンのキュー・ガーデンに送られると、その後大規模なゴムプランテーション建設のため、マレーシアとインドネシアへと送り出され、その結果ゴムタイヤの価格が下がり、車大工を廃業の危機に追いやった。さらに1974年、臥龍の「木牛」に代わるべき発明をしたのは、革新的電気掃除機を開発したジェームズ・ダイソンだった。荷物を運ぶタイヤつき手押し車なのだが、ダイソンは車輪のかわりに巨大なボールをつけた。名づけて「ボールバロー」（Ballbarrow）である。

タイヤ修理

ガーデニングのなかで持続可能なあり方に反する行為のひとつは、タイヤにトゲが刺さってパンクしただけで手押し車をすててしまうことだ。ほとんどの自動車用タイヤショップでパンクは修理してもらえるし、新しい手押し車の4分の1くらいの値段でチューブレスタイヤ（ノーパンクタイヤ）にすることもできる。パンクした手押し車をタイヤショップまで運ばなくても、手押し車をひっくり返し、スパナを2本使って車軸を固定しているナットをはずす（ナットがかたく締まっていたら、粘度が小さい潤滑油を使う）［そしてタイヤだけショップへもって行く］。そうでなければタイヤシーラントを使ってもいいが、まずはトゲなどパンクの原因となるものを除去することだ。あるいは適切な道具があれば、自転車のタイヤ交換や修理に慣れている人なら、トゲのパンクは自分で修理できる。タイヤには十分空気を入れておくこと。ずいぶん長く使ったタイヤなら、ノーパンクタイヤや［中実構造の］ソリッドタイヤへの交換を考えてもいいだろう。

ゴムタイヤの登場により、鉄製車輪の手押し車はおはらい箱となった。

パティオ・ブラシ

新たに物置小屋へくわわるのは、道具には十分満足している庭師が、「レアもの」とするカテゴリーに入る。その新参者はブロック舗装用ブラシ。アル＝アンダルスを支配していた中世のイスラム教徒にとって、「パティオ」はとくにお気に入りの場所だった。そんなパティオを再現したいという庭師の欲望にこたえる形で登場した道具。

定義
通路を清潔に保ち、雑草のないパティオを維持するためのブラシ。

起源
ブロック舗装用ブラシが庭師の道具小屋に導入されたのは最近のこと。

ブロック舗装とパティオの雑草防除用ブラシは、庭園のパティオと舗装した部分の掃除をしやすくするために開発されたもので、とくにしつこい雑草の根を掘りあげるためにブレードがついたものもある。詩人のラドヤード・キップリングが、「壊れたキッチンナイフで玉砂利の通路の雑草を掘りとる」(「庭の栄光」The Glory of the Garden、1911年)と表現した忍耐強い精神の持ち主によって、ほとんど使われない食器道具を改良して作られたものだった。

ブロック舗装用ブラシが登場したのは比較的最近のことだが、パティオそのものが目立つようになったのは、13世紀も前のアル＝アンダルスつまりアンダルシア、白漆喰の家が建ちならぶプエブロ・ブランコ pueblos blancos でのことだった。スペインとポルトガルにまたがる台地や山は、北アフリカから移ってきたイスラム教徒によっておよそ800年間、1492年まで占領され、イスラムの芸術と建築によって彩られていた。アラビア人の家庭生活の大きな特徴は中庭にあった。涼しげな柱廊に囲まれ、中央にはつやのある陶器製タイル、「アスレホ」 azulejos で装飾された水場「アルベルカ」 alberca がある。スペインのムーア人は15世紀に追放されたが、アルハンブラ宮殿にイスラム庭園の傑出した事例を残し、そこには外部から閉ざされた冷涼なパティオ、そして鏡のような池という置き土産もあった。

アルハンブラ宮殿の舗装された中庭は非常にすばらしいものだったが、このパティオがもっと北方へ移されると、寒冷な気候という予想しなかった変化にみまわれた。当然のごとく雑草やコケ、藻類がはびこり、それがパティオ・ブラシの開発へとつながる。やがてこの道具は庭のどこでも便利に使えるものになり、とくに散歩道や舗装された歩道の掃除に好都合だった。

庭園の散歩道は、塀や生け垣とともに庭園構成の要素として、アンドレ・ル・ノートルのヴェルサイユの庭園からヴィタ・サックヴィル＝ウェストのシシグハーストの庭園まで、伝統的に使われてきた。ところで、フランシス・ベーコンなら通路は「広々と規則正しく」しただろうが、トマス・ヒルは、歩道は排水をよくし庭師の足幅の3〜4倍をとって、花壇のあいだの雑草を容易にとれるようにしておくよう勧めた。

Solvitur Ambulando
(歩くことで解決する)

詩人ウィリアム・ワーズワースにとって、カンブリアの隠れ家グラスミア近郊のダヴ・コ

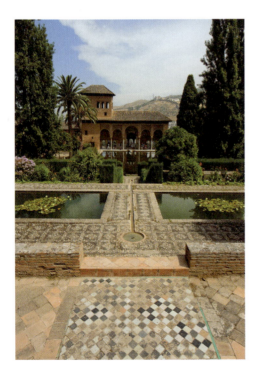

スペインのグラナダにあるアルハンブラ宮殿のパティオは、壮大なスケールで目をみはらせる。

テージの散歩道は、屋内の板石の床とともに大切なものだった。1807年、レディ・ビューモント宛の手紙に、その散歩道つまり「通路」のおかげで、庭園が「葉が落ちてからふたたび芽吹くまでのおよそ半年のあいだ、安らぎと喜びの場になるのです」と書いている。ロマンティックなワーズワースは自分の庭の小道を何時間も登り降りしながら、インスピレーションを模索した。まさにラテン語の格言にあるように *Solvitur ambulando*（歩くことで解決）したのである。

もっと近年では、ローレンス・D・ヒルズが傑作『有機栽培（Organic Gardening）』（1977年）で、平均的な一戸建ての住宅には、伝統的な4つの菜園の区画をつなぐ中央通路をつくることを推奨している。このヒルズの説明で思い起こされるのは、1950年代郊外の裏庭だ。「野菜作りのスペース、低木の果樹、キッチン出口近くのハーブのスペース、ガレージ裏には物置小屋とコンポスト容器があり、芝生の上には洗濯ロープがわたされていた」

庭の通路はキッチン・ガーデンも4等分にし（庭を4等分する古代の習慣に似ている）、きれいに刈りこんだ背の低い生け垣で縁どった。この様式は、古代イランのイスラム庭園にとって重要だったのと同じように、1930年代にサリー州郊外の新しい住宅へ移り住んだ庭師にとっても大切なものだった。やっかいな問題は通路をきれいに保つことだった。1930年代のガーデニング教書は、「庭がみにくくなるので通路を鍬で掘り起こさないこと」と指導し、そのかわりに硫酸銅や苛性ソーダなどの効果的な除草剤をまくことを推奨した。当時はまだ、環境にやさしいブロック舗装用ブラシは登場していなかった。

通路は庭園の3つの重要な要素をつないでいた。イギリスの初期の造園家ウィリアム・シェンストーン（1714-1763）は、こうした3つの

通路には庭園の異なる要素がよりあっている。写真のようになめらかなタイルで舗装された通路なら、箒で簡単に掃ける。

要素を庭園の「スピーシーズ」（spieces）であるとし、『随想（Unconnected Thoughts）』（1764年）でこう述べている。「［3つのスピーシーズとは］キッチン・ガーデニングとパーテア・ガーデニング、そして景観ガーデニングあるいはピクチャレスク・ガーデニングで、［ガーデニングとは］これらの崇高性、美しさ、多様性をとおして、イマジネーションを楽しませることにある」。曲がりくねった道、あるいは造園家ランスロット・「ケイパビリティ」・ブラウンの表現を借りれば「優美でしなやかに曲がったライン」は、すべてを結びつけながら、庭師がとくに誇らしく思う景観「借景」へと導いた。

庭園のなかに通路をどう通すかは、園芸にかんする議論のテーマのひとつだった。19世紀のアメリカの造園家アンドルー・ジャクソン・ダウニングは曲がりくねった道を好んだ。『造園の理論と実践（A Treatise on the Theory and Practice of Landscape Gardening）』（1841年）でダウニングが説明した事例は、エッセイストのワシントン・アーヴィングが所有する「コテージ・レジデンス」に見ることができた。ジョージ・ワシントンもまた、ヴァージニア州

通路の維持

庭の塀に「じょうぶな長靴と防水の帽子」（適切な基礎と雨風からの保護）が必要なように、庭園の通路にも排水がよい土台が必要で（細かく砕いたレンガなどがいいが、排水のよい地面なら砂の上に通路をつけられる）、貯まり水ができないように［敷設を進めている方向の右側へ］道に傾斜をつけて（100分の1）、雨水が流れるようにする。

通路を空張り（敷石やレンガのあいだにモルタルを使わない）で敷設すれば、継ぎ目に匍匐性の花やハーブの種をまくことができる。割れ目にかならず入ってくる雑草はブロック舗装用ブラシで阻止する。

くり石を敷いた素朴な通路が花壇のあいだを通り、庭に変化とおもむきを与えている。

フェアファクス・カウンティのマウントヴァーノンの庭園にある「蛇行した道」がお気に入りだった。ワシントンは、少し前に活躍した作家で造園家のバティ・ラングレーの影響を受けていた。ラングレーは『新しいガーデニングの基礎（New Principles of Gardening）』（1728年）で「堅苦しい規則的な庭園」への不満を表明し、その問題を回避する方法として、蛇行する歩道を提唱した。さらに時代をさかのぼって1630年代には、中国の［計成が著した］『園冶』には、廃物レンガを「氷が割れた道に敷きつめ」て道を作る方法が説明されている。フランシス・ウールズリーは「古い舗装された小道のすきまによく生えるパンジー」が咲くコテージ・ガーデンの歩道が好みで、もっと大きな庭園でも採用できるアイディアだと考えていた。

小道やパティオに使われた素材は、インターロッキング舗装材から川石、ローマ・モザイクまでさまざまだ。地中海の庭師は砂利のかわりに廃物のオリーヴストーンを代用にした。コーンウォールの庭師は舗装用の敷石として地元のスレートを敷き、地元にレンガ工場があるコミュニティーでは規格外のレンガを道に敷いた。ジェームズ・シャーリー・ヒバードは『実用園芸（Profitable Gardening）』で、「しっかりした道ではなく、足で踏まれて毎年生まれ変わる狭い小道」を推奨している。これだと冬にはどろどろのぬかるみになるため、1930年代のイラストレイテッド・ガーデニング・エンサイクロペディアの編集者は、「整然とした通路と不定型な通路を組みあわせるのが非常に有効だ」と提案した。かくしてブロック舗装用ブラシが登場する機は熟したのである。

日時計

　大量生産されている現代の日時計は、便利でもなければ魅力的でもない。かつてのもっと「正確な」影時計でも、おおよその時間をチェックできるだけだ。しかし、日時計は、庭園であっても時は決して止まらないことを教えてくれる。

定義
　日中太陽でできる影を追跡することで、庭師に時間を知らせる道具。

起源
　オベリスク形式の日時計は、古代バビロニアとエジプトの数学者によって開発された。

機能的かつ装飾的な日時計は、何千年も前から庭園を美しく飾ってきた。日時計はバビロンの空中庭園にも設置されていたに違いない。もちろんこの驚異的な庭園がほんとうに存在していたらの話だが。バビロニア王ネブカドネザル2世が2000年以上前に、この中東の砂漠の宮殿にヤシやパイン、ブドウを植えたとされ、世界七不思議のひとつに数えられている。王の召使いに非常にすぐれた数学者と日時計製作者がいたのだから、その庭園はもっともすぐれた日時計で装飾されていたはずだ。この空中庭園はギリシアの作家シケリアのディオドロスに強い印象をあたえ、ディオドロスは著書『歴史叢書（Βιβλιοθήκη ίστορική）』でこの庭園について詳細に述べている。しかしディオドロスが記したのは、ネブカドネザルの時代から500年以上もたってからのことだ。この空中庭園の考古学的遺跡遺物があればいいのだが、まだ発見されていない。

バビロニアの日時計製作者の後をエジプトとギリシアが追い、両文明もそれぞれ日時計の科学に貢献した。キュロスのアンドロニカスは紀元前50年頃日時計を組みこんだ「風の塔」を建て、この塔は今もアテネに残っている。

歴史的にみると、影時計が大きな人気をよんだのは16世紀の整形式庭園で、なかでも伝統的なノット・ガーデ

時はすぎても告げはしない

死は訪れても警告はしない

今日改心したところで気は抜けない

明日おのずと改心できるわけではない

フィリップ・ジョーンズが製作した石造りの日時計にきざまれた碑文。ヘレフォードシャー［1600年代］。

ンの影時計が好まれた。ノット［結び目］の形は、ローマ、イスラム、ケルト、キリスト教の芸術における重要な要素で、16世紀から17世紀にかけて多くの庭園設計にとりいれられた。日時計（またはそれに類似した建築物）はノットを集めた中心に装飾としてあしらわれ、ノットそのものは、低い高さに整えられたツゲやきれいに刈りこまれたローズマリー、タイムの生け垣でできていた。空いた部分を花で埋めつくすこともあった。

ときおりこのノットの植物が、レムニスケート型つまり無限大記号∞のように植えられることがあった。この記号は1655年にイギリスの数学者ジョン・ウォリスによって科学の世界に導入された。日時計や天球儀（その金属製の円環が天球の動きを示した）がノットの中央に置かれるようになると、ノット・ガーデンは、日本の石庭のように（p.76参照）おちついた瞑想の場となった。17世紀中頃には、ノットはより開放的で自由なデザインになったが、日時計の人気はあいかわらずだった。教区の教会にある時計台のように、日時計のおかげで庭師はつねに時間を把握することができた。こうした状況は1903年になっても続いていた。この年にヘレナ・ラザフォード・エリーは『女性の庭造

アテネにある八角形の「風の塔」は、2000年以上も前に洗練された時計として機能していた。

日時計を設置する

地球はわずかに傾いた軸のまわりを自転していることと、公転軌道が楕円であることから、太陽の影の経路はその日によって変化する。つまり同じ時刻であっても日時計上では、ノーモンが落とす影の位置が日によってずれるのである。時刻を正確に知らせるには、正確なコンパスを使って日時計を真北に向けなければならない（南半球なら真南）。さらにノーモンを正しい緯度に合わせなければならない。ガーデニングは不正確な科学だといわれるが、日時計もそのことを示しているかのように、南半球の夏には、庭師の時計と影時計のずれは30分にもなる。北の方ではこの誤差は小さくなる。

サンダイアル・ブリッジ（日時計の橋）にはかなわなかった。カリフォルニア州タートル湾にあるそのノーモンは66メートルもある。

文字盤は日のあたる壁に地面に対して垂直に設置することもできるが、たいていは台座上に水平にのっていた（古い日時計がもとの台座とともに残っていることはめったにない）。日時計製作者は、時計作りや光学器作りの職人が多かったが、誇りに思っている自分の製品に自分の名をきざんでいた。きざまれているのはたいてい装置の裏側だ。

20世紀になると、時の経過にかんする感傷的な引用をきざんだ日時計の複製が大人気となった。たとえば *Tempus fugi*（光陰矢のごとし）とか *Zähl die heitren Stunden nur*（晴れている時間しか数えない）といった具合だ。しかしほとんどの複製品は、時計用としてはあてにならない。

り奮闘記（A Woman's Hardy Garden）』で、「日時計を設置してからしばらくのあいだ、11時半ごろとそれからまた5時になると、労働者がこの庭園の新参者［である日時計］の方をちょくちょく気にかけるのがおもしろかった」と述べている。

日時計のいちばん簡単なものは、「ノーモン（グノモン）」つまり三角形の指時針を、時をきざんだ水平の文字盤に設置したものだ。太陽の光が差すとノーモンの影が15分単位で時間を示した。インドのマハラジャ・ジャイ・シン2世は1700年代に、ジャイプルにあった自分の庭に巨大な日時計を建設したが、2004年に出現したサンティアゴ・カラトラバ設計の巨大な

日時計は庭師に時の経過を知らせてくれるだけでなく、人生のはかなさも教えてくれる。

ホース

インドのタージ・マハールやグラナダのアルハンブラ宮殿など有名な庭園を優雅に飾る涼感あふれる池にも、実用的な目的がある。庭園用の水源だったのである。しかし1880年代にはゴムホースが登場して、庭師の世界が一変する。

定義
柔軟なチューブで、ふつう一端に雄コネクター、他端に雌コネクターがついていて、水の輸送に使う。

起源
「ヘビ」を意味するオランダ語の *hoos*（オランダ語、デンマーク語、ノルウェー語、スウェーデン語も同語源）に由来する。

日照りや干ばつのなかで作物を枯らさないために、昔は工夫をこらした複雑な灌漑システムが必要だった。掘り下げた溝や石灰岩を切り通した運河、素焼きのカワラをひっくり返して作った開渠や貯水池、水道橋など、中東と地中海沿岸の人々、ペルシア、エジプト、ローマ、そしてムーアの人々はみな、庭園へ水を輸送する高度で効率的な方法を開発してきた。

しかし、水を供給するために使える技術は花やハーブの世界を超えて広がり、裕福な地主は娯楽が目的で灌漑システムをとりいれることもあった。たとえば16世紀のトスカーナ州のヴィラ・ディ・カステッロでは、頑固で独裁的なメディチ家のコジモ1世が、通路の下に青銅製の配管を敷設した。その目的はといえば、ジオッキ・ダクア *giochi d'acqua* という水の饗宴を楽しむだけだった。この仕掛けでコジモ1世は、鍵をひねって、不注意な訪問者を瞬時に水浸しにすることもできた。

消火活動

まだ16世紀だったが、トマス・ヒルは『庭師の迷宮（The Gardener's Labyrinth）』で、ポンプと木製の水桶を使って灌水する方法など、さまざまな灌漑方法を紹介した。「最近開発された、灌水の目的に最適なさまざまな容器を使い、庭園の花壇に灌水する推奨回数や、植物にどのように水やりをすればいいか」についてヒルは解説した。17世紀の日記作家ジョン・イーヴリンも、16世紀のトマス・ヒルにとってはすでにおなじみだった「さまざまな容器」について図解している。水タンクがひとつあって、その脇には、樽が背の低い四輪の台車にのっている。ポンプの柄がついていて、初期の消火装置のようにみえる。

水は井戸や水槽、タンクや貯水池からとるが、ふつうは楽に利用でき水やりも容易なように庭園の中央部にこうした水源を配置し、ジョーロで運んだ（p.218参照）。さらに乾燥した菜園と温室へも、水瓶や手押し車で水を運んだ。その後、亜鉛メッキをほどこした水樽にそそぎ口と樽を傾ける機構も組みこみ、金属製の車輪つきフレームにのせて庭を動きまわれるようになった（この現代版として、110リットルの水槽を空気タイヤつきのフレームにのせたものがある。前身である19世紀の道具のように、現代版の水樽も亜鉛メッキされ、便利な取っ手とそそぎ口もつき、簡単にそそげるようにフレームの上でゆらせるようにもなっている。同容量でプラスチック製の給水車も製造されているが、こ

> ## ホースを収納する
>
> 長い目で見ると、安価なホースを買っても節約したことにはならない。折れたりねじれたりしやすく、その結果水がもれやすくなる。高品質ビニール製か天然ゴムの製品を選ぶこと。スパイラルホースや熱可塑性ゴムの表面を被覆したホースはねじれにくく、価格も高いが長もちする。
>
> ホースを使わないときには、巻かずになるべくまっすぐにしておく。こうすることでねじれの発生を最小化できる。ホースを巻いたり、リールに巻きとったりすると、ねじれや折れの大きな原因となる。芝生の端か通路に沿ってのばしておくこと。

ホース

れにはホースをつなぐアタッチメントがついている)。

　しかし庭園の灌水作業を一変させたのは、消火活動にかんすることで、とくにある市役所の火災の消火活動がきっかけとなった。1652年にアムステルダムの市役所が焼け落ちたとき、この火災事故はひとりの目撃者、12歳のヤン・ファン・デル・ヘイデンに長く残る印象をあたえた。20年ほどたって、製図作成者、画家として一人前になったファン・デル・ヘイデンは、さまざまな発明の技術的可能性にも関心をもっていた。ヘイデンが考案したのは、消火用放水機にとりつける送水用の亜麻布製ホースだった。のちにホースに適した素材としては、なめし皮が亜麻布にとって代わった。なめし革製パイプは帆布メーカーによる手縫いで長さは15メートルあった。タールで被覆した帆布製のホースも製造され、まもなくするとファン・デル・ヘイデンの発明の可能性を認識した庭師が飛びついた。

　1845年、イギリスのグッタペルカ・カンパニー社という変わった名前の会社が、非常に柔軟なホースの生産を開始していた。グッタペルカは一種の天然ゴムで、マレーシア原産の樹木の樹液から生産された。さらに重要なのは、この物質に熱可塑物質のような性質があり、冷えると硬くなることだった。グッタペルカ・カンパニー社は長さ100ヤード（91メートル）のホースの製造を開始し、チューブ状にする製法はイタリアのパスタ製造器をまねたといわれている。ところがよくあることで、樹木の過剰収穫によりグッタペルカの供給がしだいに減少し、ついには枯渇してしまうと、この原料不足を補う役目はチャールズ・グッドイヤーとその加硫

手ごろな価格のゴムホースの登場によって、さらに多くの庭道具が開発されることになった。

ゴム（p.39参照）にゆだねられることになった。オハイオ州アクロンのB・F・グッドリッチは1870年代から、ゴムホースをコットン層で強化した消防用の柔軟で水のもれないホースの生産を開始していて、このホースはまもなくアメリカの庭園にも市場を得た。しかし、だれもがゴムホースを支持したわけではなかった。エドワード・ラックハーストは1883年にイギリスのジャーナル・オヴ・ホーティカルチャー・コテージガーデナー・アンド・ホームファーマー誌に寄稿し、ガーデン・ホース製造の賛否をめぐる論争に火をつけた。「庭のすみずみまでとどくようにするには、2層天然ゴムの長さ18メートルのホースがあれば十分で、あとはホースどうしおよび給水栓にねじこみで接続するための適合する真鍮製の継ぎ手、蛇口つきの

216

第5章　建物とその他の道具

銅管、灌水用の噴射口と散水口があればいいだろう」。しかし2シーズン使用すれば「ホースには何カ所か割れ目や切れ目ができるから、1フィートあたり10ペンス余分に払って、最初からなめし皮のホースが買ったほうが得策だろうという思いがしだいにつのってきた」。

それに対して「T.W.S of Lee」と署名のある投稿者は、日照り続きですりきれたパイプを交換する必要があって、次のようにこたえている。「わたしたちはすぐに、ラックハースト氏が推奨していたのと同じような、なめし皮のホースを購入することに決めました。もちろんなめし皮のホースは天然ゴム製のものより高いですが…余分に費用はかかってもより効率的で耐久性の高い製品が得られるのですから、雇用主と庭師にとってより大きな満足が得られるでしょう」

最終的にはゴムホースがなめし皮のホースに勝利し、ほかにも庭園への思いもよらない用途が生まれた。ハリネズミが冬眠する巣穴の換気や、定植した樹木によるワイヤー破損への保護、剪定のこぎりの鞘、さらによく暖めて柔らかくすれば、新しい花壇や池の概略をステンシルで書きこむこともできた。ガーデニング用ホースは、L'Arroseur arrosé（水をかけられた散水夫）という1895年にルイ・リュミエールが製作した世界初のコメディ映画でも重要な役割を果たした。この49秒の作品はルイ自身が庭師役に扮し、見習い大工が庭師に効果てきめんのいたずらをする。庭師が植物に水やりをしているときに、見習い大工がホースを踏んで水を止めてしまうのだ。

技術の進歩、とくにプラスチック分野での進歩によって、あれこれの特徴をそなえたとまどうほど多種多様なホースが登場している。強化ゴムや5層ビニールのホース、ねじれないホース、また耐紫外線、耐摩耗、耐菌性、カドミウム不使用、バリウム不使用、防漏、つぶれないと銘打ったホース、さらには「ウィーパー」（weeper）用つまり細流灌漑用に設計されたホースまである。

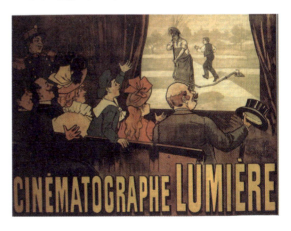

ホースを使ったスラップスティック・コメディは、ルイ・リュミエールとオーギュスト・リュミエールのL'Arroseur arrosé（水をかけられた散水夫）によって、コメディの定番となった。

217

ジョーロ

庭師の世界を凝縮した道具があるとすれば、それはジョーロである。エレガントな銅製の「コンサバトリー」モデルから、塗装したブリキ製のジョーロ、ガーデニングの芸術性を象徴するような定番のジョーロもある。

定義
　そそぎ口と取っ手のついた容器で、庭園で水を運ぶ手段のひとつとして発達した。

起源
　ジョーロは17世紀に「ふつうの水瓶」から進化した。

バランスのよいジョーロは使うのが楽しくなる。夕暮れか早朝に植物のあいだを歩きながら、スワンネックをそっと傾けて「天から雨が降ってくるまねをする」と18世紀の評論家が記しているように、水やりがガーデニングの喜びを集約していることにほとんどの庭師は同意するだろう。しかしよいジョーロの条件ということになれば、おそらく論争は必至だろう。

お隣どうしとはいえ、フランス人とイギリス人のあいだでは完璧なジョーロについては意見が合わない。フランスの庭師の好みはエレガントな卵形でスワンネック、取っ手はひとつ、そしてリットル単位で計量できるものだ。一方イギリスの庭師は、もっと頑丈で2ガロン［約0.9リットル］入り、取っ手はふたつついたブリキ缶だ。

ジョン・クローディアス・ラウドンはこの違いを次のように解説する。「フランスのジョーロは一般的に銅製で、そそぎ口はジグザグ型にしてあるのでハス口をつけなくても、植物にそそぐときに水流が弱まるようになっている」。このちびちびと垂らすやり方が「スズメッキをした鉄製か銅製の［イギリス人に］おなじみのジョーロ」とは対照的で、しかもイギリスのジョーロは混乱するほど多くの型がある。たとえば「一般的な大きなポットで、異なるサイズのハス口がふたつついたもの」、そして長いそそぎ口のジョーロは「少し離れたところにある鉢植え植物に水をやるジョーロで、ハス口のあるものとないものがある」、といった具合

だ。さらに棚用ジョーロというものがあって、「小さなカルトゥーシュ型のジョーロで棚にのせてある植物に水をやる」。そのうえミスター・マネーという器用な人物は、その名にふさわしい生活を望んだだろうが、それはともかくとして交換可能なそそぎ口が3つついたジョーロを発明していた。ラウドンはこの発明を、その「完璧な機能性」がすぐれていると評価している。

しかし、このジョーロが19世紀の庭師が利用できるようになった唯一の道具というわけではない。フランス人は銅製のジョーロを好んだし、オランダ人は18世紀以来真鍮製のジョーロを輸出してきた。さらに真鍮製の長い水やり用チューブというものがあって、なにより「パイナップルの畝」（パイナップルの温床）と促成栽培用の温床に置いた鉢植えの植物にとどくように作られていた。水鉄砲と同じ原理で機能するさまざまなポンプと霧吹きもあった（おそらく物置小屋の後方にある鉢植えに使うのだろう）。マクドゥーガルの「反転ガーデン噴霧器」は植物の葉の裏側に噴霧する道具。「ユニバーサル・ガーデン噴霧器」は交換可能な4つのスプレー・ヘッドがついていて、一度に複数の場所に灌水できる。「ワーナー噴霧器」はラウドンによると「ほかの噴霧器の代用にはならない」が、ただ「ほかの製品の半額ちょっとで買えるという利点はあ

庭師が遠くまでとどく真鍮製の手押しポンプを使い、温室の後方の段にまで水をやっている。

ジョーロ

る」。

「アクアリアン」というなかなか賢い道具もあった（このフランス版は「スード」*soude* と説明されていた）。水を入れると真空状態がうまく機能するバケツで、はね蓋と底の部分にハス口セットが付属していた。水をいっぱいにすると、［傾けても］容器の上部に真空ができ、庭師が

じょうぶなイギリス式のブリキ製ジョーロ。上部にも取っ手がついている。

頂部にある小さな蓋を開けるまで水は流れない。ひ弱な苗に水やりをするには理想的な道具で、ジョーロの豪雨で植物を溺れさせないですむ。このアクアリアンのデザインはもっと古い水やり容器に起源がある。それは頂部に親指を入れる穴（サムホール）のついた陶器製の容器で、底には穴が空けてあった。このサムホールで底の穴から流れ出る水の量を調節し、下にある植物に優しいシャワーをかけるのである。あるいはトマス・ヒルの説明によれば、「花壇用にわたしたちが使うふつうの水やりポットは首が細く、太鼓腹で、おしりの部分はいくぶん大きめで小さな穴がたくさん空いている」。そして真空を利用すると、庭で「ポットに水をいっぱいにしたまま、うまく運べるようになる」。アンソニー・ハクスリーは『図説ガーデニング史（An Illustrated History of Garedening）』で、散水瓶が最初に登場したのは1400年代、その金属版は1700年代に出現したと報告している。ジョン・イーヴリンはそそぎ口がふたつついた変わった散水ポットを描いている。

定説によれば、1880年代までにジョーロの決定版を開発したのはジョン・ホーズという人物で、モーリシャスの植民地行政府につとめ、スペイン人やメキシコ人が *vaina*「小さな鞘」とよんだヴァニラ *vanila* をなんとか栽培しようとしたが、成功しなかったらしい。

ヴァニラは現地固有種のハチに受粉を頼っているため、ほかの地域で栽培するのはきわめてむずかしかった。ホーズはインド洋の小さな島でヴァニラを栽培しようと努力していたが、地

植物に灌水する

いつどのくらいの量を灌水すればいいかは、土壌の質に依存する。砂質土壌なら粘土質の土壌より乾燥しやすい。理想的なジョーロはバランスがいいため、水の流れを片方の手を傾けるだけで調節できる。こうして庭師は両手にジョーロを持って1回に4ガロン（14リットル）の水を運ぶことができる。

大雑把な目安として、7日から10日おきに2回往復するとすれば、1平方メートル分の作物の成長を維持できる。新しい植物で日照りが長引く場合は、水の必要量は2倍から3倍になり、葉がしおれていれば水不足状態になっている。そのときには、理想をいえば地面からの蒸発を抑えるために早朝か夜分に、地面全体を灌水する必要がある。有機物で5センチ程度の厚みのマルチをするか、商標登録されているマルチング・シートや砕石マルチを使えば、灌水の必要性を大きく抑えることができる。

元では昔ながらの水やりポットしか手に入らないことが障害となった。さらにヴァニラが特定種のハチでしか受粉しないことから、計画はいっそう困難になった。そこでホーズは、「市販されているポットより、もち運びやすく水やりがもっと楽に、もっとうまくできる」ジョーロの設計を開始した。何はともあれホーズはそう述べている。

ホーズ社は業界大手となった。これにはホーズの甥アーサーの助力もあった。事業をひき継いだアーサーは、工場の研究開発詳細についてときに執拗に注意をはらった。アーサーがとくに関心をもっていたのは、備品のハス口だった。ひとつのジョーロにはハス口が2個、丸いハス口と楕円形のハス口が付属していた。アーサーは、ハス口の穴は間隔はそのままで、ジョーロの容量によって大きさを変化させ、タンクのなかのゴミを効率的に処理できるようにハス口をていねいに先細りにするよう主張した。さらにアーサーは、踏み板を操作してひとつひとつの穴を空ける作業にたずさわる労働者まで雇った。

19世紀の初めには、赤と緑のブリキ製ジョーロも登場するようになった。ブリキ板は、さび止めのためにスズの層をコーティングした金属板で、19世紀のプラスチックのような存在だった。ブリキ産業は1600年代にザクセン地方からウースターシャー州ウルヴァリー、ウェールズのポンティプールへと広がり、19世紀にはサウスウェールズが強い影響力を得て世界規模の貿易へと急成長し、市場は安価なブリキ製プランターやラベル、ジョーロであふれかえった。ブリキ板は、その後トタン板が現れ、最終的にプラスチックが登場して主役交代と

ガーデニングは進化を続ける。金属製のジョーロで、トレーにのせた植物にとぎれることなく水やりができる。

なるまで活躍した。

完璧なジョーロを購入したら、庭師はその使い方について適切な指導を受けなければならなかった。ジョン・ウォーリッジは17世紀に、「もっとも細かい雨のような水滴」にするよう推奨し、トマス・ヒルは「土の上に［水をまけば］水が腐って死ぬ」から、植物の脇にディバーで穴を空けて、そこに水を差すように勧めた。一方、マーシャル氏という人物は1800年代に、「水やりは栽培にとって重要だが、多くの人がしているようにやりすぎてはいけない」と助言した。

索引

ア
アイスハウス 162
アーヴィング、ワシントン 6, 209
アクランド、ジョージ 71
アペール、ニコラ 163
粗目のふるい 104-5
アルテディ、ペテル 96-7
アロットメント 140-1
イーヴリン、ジョン 12, 26, 35, 51-2, 109, 162, 215, 220
イギリス土壌協会 86
移植ごて 19-22
ヴィクトリア、女王 31, 180, 198
ウィリアム・モリス 198
ウェッブ、ジェーン →ラウドン、ジェーン
ウェリントンブーツ（ゴム長靴） 6, 39-42
ウォーディアン・ケース 186-9
ウォード（博士）、ナサニエル 186, 188-9
ウォーリッジ、ジョン 221
ウォーリング、エドナ 17, 176
ウールズリー、フランシス 22, 194, 210
エドモンズ、チャールズ 62
エリー、ヘレナ・ラザフォード 175-6, 212
園芸用ふるい 104-6
王立園芸協会 25, 45, 59, 189, 199
大鎌 117-20

カ
オピネル、ジョゼフ 7, 148
音楽 108-9
温室 6, 178-81
温床 89-93
温度計 164-7

垣根用刈りこみばさみ 123
果実樽 155-8
果樹用梯子 144-6
カーソン、レイチェル 133
カタログ 46-9
ガーデニング・カタログ 46-9
ガーデニング日誌 50-3
刈りこみばさみ 114, 121-4
ガルヴァーニ、ルイージ 158
厩肥 89-93
ギルバート（博士）、ジョゼフ 136
草取り器 125-8
草取りフォーク 125-8
グッタペルカ 216
グッドイヤー、チャールズ 42, 216
グッドリッチ、B・F 216
グラント、アン・マクヴィカー 21-2
クローシュ 182-5
クロスマン、チャールズ 100
鍬 60-4
クワストル、ハリー 130-1
ケリー、ルース・エドナ 149
ケンプ、エドワード 103
耕耘機 80-3
小鎌 12, 114, 117-20
コード、エレノア 201-2
コベット、ウィリアム 135, 162

サ
コルメッラ、ルキウス 33-4, 90, 169-70
コンサバトリー 180-1
コンテナ 190-4, 200
コンポスター（堆肥枠）、コンポスト 84-8, 106

殺虫剤 36-7, 131-3
サンキー、リチャード 196
ジェファーソン、トマス 50-1, 119, 161, 205
ジェラード、ジョン 69-70
ジーキル、ガートルード 40-2, 56, 75, 128, 161, 193, 196-7
芝刈り機 6, 88, 112-6
芝生 112-6, 127
ジャクソン、アンドルー 145, 209
シュヴァムスタッパー、トルーゴー 44-5
収穫かご 28-31
種子、種 36-8, 47-9, 59, 184
シュタイナー、ルドルフ 86-7
ジュート 71
小プリニウス 114
勝利のために耕す 59, 185
諸葛亮 204
食品保存 162-3
女性 19-22, 114, 168, 191, 194
除草剤 37, 129-33
ジョーロ 218-21
ジョン・モーズリー＆サンズ社 20
スカリファイ 78
鋤 7, 56-9
スケアクロウ（かかし） 168-71
ストーンウェア（炻器）のつぼ 200-2
スミス、トマス 31
素焼き鉢（テラコッタ製ポット） 106, 195-9
セルシウス、アンデルス 166
剪定のこぎり 151-4
剪定ばさみ 23-7
測量 138-41
ソパー、ジョン 86
ソロー、ヘンリー・デイヴィッド 53, 56-7, 61-2, 140

タ
ダイソン、ジェームズ 206
大プリニウス 158, 176, 191
タイヤ 206
ダウニング、A・J 156
ダウニング、チャールズ 145, 156
タッサー、トマス 7, 34, 66
種まき用土 105
ターノック、マイク 105
玉散らし仕立て 124
樽 155-8
ダールマン、カール 113
チェルシー・フラワー・ショー 198-9
チャイナローズ 24-6
チャールズ皇太子 88, 133
通路 207-10
接ぎ木ナイフ 7, 25, 147-50
つぼ 200-2
ディバー（種まき用穴空け器） 35-8
手押し車 203-6
手袋 43-5
デュラント、ピーター 163
道具をそろえる 109, 176
土壌試験キット 32-4
土壌の肥沃度 33-4, 87, 90-3, 131

索引

トピアリー 122-4
トラッグ 31
鳥 168-71

ナ
鉈 72-5
ニコルソン、ウィリアム 40
日誌 50-3
根掘り鍬 65-7
ノグチ、イサム 77
ノーム 199

ハ
バイオダイナミック農法 86
ハクスリー、アンソニー 220
はさみ 6, 23, 25
梯子 144-6
バーズアイ、ボブ 162-3
パーテア 122
パティオ・ブラシ 207-10
バディング、エドウィン 115-6
ハトシェプスト 191
ハドソン、ウィリアム 113-4
バートラム、ジョン 52
ハーブ・ガーデン 69
パーマカルチャー 13
バラ 24-5, 69
ハリス、アブサロム 196
バルファ、レディ・イーヴ 86
バルブ・プランター（球根植え器） 15-8
ハワード、アーサー 82-3
ハワード、アルバート 87-8
pH値 33-4
ピカソ、パブロ 148
日時計 211-3
ビートン、ミセス 205
ヒバード、ジェームズ・シャーリー 13, 34, 86, 90, 92, 150, 181, 210
ピープス、サミュエル 51
ひも 68-71, 139
標尺 139
肥料 134-7
ヒル、トマス 34, 193, 208, 215, 220-1
ヒルズ、ローレンス・D 88, 170, 209
ファーレンハイト、ダニエル・ガブリエル 166
フィアクル（聖） 57
フォーク 6, 10-4
福岡正信 14
不耕起栽培（農法） 14, 37
ブーツ・スクレイパー（ブーツ用泥落とし） 40
ブラウン、ランスロット・「ケイパビリティ」 52-3, 209
ブラッシュフィールド、ジョン・マリオット 197-8, 202
ブランチャード、マーク 202
プラント・コンテナ（プランター） 190-4, 200
プラント・ハンター 187-9
ブリット、M・C 154
ふるい 104-6
フローベール、ギュスターヴ 199
ブローランプ 128
フロンセ＝ハラール、アニー 86
ヘイデン、ヤン・ファン・デル 216
ベークランド、レオ 184
ベーコン、フランシス 208
ヘッジ・レイング 73-5
ベニヨン、ベンジャミン 70
帽子 43, 45
ボウルズ、E・S 140
ホース 6, 214-7
ホーズ、アーサー 221
ホーズ、ジョン 220-1
ボトル 30
ホワイト、ギルバート 51, 91, 169
盆栽 192

マ
マーヴェル、アンドルー 157
巻き尺 138-41
マルコーニ、グリエルモ 108
物置小屋 174-7, 199
モリソン、ビル 13
モルヴィル、アントワーヌ・ベルトラン・ドゥ 23, 27
モレ、クロード 122

ヤ
野生生物 170-1
有機ガーデニング（有機栽培） 88, 133

ラ
ラウドン、ジェーン 19, 21-2, 62, 79, 105, 160, 167
ラウドン、ジョン・クローディアス 14, 16, 26, 36, 47, 67, 126-7, 160-1, 171, 188, 219
ラジオ 107-9
ラスキン、ジョン 37-8
ラックハースト、エドワード 216-7
ラッチェンス、エドウィン 40-1
ラテン語 94-8
ラベル 159-63
リタラック、ドロシー 108
リチャードソン、マーヴィン 113
リチャード・ティミンズ社 19
リービッヒ、ユストゥス・フォン 136
リンゴ 156-7
リンナエウス、カロルス 94, 96-8, 166
レイズド・ベッド 99-103
レーキ 76-9
レクリューズ、シャル ル・ドゥ 16
レプトン、ハンフリー 52-3
ローズ、ジョン・ベネット 135-7
ローソン、ウィリアム 149
ロビンソン、ウィリアム 16-8

ワ
ワイズ＝ガードナー、チャールズ 183, 185
ワイルド・ガーデン 16-8, 115
ワシントン、ジョージ 150, 162, 210
ワーズワース、ウィリアム 208

図版出典

p. 4, © Dusan Zidar / Shutterstock
p. 5, © Floydine / Shutterstock
p. 6, © Lynea / Shutterstock
p. 9–10 Centre & Right Background Flowers, © Morphart Creation / Shutterstock
p. 10, 17, 35, 37, 56, 66, 68, 72, 76, 104, 115, 121, 128, 147, 151, 152, 159, 161 Top, 161 Bottom, 167, 184, 203, © Old Garden Tools
p. 12 Left, © British Library / Robana via Getty Images
p. 12 Right, 46, 47, 48, 69, 70, 91, 92, 96, 98, 100, 150, Left 172, 175, 180, 187, 216, © Biodiversity Heritage Library
p. 13, © Alfred R. Waud / Harper's Weekley / Library of Congress
p. 15, 125, 153, © Michelle Garrett / The Garden Collection
p. 16, © Hortus Botanicus Leiden
p. 19, © Sergiyn / Shutterstock
p. 20, 24, 49, 122, 188, © RHS, Lindley Library
p. 22 Top, © Frances B. Johnston / Library of Congress
Bottom, © Bioraven / Shutterstock
p. 23, © Kkymek / Shutterstock
p. 28, © Ruth Pybus / www.framebaskets.co.uk
p. 29, © Eelnosiva / Shutterstock
p. 32, © Jack Schiffer / Dreamstime.com
p. 33, © Morphart Creation / Shutterstock
p. 34, © Pictorial Press Ltd / Alamy
p. 39, © Naffarts / Shutterstock
p. 40, © Lighttraveler / Shutterstock
p. 41, © Ekkstock / Shutterstock
p. 42, © George P. A. Healy / Library of Congress
p. 42, © La Puma / Shutterstock
p. 43, © Jo Ann Snover / Shutterstock
p. 44 Top, © Mathew Spolin / Creative Commons
p. 44 Bottom, © Doremi / Shutterstock
p. 46, © BrAt82 / Shutterstock
p. 50, © Marie O'Hara / The Garden Collection
p. 51, © Carol M. Highsmith / Library of Congress
p. 53, © Noam Armonn / Shutterstock
p. 60, © Shutterstock
p. 61, © Cistercian Psalter / Bibliotheque Municipale, Besancon, France / The Bridgeman Art Library

p. 64, © Alice B. Stephens / Library of Congress
p. 65, © Villorejo / Alamy
p. 74, © Andy Mabbett / Creative Commons
p. 77, © Steve Vidler / Getty Images
p. 78, © Falcona / Shutterstock
p. 80, © ParkerDeen / iStock
p. 81, © Hulton Archive / Getty Images / iStock
p. 82, © www.donaldantiquerototillers.com
p. 84, © Neil Hepworth / RHS
p. 86, © Derek St Romaine / The Garden Collection
p. 89, © RF Company / Alamy
p. 90, © NOAA / Public Domain
p. 91, 133, © geograph.org.uk / Creative Commons
p. 94, © Nathan Benn / Ottochrome / Corbis
p. 99, © M. Cornelius / Shutterstock
p. 101, © De Agostini / Getty Images
p. 103, © Alison Hancock / Shutterstock
p. 106, © British Library / Robana / Getty Images
p. 107, © Lindsey Johns
p. 108, © Mary Evans Picture Library / Alamy
p. 110 Left & Centre Background Flowers, © Morphart Creation / Shutterstock
p. 112, © Tab62 / Shutterstock
p. 113, © John Young / www.vintagemowers.net
p. 116, © SSPL / Getty Images
p. 117, © Lena Lir / Shutterstock
p. 119, © De Agostini / Getty Images
p. 120, © National Library of Poland / Public Domain
p. 123, © Denis Barbulat / Shutterstock
p. 129, © RHS
p. 130, © NARA / Public Domain
p. 132, © Radharc Images / Alamy
p. 134, © Bill Grove / Getty Images
p. 136, © Vanity Fair / Public Domain
p. 138, © Bljav / Shutterstock
p. 139, © Stephen Shepherd / Getty Images
p. 140, © Eunice Harris / Getty Images
p. 142 Left Background Flowers, © Shlapak Liliya / Shutterstock; Centre Background Flowers, © Katunina / Shutterstock
p. 144, © Poznukhov Yuriy / Shutterstock
p. 145, © Reg Speller / Getty Images
p. 155, © MecPhoto /Shutterstock
p. 157, © Fox Photos / Getty Images
p. 163, © Canada Food Board / Library of Congress
p. 164, © Nicola Stocken Tomkins / The Garden Collection
p. 166, © Uppsala Astronomical Observatory
p. 168, © Tomicki / Shutterstock
p. 169, © SSPL / Getty Images
p. 169, © Pearson Scott Foresman / Creative Commons
p. 170, © Clipart.com / Creative Commons
p. 171, © Feng Yu / Shutterstock
p. 172–173 Left Background Flowers, © Katunina / Shutterstock, Centre & Right Background Flowers © Hein Nouwens / Shutterstock
p. 174, © Gary Rogers / The Garden Collection
p. 176, © Csaba Deli / Shutterstock
p. 177, © Gary Smith-FLPA / The Garden Collection
p. 178, © A40757 / Shutterstock
p. 181, © Hulton Archive/ Getty Images / iStock
p. 182, © BrettCharlton / iStock
p. 186, © Dave King / Getty
p. 190, © Malgorzata Kistryn / Shutterstock
p. 191, © Kenneth Garrett / NatGeoCreative.com
p. 192, © Mr. Tickle / Creative Commons
p. 194, © Jahina Photography / Shutterstock
p. 195, © Cora Mueller / Shutterstock
p. 196, © Sankey Bulwell / Creative Commons
p. 197, © Walters Art Museum / Creative Commons
p. 197, © Malgorzata Kistryn / Shutterstock
p. 199, © Amberside / Shutterstock
p. 201, © Douglas Barclay / Shutterstock
p. 202, © Derek Harris / The Garden Collection
p. 206, © Bikeriderlondon / Shutterstock
p. 207, © Burgon and Ball
p. 208, © Asier Villafranca / Shutterstock
p. 209, © Gabriele Maltinti / Shutterstock
p. 210, © Elena Elisseeva / Shutterstock
p. 211, © Pr2is / Shutterstock
p. 213, © Traveler1116 / iStock
p. 214, © Maks M / Shutterstock
p. 218, © Fotohunter / Shutterstock
p. 221, © Zoom Team / Shutterstock

Old Garden Tools which supplied many of the images in the book, has an extensive collection of some several thousand objects housed in West London. The Virtual Museum www.oldgardentools.co.uk may be contacted at enquiries@oldgardentools.co.uk

All other images are in the public domain

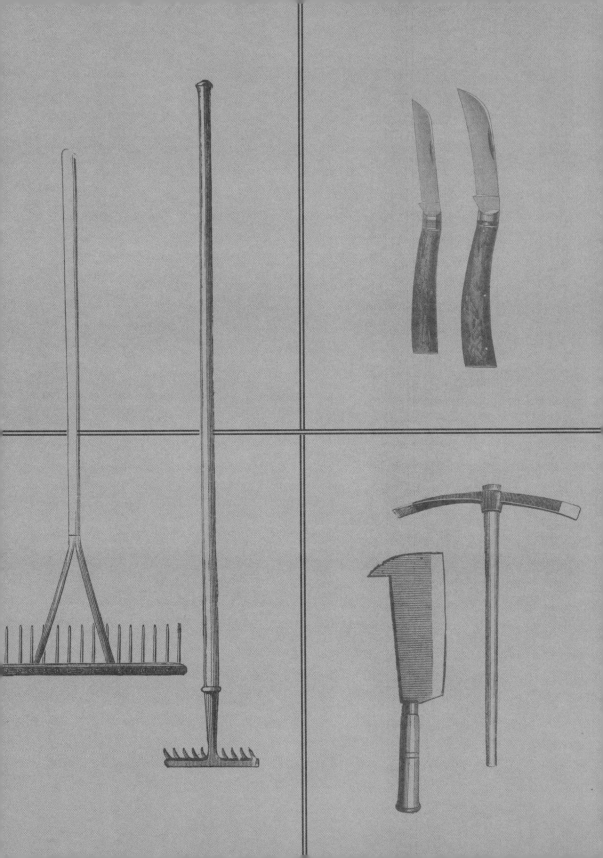